霸妻追夫

上

文創風 734

踏枝 著

目錄

自序

踏枝

《霸妻追夫》這本書一共寫了三個多月，字數不多，算是我所有作品中最短小精悍的了，但其中的內容和所要表達的思想，卻是我考量最多的一本書。

這本小說的背景在七零年代，那是一個剛經歷過大饑荒，又即將迎來重大改革，可以說是生機和危機並存的年代。

我身為一個九零後，對那個年代的認識並不深，於是開文之前，就搜集了各種資料，以了解那個年代的物價、社會關係和分配模式等等，希望自己在寫文時能夠盡可能地貼近那個略有些遙遠的年代。

這個故事的女主角，是一個經歷過不幸，又幸運地回到少女時代的人。我並不想塑造一個只是心存怨懟的角色，所以重活一世的她依舊善良，沒有被仇恨蒙蔽雙眼。她珍惜重生的機會，認真地過日子，並勇於追求真愛。

而在那個時代裡，男主角的身分可以說是和女主角有著雲泥之別，所以一開始女主角對他發起攻勢的時候，他是有些退縮的。直到後來被女主角樂觀的精神所感染，才不再因為自己的身分而耿耿於懷，試著去接受她。

這個故事裡還有許多面貌各異的配角，我想寫的就是七零年代那一群吃苦耐勞、踏實奮鬥的年輕人的故事。以女主角為中心展開，他們各自有各自的性格，但或多或少都受到女主角的影響。

這個故事的整體基調是積極向上的，我想向大家傳遞一種即使遭遇挫折，也要有勇氣挺起胸膛、繼續向前的正能量。

總而言之，我想表達的太多，然而筆力有限，真正寫出來的卻太少。寫作最大的樂趣，就是自己寫出來的故事能被讀者喜歡。如今有幸出版，我不敢奢求所有人都喜歡這個故事，只希望看過這個故事的你，能度過片刻歡樂時光。

看完這個故事之後，當你放下書本，縱使眼前有著大大小小的挫折，依舊能微笑前行。

第一章

「媽，您別哭了，醫生說小妹沒事的。她今天之所以做出這種事情來，全是您給慣出來的！往後可不能再這麼縱容她……」

女人充滿怒火的聲音，在喬秀蘭耳邊炸開。她的腦袋昏昏沈沈，費力睜開眼後，恍惚中只看到土炕前有兩個人，一站、一坐。

「哎，媽的好蘭花兒，妳總算醒了。」坐在炕沿的婦人一把攬住喬秀蘭，眼淚如雨點似地打在她的小臉上。

喬秀蘭聞著熟悉的皂角香氣，用漸漸適應光線的雙眸打量著自身所處的環境——土磚牆、泥土地、老式大炕，牆上還掛著毛主席像……這不是她四十幾年前的家嗎？

「蘭花兒，說話呀！咋了這是？身上不舒服？」婦人心疼地關切道。

這位婦人有著圓臉、大眼睛，白淨的臉上溝壑叢生，夾雜著銀絲的頭髮盤在腦後……可不就是喬秀蘭的親娘李翠娥。

「媽！真的是您嗎？我還以為再也見不到您了……」喬秀蘭忍不住抱著母親嚎啕大哭。

說起來，她有好幾十年沒見過母親了。

喬秀蘭十七歲的時候，不顧家人反對，嫁給下鄉知青高義。後來卻慘遭高義拋棄，成為全村人的笑話，她母親更因為這件事一病不起、撒手人寰。喬秀蘭自覺沒有臉面再面對家人，就此漂泊遠去。

「媽、小妹，都別哭了。」喬秀蘭的大嫂于衛紅沒好氣地說：「要是讓別人聽見，還以為咱們家小妹沒了呢！」

李翠娥中年喪夫，育有三個兒子和一個女兒。其中大兒子最能幹，在生產大隊裡當大隊長，大兒媳婦于衛紅亦十分精明要強。李翠娥沒什麼主見，平時全聽大兒子、大兒媳的，因此一聽見大兒媳這樣說，就立馬拿出手帕，擦掉淚水。

「媽，您去後院洗洗臉，我有話和小妹說。」于衛紅刻意支開李翠娥。

喬秀蘭還有些懵，以為自己在作夢。媽媽明明已經不在，她也離家好幾十年了，怎麼會突然回來呢？

她伸出手，打量了一下，只見雙手玉指纖纖、白皙粉嫩，並沒有後來因為長期勞作而磨出來的繭子……這根本不是一雙屬於六十歲老人的手！

于衛紅從箱籠裡翻出一塊紅色布料，直接扔在喬秀蘭的腦袋上。「小妹，該說的、不該說的，哥哥和嫂嫂們都跟妳說過了。可妳倒好，居然鬧絕食，還鬧到差點沒命；剛才衛生所的醫生來一遭，又花了家裡好幾塊錢。行，既然妳不聽勸，就麻溜地帶著嫁妝，滾去找妳的好知青！」

喬秀蘭恍若未聞，只是問道：「大、大嫂，現在是哪一年啊？」

于衛紅狠狠地瞪她一眼。「一九七五年啊。妳餓糊塗了?」

一九七五年，居然是一九七五年!這不就是她不顧家人反對，嫁給高義的那一年!

喬秀蘭踉踉蹌蹌地下炕，來到掛在牆上的鏡子前，仔細地照了照——鏡子裡的她皮膚白皙，五官秀雅，紮著兩條油光水滑的麻花辮，完全是青春亮麗的十七歲女孩兒模樣。

「死丫頭，跟妳說話呢。」于衛紅以為喬秀蘭在裝傻，越發來氣，用手指頭戳著她的腦門罵道:「全家人都寵著妳，媽和妳幾個哥哥就不說了，就連咱們幾個嫂子也不曾薄待妳，有好吃、好喝的都先讓給妳，把妳當千金小姐養著，可妳卻為了一個小白臉要死不活!那個高義有什麼好?從北京來的又如何?他肩不能扛、手不能提，身子跟紙紮的一樣，來咱們屯子都兩年多了，掙的工分（注）從來都不夠餵飽自己……」罵著、罵著，喬秀蘭依舊沒反應，于衛紅倒是先紅了眼睛。

喬秀蘭是公公的遺腹子，又跟哥哥們差上好些年歲，于衛紅當年嫁給喬秀蘭的大哥喬建軍的時候，喬秀蘭還在繈褓裡。婆婆身子不好，再加上當時驟然喪夫，幾乎沒有能力照顧喬秀蘭，還不都是于衛紅一把屎、一把尿地拉拔這個小姑子長大……這份情感，跟親生女兒也差不了多少。

「砰」的一聲，喬秀蘭重重地跪在于衛紅面前。「大嫂，我錯了。」

她真是錯得不能再錯了……上輩子她就是瞎了眼，看不見家人的一片好意，不惜同家人

注:農業生產合作社、人民公社計算社員工作量和勞動報酬的單位。

反目，鐵了心要跟著高義那個狼心狗肺的東西。

可就如同大嫂所說，高義根本不是個會過日子的人。婚後第一年，兩人還算和美。她想讓高義好好讀書，於是獨自挑起家庭的重任，一個人拚死拚活地掙滿了工分。

高義當時怎麼和她說來著？他說妳這麼辛苦，我都看在眼裡，等我回省城，一定帶妳過好日子。

喬秀蘭滿心盼著高義說的「好日子」，一直等到一九七七年，國家恢復高考，高義如願考上大學，成為一個大學生。

她多高興啊，期待著高義回來接自己進城。就這麼等啊、等啊，等了一年又一年，足足等了三年，高義的信卻是越來越少。

她再也坐不住，便收拾包袱去北京尋夫。

可她看到了什麼？她看到的是高義早就另娶新歡，還生了個大胖小子，一家人幸福美滿，早就把當年與她的海誓山盟拋到腦後。

她衝上前去當面質問高義，卻被高義喊來保安，架著她扔出去。

她還記得高義扔出一疊錢，砸在她的臉上，冷笑著俯視她說：「喬秀蘭，我如今是大學老師，妳算什麼東西？一個村婦而已，憑妳也配跟我在一起？早年不過是看妳可憐，妳又死皮賴臉地纏著我，我才跟妳玩玩而已。妳這隻不下蛋的母雞，居然還好意思找到城裡來？妳不就是想要錢嗎？拿著這些錢，趁早滾蛋！」

高義這些話，可謂是句句誅心。

她喬秀蘭跟他高義，在身分上確實是天差地別。可早年高義身為知青，下鄉後連飯都吃不飽，後來他吃飯、唸書，全憑她的扶持，根本是他巴巴地黏著她啊。至於她一直沒有生育，那也是因為她之前懷孕過兩次，但都因為下地幹活而不幸流產，造成身子有所虧損……

喬秀蘭被氣得大病了一場，卻又對高義無可奈何，只能灰溜溜地回到家鄉。

可過沒多久，屯子裡的閒話便越傳越厲害，都說她喬秀蘭是棄婦，她成了全村的笑話。

母親病死之後，喬秀蘭無顏再留下，選擇去了北京。

她想，她被高義害得如此淒慘，憑什麼高義就能過得順風順水？她要去看著高義倒楣！

可娶了校長女兒的高義，非但沒有倒楣，卻是一路步步高升、如魚得水。

反倒是她這個沒文化的村婦，一沒有學歷、二沒有人脈，只能在這個大城市裡撿破爛、洗盤子、擺地攤……世間苦楚都被她嘗了個遍。

就這麼幾十年過去，高義接替老丈人的位置，成為人人敬重的大學校長；喬秀蘭則憑藉一份機緣，做起生意，還越做越大，存下不少錢財。

六十歲那年，喬秀蘭的身子垮了。她年輕的時候為了照顧高義，辛苦勞作所積累的沈屙舊疾，已然藥石罔效、回天乏術。

臨死之前，喬秀蘭將自己的全副身家捐給災區，然後便開著車去找高義，決心要與他同歸於盡……

沒想到再睜眼，她卻回到了一九七五年。

「大嫂，我真的知道錯了。」喬秀蘭淚流滿面，當下就要給于衛紅磕頭。

「小妹，妳這是又在鬧什麼?!」于衛紅把她從地上拉起來。「我告訴妳，可別跟我來這套。」

喬秀蘭為了讓家人同意自己和高義的婚事，一哭、二鬧、三上吊不說，還不惜把自己餓到暈過去。此時她反常的舉動在于衛紅看來，不過又是新的招數。

喬秀蘭順從地站起身來，抹了把臉上的淚水，說：「不，大嫂，我已經想明白了，我不跟高義在一起了，我跟誰都不跟他！」

于衛紅狐疑地打量著眼前的小姑子，見她目光堅定，又想著小姑子從來不是個會撒謊騙人的性子，因此于衛紅將信將疑地問道：「真不鬧了？」

喬秀蘭用力地點點頭。「沒錯。大嫂，我想清楚了。」她真是清楚得不能再清楚。

「大嫂，我餓了，家裡有吃的沒有？」把話說明白後，喬秀蘭的心裡輕鬆不少，肚子也開始叫起來。如果沒記錯的話，她上輩子為了磨得家人同意，可是足足有三天不吃不喝。

「這時候家裡哪有現成的吃食？就連我都是特地從田裡趕回來的。」于衛紅雖然是大隊長的媳婦，但從來不偷懶，今天要不是李翠娥跑去田裡說喬秀蘭已人事不知，自己也不會匆匆忙忙地趕回來。

「我田裡還有活兒沒做完，先走了，妳好好躺著休息吧。」于衛紅臨走前還瞪了喬秀蘭一眼。「老實點啊。」

喬秀蘭點頭如搗蒜，笑咪咪地送于衛紅出門。

「蘭花兒啊，妳能想清楚真是太好了！」李翠娥從後院洗好臉回來，恰巧將方才喬秀蘭和于衛紅的對話都聽在耳裡。

「我沒事了，媽，就是現在感覺好餓。」儘管喬秀蘭是已經活了幾十年的人，但在最親近的家人面前，她仍舊很自然地撒起嬌來。「媽，我想吃妳做的疙瘩湯。」

「誒，媽這就去給妳做。」李翠娥身子不好，幹不了田裡的重活，就待在家裡做做家務、煮煮飯。反正家裡的勞動力不少，除去喬秀蘭這個被嬌養慣的，其他人可都是一個頂倆，倒也不曾短吃少穿。

李翠娥話一說完，便蹣跚地往灶房走去。喬秀蘭不吃不喝三天，李翠娥這三天也是沒怎麼合眼，這會子走起路來都不索利了。

上輩子的喬秀蘭不懂感恩，但這輩子看到母親這樣，她頓時羞愧難當，忙說：「媽，您先去歇著，晚些再給我做吧，我自己隨便煮點東西吃就行。」說完不等李翠娥回答，喬秀蘭就鑽到灶房裡，開始生起火來。

「妳這丫頭，已經好幾天水米未進，也不知道好好休息。」李翠娥說歸說，臉上卻露出由衷的笑意。沒想到她的蘭花兒大病一場，醒來後整個人都不一樣了。

喬秀蘭坐在灶膛前，火光在她的臉龐上跳躍著，將她蒼白的臉色襯得紅潤起來。

此時此刻，喬秀蘭才真正接受了自己重生的事實，開始認真思索著該怎麼過好她的新生活。

她一邊思考，一邊習慣性地摸向脖頸上的石墜子。這個動作一做出來，喬秀蘭才想起她已經回到過去，脖頸上自然沒有她後來得到的那個東西。可這一摸，她居然沒有摸空！

喬秀蘭驚訝地看著用紅繩串起、掛在自己脖子上的石墜子。墜子平平無奇，是個細口瓶子的造型，石面上泛著奇異瑩潤的光澤。

這不就是她從一個老太太那裡所得到的機緣?!

上輩子喬秀蘭擺地攤的時候，曾幫助一個被車撞倒的老太太，將老太太送到醫院。老太太身無長物，就把自己隨身戴著的石墜子送給喬秀蘭。

喬秀蘭看那石墜子不算貴重，想著既然是對方的一片心意，也就收下來了。

石墜子戴了大半年之後，喬秀蘭驚奇地發現從這個細口石瓶裡，居然能倒出水來。她好奇地嚐一嚐那水，發現居然是別樣的好滋味。

當天晚上她就作了個夢，夢到那個老太太。老太太和她說，這是她家族的寶物，有緣人能從瓶子裡倒出水來。此水名為「善水」，可調理身子，而上善若水，只有心懷善心、多做善事、多攢功德，才能激發它的無限妙用。

醒過來以後，喬秀蘭立馬去醫院尋找老太太，但醫院查檔之後，居然說從來沒接待過這位老太太。

喬秀蘭心中震驚不已，明明是她把老太太送到醫院，還看著老太太進了急診室，怎麼會沒有這個人呢？

最終，喬秀蘭遍尋不著老太太，只能接受這是一份機緣的事實。

後來的日子，喬秀蘭開始做起小吃攤的生意。靠著善水，她的吃食比別人做的更好吃，能讓吃的人感到通體舒暢。不過三年，她就擁有了第一家飯館，然後越做越大，甚至經營起自己的品牌，連鎖店開遍全國。

可惜的是，喬秀蘭得到善水的時候，已近中年，身子骨一日不如一日，就算每天喝著善水調養，也只是將她的壽命延長二十多年。

不承想，老天待她不薄，竟讓她回到了不幸開始之前，就連這寶貴的機緣也隨她一同重生。想到這裡，她不禁激動地流下眼淚。

「蘭花兒，好端端地怎麼哭了？」李翠娥拿著一罐麥乳精來到灶房，瞧見閨女滿臉都是淚，連忙心疼地掏出棉帕子。

喬秀蘭接過帕子，抹一抹臉，笑道：「沒事，媽，我就是太高興了。」

「傻孩子，高興有啥好哭的？對了，媽方才想起妳大嫂之前託人從城裡的供銷社買了一罐麥乳精，說是好東西，媽先泡一碗給妳喝吧。」李翠娥把麥乳精放在灶臺上，打開蓋子，舀了一些麥乳精到碗裡，又索利地倒出熱水壺裡的熱水，給喬秀蘭沖上一大碗。

麥乳精在這個年代，可是難得的好東西，喬家在黑瞎溝屯雖然算得上是富戶，但也不會輕易買這種東西。

聞到香甜的氣味，喬秀蘭是真餓了。她笑著接過碗，吹吹熱氣，猛地一口氣喝個精光。

「慢點兒喝，還有呢，媽再給妳沖一碗。」李翠娥笑咪咪地看著她，說著又要打開麥乳精。

「媽，不用了。」喬秀蘭連忙攔住母親。「三嫂不是快生了嗎？留著給三嫂吃吧。」

她沒記錯的話，上輩子自己絕食抗議，生了好大一場病，鬧得家裡雞飛狗跳，全家人的心都撲在她身上，而疏於關懷她的三嫂劉巧娟。三嫂就這樣獨自在田裡幹活，不小心摔了一跤，一屍兩命。

想起這件事，喬秀蘭臉上的笑容立馬止住。

「媽，三嫂還在田裡吧？我看看她去。」跟李翠娥交代一聲後，喬秀蘭便腳步匆匆地往田裡趕去。

第二章

眼下正值秋收，田壟裡的麥子隨風蕩漾，彷彿一片金黃色的海浪在翻滾，一眼望不到頭，十分壯觀。

田裡滿滿都是頭戴斗笠、拿著鐮刀收割麥子的人。

生產大隊一向分工明確，每個人負責的田地都是固定的。不過喬秀蘭剛重生回來，上輩子的記憶實在有些遙遠，她一時想不起自家人都被分在哪一塊田裡。

喬秀蘭身穿一件淺藍色襯衫，皮膚白嫩水靈得像剛剝殼的雞蛋，一雙未語先笑的明亮杏眼裡透著迷茫，成為麥田裡最亮麗的一道風景，不知多少小伙子都看紅了耳根。

喬秀蘭被看得怪不好意思的，趕緊垂下頭，就近找了個人問道：「這位大哥，你看到我家三嫂沒有？」她大哥是大隊長，黑瞎溝屯裡就沒有不認識他們一家人的，但對方卻久久沒有回答。

喬秀蘭心裡納悶，便抬頭看了看眼前站著的人——那是一個皮膚黝黑、身材高瘦，穿著一件前襟敞開、滿是補丁褂子的男人。

儘管田裡到處是這種打扮的人，她卻一眼就認出眼前這個人的身分。

這個男人名叫趙長青，雖然穿得寒酸，但長得十分周正。他濃眉大眼、肩寬腰細，從敞開的衣襟處露出寬闊的胸膛，若比起後世的武打明星，那還真是不差什麼。

可惜他父母早亡，親戚也沒剩下半個，他更因此落下一個「命硬」的名聲。再加上家裡窮得只剩四面牆，家中又沒有長輩操持，所以到現在都二十五、六了，還是個光棍。

更糟的是，他幾年前居然在路邊撿了個孩子回來養。那孩子不是正常的孩子，智力有點問題，一看就知道是別人拋下的。一個娶不到媳婦的老光棍突然多了這麼個兒子，趙長青儼然成為黑瞎溝屯的笑話。

可就是這個「笑話」，在喬秀蘭最困難、最落魄的時候，給予她最大的幫助。

她那時候初到北京，什麼都不會，只能撿紙箱去賣錢，卻被當地的無業遊民欺侮調笑，是同樣在北京漂泊的趙長青幫她出氣；她在小飯館洗碗，無良老闆故意拖欠工資，是趙長青一趟又一趟地去找老闆，磨得老闆沒了脾氣，將工資全數補發；她擺地攤，被其他攤販找麻煩，是趙長青每天下班之後就去給她鎮場子，讓那些人不敢放肆……

諸如此類的事情太多、太多，喬秀蘭一時竟回想不完。可以說，趙長青是她那段孤獨又黑暗的歲月裡，唯一的光亮和溫暖。

沒想到，後來喬秀蘭得了機緣，日子過得一天比一天好的時候，趙長青卻忽然失蹤了。

喬秀蘭託人到處尋找，才知道他已經坐牢。再見面時，兩人中間隔著鐵窗。

趙長青面色平靜地跟她說了事情的經過，就好像在說別人的故事。

原來他費盡心力供兒子唸書，但兒子的智力有缺陷，入學又晚，唸了許多年還在小學裡打轉，因此學校的其他孩子看不起他兒子，經常捉弄他兒子。

就在幾天前一個放學後的傍晚，他兒子被人騙到天臺，並關在上頭。他的兒子也真是傻，或許想著自己回去晚了，父親會著急，竟然從五層樓高的天臺往下爬。不知道是天太黑，還是兒子太心急，竟失足掉了下去。

趙長青認領兒子屍體後不久，公安局就已鎖定犯罪嫌疑人。但鎖定又有什麼用呢？對方是未滿十四歲的未成年人，根本不會判什麼重刑。對方的父母更是哭著、求著，讓他不要跟孩子一般見識。

趙長青不懂，害了一條人命的人家，怎麼能提出這種要求呢？而更讓他不解的是，那個害死他兒子的男孩，居然把這件事當成英雄事跡，到處跟同伴炫耀，渾然沒有一絲愧疚。

兒子頭七的那天晚上，趙長青從學校擄走那個男孩，將他綁在兒子的墳頭一夜。男孩被嚇得不輕，不但喊破喉嚨，還嚇破膽子。一夜過去，第二天被人發現的時候已經瘋了。

趙長青是自己去公安局自首的。案子很快就進入審判，他雖然十分配合、態度良好，但遇上嚴打時期（注），對方的家族又小有權勢，不肯善罷甘休，是以趙長青被判了重刑。

「妳不用再來看我了。」這是趙長青對喬秀蘭說的最後一句話。

後來，儘管喬秀蘭經常往監獄跑，趙長青卻一次都不肯見她。

注：嚴厲打擊刑事犯罪活動。

無數個孤獨的夜晚，喬秀蘭都在想，她是不是錯得太離譜了？她早就看出來，趙長青那般處處維護她、幫助她，肯定是對她有意思的，然而她卻因為過去的傷痛，不敢貿然接受。

如果她早一些釋懷，如果她早一點接受這個男人，眼下會不會是另外一番光景？

然而沒有如果，趙長青在刑滿釋放後，就消失在浩渺人海，彷彿從來不曾出現過一般。

喬秀蘭黑暗人生中最後的一點溫暖光芒，最終還是熄滅了。

趙長青臉上火辣辣的。

這熱度不是因為高照的日頭，而是來自周圍人們好奇打量的目光。

喬秀蘭是什麼人物？整個黑瞎溝屯的未婚男青年只敢遠觀、不敢褻玩的高嶺之花；而他趙長青不過是一個帶著孩子的老光棍。

充滿嫉妒的視線從四面八方傳來，恨不得在趙長青的身上盯出幾個窟窿。

他臉上發燙，嗓子像堵了一團棉花似地，愣是說不出一句話。

終於，趙長青從驚詫和害臊中回過神來，他垂著眼睛，不敢直視喬秀蘭，只是伸手指了個方向。「在那裡……」

可他指完方向，面前的人影卻沒有挪動。

趙長青心中納悶，忍不住看了喬秀蘭一眼，卻沒想到這一眼看過去，他竟挪不開眼了。

只見喬秀蘭愛笑的杏眼裡蓄滿淚水，眼神滿是悲愴，好像在看他，又好像是透過他在看別人。

「妳怎麼哭了？」趙長青手足無措，掏遍全身也沒掏出一塊乾淨的手帕來。

「小妹，怎麼了？誰欺負妳了?!」粗獷渾厚的男聲由遠及近，是喬秀蘭的大哥喬建軍趕來了。

喬秀蘭太過惹眼，一出現就讓許多青年看直眼睛，而在不遠處的喬建軍發現眾人盯著的是自家妹子，立馬放下手裡的活兒趕過來。沒想到一走近，喬建軍發現自家妹子居然在哭，忍不住怒火中燒。

「趙長青，你對我妹子幹啥了？」喬建軍怒目圓睜，衝上去就要揪住趙長青的領子。

「大哥，我沒事。」喬秀蘭連忙阻攔。「只是眼睛裡進東西了。」

田裡別的不多，泥沙、石子什麼的遍地都是，因此喬建軍聽她這樣說，還真信了。

喬建軍帶著濃厚的警告意味，瞪了趙長青一眼，這才拉著喬秀蘭離開，一邊走還一邊叮囑道：「妳不在家好好歇著，出來幹什麼？」

喬秀蘭打出生就沒見過親爹，長兄又大她十幾歲，從小就像父親一樣看顧著她。面對這樣暖心的大哥，她把眼淚抹乾淨，笑道：「我的身子已經好多了，就想過來看看三嫂。」

兄妹二人說話間，已來到喬家人負責的那幾畝田地裡，頓時喬秀蘭的大嫂、二哥、三哥和三嫂都跑上前來關心她。

喬秀蘭一眼就看到肚子圓滾滾的三嫂，立馬搶走三嫂手裡的鐮刀說：「三嫂，妳月分這麼大了，今天的日頭又特別毒，不如先回去歇著吧。」

劉巧娟是個不到三十、臉盤子圓圓的小婦人，平時說話細聲細氣的，溫柔得緊，一聽見這話，就趕緊說：「小妹說什麼胡話呢？這日頭多毒啊，曬久了可是會脫層皮的，妳一個小女孩臉皮嫩，快回家歇著去。」

于衛紅摘下草帽，往喬秀蘭頭上一罩，趕蚊子似地擺擺手道：「回去、回去，小孩子家家別來搗亂。」

沒錯，十七歲的喬秀蘭在全家人看來，仍舊是個小孩子。

喬秀蘭再次眼眶發熱，她真不知道自己是積了幾輩子的福，才能有這麼愛她的一家人。可能也是因為從小被保護得太好，上輩子的她才會單純到愚蠢，被一個渣男輕易地毀了一輩子。

「我可沒搗亂。」喬秀蘭說著就矮下身子，手腳麻利地割起麥子來。

十七歲的喬秀蘭確實沒下過幾次田地，可她已經重活一次，上輩子不管什麼髒活、累活都幹過，如今幹起活來也不比旁人差。

一家子目瞪口呆地看著喬秀蘭手腳俐落地收完一大片麥子。

「妳這孩子怎麼不聽勸呢？」于衛紅無奈地皺起眉頭。

于衛紅就生了兩個兒子，老二、老三家生的也都是兒子，但對待小姑子到底不像自家兒子，這要是她家小子敢這麼倔，于衛紅當場就能削了兒子的腦袋瓜！

現在于衛紅的兩個兒子都在城裡唸初中，每逢假期回家，也是得幫忙幹活的，如果兒子們像這樣搶著幹活，于衛紅還真是高興都來不及呢。

「大嫂……」劉巧娟輕輕拉于衛紅一把。「小妹是不是心裡不舒服？」是了，小妹肯定是想著高義的事情，心裡難受，想做些什麼好發洩一下。

這麼想著，于衛紅也沒再勸阻，反正日頭馬上就要偏西，不會那麼曬人了。

「那行吧，妳幹會兒活，累了就自己回去。」于衛紅叮囑喬秀蘭兩句，轉頭又對劉巧娟說：「妳也別在這兒待著了，回家陪陪媽吧。」

大家所用的農具都是公社統一發放，並沒有多餘的，劉巧娟的鐮刀被喬秀蘭給搶了，自然沒辦法幹活。再加上她月分大了，確實有些吃不消，於是就回家去了。

「小妹，妳要是累了，可得跟大哥說啊。」喬建軍留下這麼一句，就去忙自己的了。

大家各自忙碌起來。

喬秀蘭的劉海很快被汗水沾濕，不過她雖然累，心裡卻高興不已，整個人透出一股蓬勃的生機。

喬家人雖然散開來，卻都不約而同地關注著喬秀蘭的動向。看她幹活有條不紊的，人也越來越有精神，不像前兩天那般懨懨地，家人們也都放下心來，專注於手裡的農活。

喬秀蘭笑咪咪地割著麥子，冷不防的，旁邊突然竄過來一個人。她嚇了一跳，忙往旁邊避讓，等看清眼前站著的人，她臉上的笑容瞬間淡了下去。

「你來幹什麼？」來的不是別人，正是上輩子害慘喬秀蘭的知青高義。

高義面容白淨俊秀，身上穿著一件半新不舊的海魂衫，下面是墨綠色軍裝褲和解放鞋，在一群衣衫破舊的莊稼漢中，那的確是鶴立雞群。

高義矮下身子，躲在麥堆裡，生怕別人看見似地，壓低聲音問：「蘭花兒，妳家同意我們的事情了嗎？」

看看，這就是她喬秀蘭傻乎乎地喜歡過的男人……他挑撥她以絕食反抗家人，然而幾日未見，他先關心的卻不是她的身體。

喬秀蘭心裡冷笑，面上倒是不顯，只小聲道：「你跟我來。」

她和高義一前一後地走到田壟旁的小樹林。

此時日頭已不算毒辣，大家都忙著掙工分，樹林裡沒有在納涼的人，十分僻靜。

「我們的事情就到此為止，你以後別再提起，也不要再來找我了。」喬秀蘭開門見山地說。

高義吃驚道：「蘭花兒，是不是我哪裡惹妳不高興了？妳怎麼能說這麼傷人的話？」

喬秀蘭冷哼一聲，不留情面地說：「你肩不能扛、手不能提，別說滿工分，就是連一半都掙不到吧？我在家裡的時候，全家人都當我是寶貝，吃的、喝的從來都讓著我，但要是跟著你……呵，我何必自找苦吃？」

高義好歹是上過高中的知識分子，聽到喬秀蘭這一番撕破臉面的話，頓時難堪起來。

「蘭花兒，我想不到妳居然是這種人！」

喬秀蘭的雙手抱在胸前，也不說話，只是冷笑著看他。

高義滿臉氣憤，但見喬秀蘭杏眼微眯、薄唇微抿，臉色冷峻，竟比平時還嬌豔幾分，一肚子的火氣頓時又消了下去。

他放柔語調，哄道：「蘭花兒，咱們認識也有兩年多了，我知道妳不是那種勢利的人。妳是不是氣我這兩天沒去看妳？這實在冤枉，這幾天妳大哥安排給我好多事情，我實在走不開……」

「你少挑撥離間！」喬秀蘭臉色冷得能凝出冰來。重生回來，她哪裡還能聽高義這個小人編排自家大哥的不是。「我大哥是最公正不過的了，還能特意為難你不成？那些事情肯定是大夥兒也都得做的。」

喬秀蘭還真說對了。這幾天天氣眼看就要轉涼，知青住著的幾間老土房都破敗得不行，喬建軍擔心這群城裡來的知青一到冬天會給凍病，就安排幾個知青去修葺房子。

高義這種幹不得田裡的重活，自然是被安排的第一人，這不僅不算為難，還算得上是照顧了。

高義唯唯諾諾地說不出話來。從前喬秀蘭素來是他說什麼、就是什麼，哪裡會他說一句、她卻反三句的。

喬秀蘭越看他這窩囊樣兒，越看不上眼，不耐煩地揮手道：「我話擺在這兒了，你可別再糾纏我，咱倆之間是沒可能的。」說完她拔腿就走。

「蘭花兒！」高義急了，連忙快步追上去，拉住她的手。

他是真的想和喬秀蘭在一起，她人長得漂亮不說，哥哥又是生產大隊的大隊長，整個黑瞎溝屯再也沒有比喬秀蘭更適合他的姑娘。

下鄉兩年多，若不是靠著喬秀蘭的接濟，他怕是餐餐都吃不飽。如今返城無望，若是再沒了喬秀蘭的支持，高義都不知道往後的日子該怎麼過。

「別碰我！」喬秀蘭厭惡地甩開高義的手，將鐮刀橫在兩人中間。「你再過來，發生什麼事可別怪我。」

高義被嚇得後退半步，忙道：「蘭花兒，有話好好說，妳可千萬別傷害自己。」

是了，喬秀蘭素來人畜無害，她此刻舉著鐮刀，高義想的不是她會傷害他，而是擔心她一個衝動傷到自己……

喬秀蘭嗤笑出聲。「誰說我會傷害自己？」要是殺人不犯法，這會子她手裡的鐮刀早就朝這個人面獸心的狗東西砍過去了。

高義躊躇著不敢上前，又不甘心就這麼放喬秀蘭離開，他愈加放柔聲音說：「好蘭花兒，妳可得想清楚，放眼整個黑瞎溝屯、甚至這十里八村之中，絕對沒有比我更適合妳的人了。」

喬秀蘭喜歡知識分子，可是在農村裡大家能吃飽飯就不錯了，根本沒幾個唸過書的。而他高義可是從北京來的高中畢業生，將來或許還能考上大學，成為大學生。

「我呸！」喬秀蘭啐了他一口。「你死心吧，我喬秀蘭這輩子就是嫁豬、嫁狗……」說著，她伸手朝麥田的方向隨便一指。「嫁給田裡隨便走過來的一個男人，都不會嫁給你！」

話音剛落，還真有個人從麥田那邊走進小樹林——不是趙長青是誰?!

喬秀蘭氣瘋了，說話的聲音在不知不覺中揚高許多，那幾句話剛好一字不落地進到趙長青的耳朵裡，當下他進也不是、退也不是。

高義吃了癟，又在外人面前丟臉，不禁咬牙切齒道：「好，喬秀蘭，妳可別後悔！」說完這句話，高義惡狠狠地瞪了趙長青一眼，才快步離開小樹林。

看著趙長青一臉尷尬的樣子，喬秀蘭心裡十分過意不去。這一下午的工夫，趙長青就因為她，先後吃了自家大哥和高義的兩頓眼刀子。

「長青哥，我就是說氣話，你別放心上。」喬秀蘭趕緊解釋道。趙長青在她心裡可是忠厚老實的好男人，怎麼能和豬、狗放在一起說呢？

「哎，我知道的。」趙長青垂著眼睛，恨不得找個地洞鑽了。

他何德何能？怎麼敢妄想得到喬秀蘭的青睞。雖然屯子裡的男人都挺看不上高義，覺得高義不能幹活、上不了檯面，但人家好歹是北京來的知識分子，誰都知道喬秀蘭和高義的關係不錯，方才估計是兩人吵架，才說了氣話……

趙長青悶不吭聲地走到一棵樹下，拿起一個掉色的搪瓷缸子，咕嚕、咕嚕地灌下幾口冷水，便又要往田間去。

「長青哥，等等，小石頭呢？」喬秀蘭喊住了他。

小石頭就是趙長青撿到的兒子。

上輩子喬秀蘭得到善水，在自己身上試用過後，第一個想到的就是智力有問題的小石頭。不過那時候小石頭已經十幾歲，她讓小石頭喝上一段時間的善水，卻也恢復不到常人的智力。眼下小石頭還小，如果能從這個時候就開始喝善水，或許會有意想不到的效用。

「不知道，這小子整天在田裡瞎玩，誰知道這會子跑到哪裡去了？」趙長青答話的時候連頭也沒回，說完就快步走開了。

喬秀蘭頓時愣住了。難道她這般可怕，讓他避如蛇蠍？

她心裡急啊，卻也知道這件事不能一蹴而就。她現在和趙長青、小石頭他們可說是八竿子打不著關係，猛地親近他們，反倒惹人起疑。

看來，她得想個辦法才行。

第三章

懷揣著心事，喬秀蘭回到麥田裡。

她二哥喬建國偷偷摸摸地來到她跟前，小聲問她。「高義跟妳說啥了？」

喬家的三個兒子，老大喬建軍踏實肯幹活，老三喬建黨則是沈穩話少，唯獨喬秀蘭的二哥喬建國，腦袋靈活得不行。之前大家都忙著自己手裡的活兒，只有他眼尖，看到自家小妹和高義往小樹林去了。

「沒什麼，我只是和高義說清楚，讓他別再來找我了。」喬秀蘭不屑地說。

「好妹子，妳可終於想通啦。」喬建國狐狸似的細長眼睛彎了起來。

小妹絕食那會兒，他們一大家子都十分擔心她，于衛紅方才說小妹醒來以後已經想清楚了，他們幾個都還將信將疑，眼下聽到喬秀蘭這麼說，喬建國提著的心才完全放下來。

「好妹子，別擔心，就算不靠那個小知青，二哥也能讓妳過上好日子。」喬建國說完，就笑咪咪地回到自己幹活的地方。

喬秀蘭聽他這樣說，猛然想起一件大事！

在這個年頭，國家是不允許人民私下做生意的，那叫「投機倒把」。她二哥後來就是因為投機倒把罪被抓，在監獄裡蹲了好幾年；她二嫂是個耐不住寂寞的，就在那幾年改嫁了。

二哥出獄後，事業沒了，家也沒了，整個人一下子就頹廢不堪。

儘管後來改革開放的春風吹滿大地，可二哥卻因為早年的際遇，萎靡得彷彿變了個人似地，一直到喬秀蘭上輩子患上重病之前，她聽說二哥都是孤寡一人過活。雖然她掙到錢以後，每個月都會分上一些給家人，但二哥到底還是沒有振作起來。

這一件件、一樁樁，可都馬虎不得。

喬秀蘭甩了甩腦袋，決心先不想高義那個混蛋的事。如今，保護好她身邊重要的人們，讓他們不受到傷害，那才是頭等大事。

到了天黑時分，農民們一天的工作也差不多結束了。大夥兒排著隊去公社還了鐮刀，便各自回家。

喬秀蘭之前餓了幾天，今兒個又忙活了一下午，早已累得直不起腰。

「死孩子，不在家裡好好歇著，也不知道來田裡做甚么蛾子。」于衛紅罵罵咧咧的，一把拉住喬秀蘭的一條胳膊。

于衛紅膀大腰圓，又做慣了粗活，力氣不小，只是這麼一拉，喬秀蘭半邊身子感覺都被大嫂給提起來。

喬秀蘭剛要拒絕自家大嫂的好意，于衛紅一個眼刀子掃過來，她就只能乖乖地閉上嘴。

就這樣，一行人回到了喬家。

李翠娥和劉巧娟已經準備好晚飯，飯桌上擺著雜糧饃饃和拌野菜，還有一道泥鰍湯。泥鰍在鄉下隨處可見，倒也不是什麼稀罕東西。

李翠娥唯獨在喬秀蘭面前，放了一碗麵疙瘩。

麵疙瘩是白麵做的，那可是金貴東西，清亮湯底是用泥鰍湯兌的，最上頭還臥著一個黃澄澄的荷包蛋。

在這個時代，每戶人家養雞的數量是固定的，養多了就是「妄想走資本主義道路」。家裡的母雞不多，一天也產不出幾顆雞蛋，大部分都是拿到集市上換錢，也就嫂子們在坐月子的時候，才能吃上一些雞蛋。

喬秀蘭臊紅了臉，挾起荷包蛋就要往劉巧娟的碗裡放。「雞蛋給三嫂吃吧。」

劉巧娟連忙端著碗避開。「小妹快吃，荷包蛋冷掉就不好吃了，我不用的。」

于衛紅也說：「都是自家人，飯桌上哪來這麼多客套，妳快吃妳的吧。回頭等妳三嫂生下孩子，月子裡少不了好吃的。」

其他人也紛紛說是這個道理沒錯，誰都不肯接她的荷包蛋。

喬秀蘭心裡暖洋洋的，小口、小口地把荷包蛋吃完。至於這麵疙瘩，喬秀蘭是真的不好意思一個人吃了，她只說自己吃不完，給每個人都分了一些。

晚飯過後，喬秀蘭自動自發地去洗碗。

婆媳幾個坐在油燈下面補衣服，李翠娥不由得納悶地和于衛紅說：「這孩子今天醒過來以後，就像變了個人似地。」

「那也是往好的方向變，咱們都高興呢。媽，您別擔心了，有咱們幾個看著，小妹出不了岔子。」于衛紅寬慰道。

正說著話，喬秀蘭就端著一個大公雞碗進來了。

「三嫂，把這個喝了吧。」喬秀蘭把碗端到劉巧娟的面前。

碗裡是沖好的麥乳精，泛著香甜的氣息。

「我哪用得上喝這個？」劉巧娟小聲地推辭。「這是大嫂特地買回來給妳補身體的。」

喬秀蘭看了于衛紅一眼，繼續笑道：「我都這麼大的人了，好好吃幾天飯，身子就養回來了。倒是三嫂妳，月分這麼大了還下地幹活，可得多吃點好的，對妳和孩子都好。」

「巧娟，快喝吧。」于衛紅接過碗，遞到劉巧娟嘴邊。「這丫頭素來護食，今天可是難得乖巧。」

劉巧娟眼眶一熱，差點沒哭出來。她家裡兄弟姊妹眾多，自己是排在中間，從來沒受過家人的另眼相看，也早就習以為常；但嫁到喬家以後，她才知道原來家人之間該是像這樣互相關心的。現在連被喬家寵得無比孩子氣的小妹都這麼關心她，讓她怎能不感動。

她輕輕地「嗯」了一聲，伸出雙手接過碗。

麥乳精香甜軟滑，劉巧娟這輩子都沒喝過這麼好喝的東西。一碗麥乳精下肚，她整個身體都暖洋洋的，和夏日的燥熱不同，而是一種讓人感到通體舒暢的溫暖。

「可真是好東西。」從未喝過麥乳精的劉巧娟，沒想到這東西居然如此神奇。

喬秀蘭彎了彎唇角，但笑不語。麥乳精雖然金貴，但也只是一般用來補身體的東西，自己方才端進來的這碗，可是加了善水的。

不久，大家忙完一些家中零碎的活計，便吹熄油燈，各自回房睡覺。

家中的房間雖多，但架不住家裡除了喬秀蘭兄妹四人，還有嫂嫂們生的四個男孩。男孩們都在縣城唸書，每逢週末會回來小住。他們都是鬧騰的性子，住在一起那不得翻了天？所以于衛紅安排他們一人住一間，喬秀蘭則和母親一起睡。

喬秀蘭心裡揣著不少事情，睡到半夜就醒了，而她身旁的李翠娥呼吸均勻，顯然睡得很沈。

她輕手輕腳地下了炕，披著一件襯衫，悄悄地摸進灶房。

外頭月光大亮，就算沒有點燈，也能看清灶房裡的物品。

喬秀蘭找出一個搪瓷臉盆，接著解下脖頸上的小瓶子，往盆子裡倒起來。纖細的水流從瓶子的細口處，源源不絕地流出來，很快地，一個臉盆即將裝滿，讓她有些吃驚。

上輩子剛發現瓶子能倒出水來的時候，每天只能倒出一碗水，除了她自己喝一些，也會給小石頭留一些，剩下的就兌在做食物用的水裡。

後來她的生意蒸蒸日上，賺來的錢財除了用在自己的日常開銷、未來儲蓄和寄回鄉下補貼家人，其餘的全都捐到貧困地區。從那時候開始，細口瓶子裡的水就越來越多，但到喬秀蘭死之前，也只能倒滿一臉盆。

眼下臉盆已經要滿了，水流卻不見變小，怎麼會這樣？

喬秀蘭又拿了一個臉盆過來接水，心中不禁思索起來……

她生病後那幾年，生意越做越大，很多資金都要留著周轉。等到她準備去和高義同歸於盡時，就把自己的儲蓄留給家人，店鋪則賣掉折現，和流動資金一起全數捐給災區。

難道說，自己上輩子在臨死前所積的功德，都算在這裡頭？

喬秀蘭又接了足足三大盆，石瓶子裡的水還沒倒完。

她抿上一口，發現這善水不僅更加甘甜清冽，喝下去之後似乎還讓人感覺更加舒服了，這幾天絕食所帶來的體虛感和勞動半天所造成的疲憊，頓時一掃而空。

家裡沒有乾淨的搪瓷盆了，她又想到這幾盆水就這麼放在灶房，也有些奇怪。她暫時還不想和家人說善水的事情，畢竟在這個年代，這種怪力亂神的事是很遭忌諱的。

她踱步到院子裡，在角落處找到一個小水缸。這個水缸她有印象，聽媽媽說是當年爸爸病重的時候，家人去挑了山泉水來給他煎藥，這水缸就是用來儲存山泉水的。後來她爸爸沒了，這個小水缸便閒置在後院。

喬秀蘭拿起麻布和水瓢，將小水缸裡裡外外擦洗一遍，再把一盆盆善水都倒進去，四大盆子的善水，立刻把小水缸裝了一半多。她又拿著瓶子繼續倒，一直把水缸堪堪裝滿，瓶子裡的水才倒了個乾淨。

喬秀蘭滿意地看著眼前的成果，正想回屋，卻冷不防地聽到一陣窸窸窣窣的響動。

難道有賊?!喬秀蘭很快就否定了自己的想法。村人都是從祖上幾代開始就熟得不行，這個時代民風又淳樸，再說誰敢到生產大隊的隊長家裡偷東西啊？

「誰在那裡？」喬秀蘭出聲問道。

「噓……」她二哥喬建國從陰影裡竄出來。「好妹子，小聲點。」

喬秀蘭拍拍胸脯，納悶地問：「二哥，你大半夜的不睡覺，出來嚇人做什麼？」

喬建國嘿嘿笑了兩聲。「小妹不也半夜爬起來了嗎？」

「我前幾天睡得多，方才醒來後就怎麼也睡不著了，所以起來找點活兒幹。」喬秀蘭狐疑地看著他。「二哥，你說說，你準備幹麼去？」她心裡已經有了不好的猜想。

雖然二哥是在幾年後才被抓到私下做生意，但顯然他那時候對那些買賣的業務已十分熟練，也就是說二哥或許從更早之前，就在做一些見不得光的買賣了！而且看他現在穿戴整齊的樣子，明顯是要出門。

果然，喬建國搓著手不回答，只說：「小孩子家家管大人的事情做什麼?快回去睡覺，不然我明天告訴大嫂，可有妳好受的。」

「二哥，別拿大嫂嚇我，我雖然年紀小，但我說的話，大嫂還是會聽的。你大半夜這般鬼鬼祟祟，我要是和大哥、大嫂說了，看他們是先管我、還是先管你。」她分析道。

「等等！」喬建國急忙拉住她。他家小妹也不知道怎麼回事，明明以前是很好糊弄的性子，現在卻變得聰明不少。「好妹子，千萬別嚷嚷。二哥出去是有正事的，這裡頭門道多，跟妳一個小孩子說了，妳也不懂。乖，別給二哥添亂，回頭二哥給妳裁花布、做新衣裳。」

他這些話坐實了喬秀蘭的猜想。二哥要是沒做買賣，能這麼財大氣粗嗎？可現在的她能怎麼辦呢？在二哥看來，她就是個孩子，若是勸他，他肯定聽不進去。可如果鬧到大哥、大嫂那邊，他們確實能攔住二哥，不過二哥素來要強，說不定會因此和家人離心……

「好了，二哥得走了，妳早些回去睡。」喬建國說完，就偷偷摸摸地走出家門。

喬秀蘭攔不住他，只好回屋裡躺下，盤算著目前要處理的幾件事。

最要緊的，當然是三嫂和三嫂肚子裡的孩子，不過這輩子有她看顧左右，再用善水給三嫂調理身子，應該不會出什麼岔子。

至於避免二哥的牢獄之災，那是幾年之後的事，還可以從長計議。

最後就是小石頭的事，她當然想越早給小石頭喝上善水越好，但這件事急不得，她必須找個契機，和趙長青父子拉近關係……

想著、想著，喬秀蘭就迷迷糊糊地睡著了。

第四章

第二天一早，天還沒亮，李翠娥就起床了，要去準備一家人的早飯。

喬秀蘭睡得不深，聽到響動也跟著起身，隨母親一同來到灶房。

早飯是雜糧粥和野菜湯，雖然雜糧吃起來有些噎嗓子，但只有吃了糧食，上午才有力氣幹活。

做早飯的時候，喬秀蘭還偷偷地兌了善水進去，因此一家子吃完早飯，都覺得通體舒暢，說不出的輕鬆。雖說都是幹慣苦力活的人，可秋日豐收，怎麼也比平時累上許多，眼下渾身卻像是有使不完的勁似地。

「今天的粥怎麼特別好吃？」喬建國半夜就出門收東西，天亮的時候又趕回來，可說是飢腸轆轆，直到把盆子裡最後的粥沫子都刮乾淨了，他才滿足地舔舔嘴唇。

「你們小妹說她半夜醒來後睡不著，便去後山挑了一些山泉水回來，就是用那山泉水煮的粥呢。」李翠娥笑著解釋。

家裡的水都是從屯子裡共用的水井打來的，忽然多出那麼一大缸水，喬秀蘭自然要找個好藉口。

「大晚上的，山裡可不太平。」于衛紅皺著眉，看向喬秀蘭。「萬一遇上危險咋辦？」

黑瞎溝屯得名於屯子後邊的黑瞎溝山，顧名思義，山上可是有熊瞎子的。

喬秀蘭抿嘴一笑。「大嫂別擔心，大哥剛當上大隊長那時候，不是老往山上跑嗎？熊早就全被趕跑了。再說我之前跟大哥去過幾回，也認得路。都說這山裡的泉水格外養人，我就是想讓你們補補身體嘛。」

她這般乖覺，于衛紅也沒再多說什麼，只點點頭。「妳已經大了，不要老是讓家人擔心。」

吃過早飯，一大家子就要去田裡上工了。

劉巧娟本來還想跟著去，但喬秀蘭說什麼也不讓，只說自己在家裡閒得慌，可以代替劉巧娟去上工。

劉巧娟身子重了，幹不得重活，一天也就掙個兩、三工分，讓喬秀蘭頂替劉巧娟的活兒，並不會太累。再加上喬秀蘭主動請纓，家裡人看著沒有不欣慰的，所以只是叮囑她撐不住就隨時休息，千萬不要逞強。

臨出門前，喬秀蘭特地交代母親，讓母親一會兒把麥乳精用「山泉水」沖給三嫂喝。她又拿了鋁製水壺，裝上一大壺善水，這才跟在家人後頭出門。

大夥兒先去公社領了鐮刀，便開始收割麥子。

喬秀蘭一邊幹活，一邊想著小石頭的事情。眼下這孩子正在田裡亂跑，她該找個機會接近才是。

她正想得出神，忽然聽到有人「哎喲」一聲。循聲看去，便看到一個體態豐腴、穿著花襯衫的女人跌在地上。

這女人不是別人，正是回了娘家、小半個月沒在黑瞎溝屯出現過的喬家二嫂李紅霞。見到是自家人，喬家人趕緊都圍過去。

李紅霞坐在地上破口大罵。「你這個沒爹教、沒娘養的兔崽子，走路不帶眼睛是不是？老娘今天就剝了你的皮！」

只見李紅霞旁邊跌坐著一個孩子，約莫兩、三歲的年紀，光著屁股、赤著腳，身上穿著一件不合身的破布褂子，臉上髒得連原本的膚色都瞧不清，頭都跌破了也不知道哭，只是咧嘴傻笑。

正是趙長青家的傻兒子小石頭。

趙長青今天被分配到別的工作不在附近，大夥兒雖然覺得李紅霞罵這孩子罵得難聽，卻也沒人去扶小石頭。

這孩子傻的呀，以前還在屯子裡咬過人，誰知道好心去扶他，會不會被他給咬了？

喬秀蘭心疼壞了，趕緊上前去扶起小石頭。

她經過李紅霞身邊的時候，李紅霞還以為小姑子是來扶自己的，沒承想竟是去扶那個小傻子。李紅霞動了動嘴唇，恨不得把喬秀蘭一起罵了，只是想到喬秀蘭是一家子的寶貝，最終沒敢吱聲。

「妳和一個小孩子計較什麼。」喬建國不耐煩地把自家媳婦拉起來。

小石頭的頭上破了個口子，汩汩流著血，喬秀蘭趕緊用手帕幫他摀住，這才一把將他抱起來。「大哥、大嫂，我帶小石頭去看醫生。」

自家妹子雖然有些嬌氣，但一向是好心的，喬建軍倒也不意外。

于衛紅從口袋裡摸出幾塊錢給她。「去吧，也是個可憐的孩子。」

看熱鬧的人漸漸變多，喬建軍讓大夥兒都散了，回去各自工作的地方。

李紅霞跌上一大跤，又被喬秀蘭掃了面子，拉不下臉，招呼也沒打一聲就回家去了。

喬秀蘭沒理會自家二嫂，只是拉住喬建國。「二哥，給我點錢唄。」

于衛紅給的那幾塊錢，帶小石頭去衛生所看看外傷必定是夠的，但喬秀蘭卻還有別的打算，那點錢肯定不夠用。

喬建國四處張望一下，見大夥兒都已回去割麥子，才摸摸口袋，拿出一個用手帕包著的小布包，遞給喬秀蘭。「妳要錢幹啥？」

喬秀蘭接過錢，塞進口袋。「反正有用。」

自家小妹難得開口跟他要錢，之前又幫他保守了秘密，喬建國也就沒再多問。

喬秀蘭抱著小石頭，拿了自己帶來的水壺，就往衛生所走去。一路上她都幫小石頭按壓著傷口，這時候血已經止住了，想來應該傷得不重。

她忍不住偷笑，這可不是剛打瞌睡、就有人遞枕頭嗎？這下子她終於有機會可以好好地照顧小石頭了。

他們來到衛生所以後，醫生替小石頭清理傷口，還在他額頭的傷處貼上紗布，說是再搽幾天藥就好了。

喬秀蘭又跟衛生所要了點水，她用水沾濕帕子，將小石頭全身上下簡單地擦洗一遍。

小石頭睜著圓溜溜的眼睛，由著醫生和喬秀蘭擺弄，不哭不鬧，乖巧得讓人心疼。

喬秀蘭又帶著他去搭汽車，車票五分錢一張，小石頭這種小孩則不用票。

或許是小石頭沒坐過汽車，一路上扒著車窗不肯撒手，看著窗外飛速倒退的風景，他驚訝地小聲哇哇叫。

喬秀蘭愛憐地看著他，心頭柔軟得像一汪水。

她上輩子和小石頭有接觸的時候，已經是在北京了。那時候趙長青在北京做些小生意，他將小石頭照顧得很好，看起來也不比尋常孩子差多少……她沒想到小石頭小的時候，竟過得這般可憐。

過沒多久，汽車就開到了縣城。

小石頭身上的衣服明顯是趙長青的，已經補得不成樣子，此刻沾上血跡，更是不能再穿了。喬秀蘭本來想帶著小石頭去做衣服，但一下車，小石頭的肚子就傳來響亮的叫聲。

於是，她先買了兩顆白白胖胖的大饃饃，然後抱著小石頭一起坐在路邊的樹蔭下。

小石頭雙眼放光，黝黑的小手抱著一顆比他臉還大的饃饃，吃得一臉享受。不一會兒，他就吃完了一個。

喬秀蘭怕他噎著，擰開水壺給他灌了兩口善水。

另一顆白饃饃她是給自己買的，但看到小石頭眼睛亮晶晶地一直盯著白饃饃不放，便把那顆也遞給他。

小石頭小口、小口地吃完第二顆饃饃，這才饜足地打了個飽嗝。

摸著小石頭圓滾滾的肚子，喬秀蘭忍不住嘆息，這孩子胃口這麼好，也不知道平時是餓了多少頓。不過現在沒事了，只要有她在，絕對不會再讓他挨餓。

喬秀蘭這樣一個漂漂亮亮的大姑娘，卻抱著髒兮兮的孩子，一路上已經引起不少人的關注；此時他們在路邊坐了一會兒，又引得更多人往他們這裡看。喬秀蘭不想太過引人注目，她抱起小石頭就走。

這個年代買布，得用布票，因此買新布是不可能了，她只好帶著孩子去縫紉社。

縫紉社是城裡人買了布以後，送去加工做衣服的地方。

做衣服時，總會有些不規則的邊角料，拿回去也沒什麼用，有錢來縫紉社做衣服的人也不在乎這一點布料。果然，她剛進門，就看到縫紉機邊上放著一筐碎布料。

裁縫是個看起來十分和氣的中年婦女，見喬秀蘭雖然穿得普通，但氣質非凡，就知道來了生意，立刻笑著起身招呼。

「大姊，我想給這孩子做兩身衣服，但身邊布票不夠了，您看……」喬秀蘭開口問道。

縫紉社裡還有別人在，所以裁縫壓低聲音說：「大妹子，這可不行，妳不拿布來，我怎麼給妳做衣服？」

喬秀蘭覷著裝碎步的笸子，也跟著壓低聲音道：「聽大姊的口音，咱們是同鄉吧？這孩子沒爹、沒娘的，實在可憐……」說著她掏出幾塊錢，偷偷塞到裁縫手裡。「您就可憐、可憐這孩子，看在同鄉情誼的分上，拿邊角料做兩身衣服送給這孩子吧。」

喬秀蘭這話說得巧妙。不拿布來讓裁縫做衣裳，那不合縫紉社的規矩；可若是看在同鄉情誼，可憐一下孩子，那不算做生意，只能說是「送」的。不管放到哪個年代，做善事都不算壞了規矩。

裁縫笑咪咪地收了錢，說：「難怪我看大妹子眼熟，原來咱們是同鄉。這孩子還受著傷哪，瞧他穿得破破爛爛，確實惹人心疼。」然後就拿出皮尺給小石頭量尺寸，又讓喬秀蘭在碎布笸裡挑布。

喬秀蘭選了幾塊顏色相近的布，摸著都是透氣的好料子，就遞給了裁縫。

這時候的布料難得，裁縫們做衣服都十分慎重，一件衣服沒個十天半個月，那是做不好的。不過喬秀蘭給了不少工錢，再加上小石頭年紀小、身量小，這小衣服和小褲子做起來也快，裁縫又怕別人瞧見會亂嚼舌根，就說趁著這天得空，一、兩個小時就能趕出來。

喬秀蘭心想手裡還剩下不少錢，就讓裁縫先做著，自己則帶著小石頭去了供銷社。

在供銷社裡排了一會兒隊，喬秀蘭買了一些水果糖、麥乳精、蜂蜜之類的吃食和營養品。她又想到小石頭都過得這般不好，趙長青的日子肯定也不會好到哪裡去，便又買了搪瓷盆、熱水壺之類的生活用品。

一番採買下來，她二哥給的錢已經花得沒剩多少。

單手提著一大袋東西出了供銷社，走沒幾步，喬秀蘭就感到吃力。她這輩子可是沒幹過幾天活兒的嬌嬌女，沒什麼力氣也挺正常。

要是能像後世那樣，找個地方寄存東西就好了。

心念一動，喬秀蘭左手提著的東西瞬間消失了，她不敢置信地看著自己空落落的手。

小石頭還以為她在變戲法，咯咯直笑。

好在這時候她已經走到沒什麼人的小巷子內，並沒有人注意到她的異常。

喬秀蘭心裡想著那些東西的下落，眼前立刻浮現出一個角落的虛像。那是個只有一立方公尺左右的地方，她買的那些東西都好好地放在裡頭。

這個地方喬秀蘭是見過的，正是她上輩子曾使用過的小石瓶自帶的空間。不過上輩子這空間極小，不過一個超市儲物櫃的大小，能放的東西有限，她也就用來放放證件和印章；沒想到這輩子善水升級了，連帶空間也升級了。

喬秀蘭喜出望外，又折回供銷社，用最後剩下的一些錢，買了幾個熱水壺。

在空間裡放一些熱水壺，善水就有地方可以儲存下來了！否則要是以「山泉水」的名義放在家裡，家人肯定會覺得她天天去山上挑泉水，並不安全。
把新買的熱水壺放進空間後，裡頭的營養品則被喬秀蘭拿出來，拎在手裡。
等她一手抱著小石頭、一手提著營養品回到縫紉社，兩身小衣服、小褲子也做好了。
裁縫的做工極細，一點多餘的線頭都沒有，雖然是碎布拼成的，卻也不難看，很像後世那種特意做出不規則布料拼接的樣子。裁縫還特意稍微做大一些，讓小石頭明年也能穿。
小石頭換上新衣服、新褲子，立刻變得精神不少。可惜他不懂衣服的好壞，嘴裡咂著喬秀蘭買給他的水果糖，依舊只知道笑。
喬秀蘭跟裁縫道了謝，眼看快要中午，就帶著小石頭坐上回程的汽車。
回到黑瞎溝屯，抱著小石頭的喬秀蘭吸引不少鄉親們的目光，眾人紛紛投來古怪眼神，但她渾不在意，就這麼回了家。

喬家堂屋裡，李翠娥和劉巧娟正在說話。
半個月前，二媳婦李紅霞和二兒子大吵一架，負氣出走，回娘家去了。李翠娥勸過二兒子幾次，喬建國卻不肯去哄。二兒子一向是個主意大的，就連他大哥、大嫂也說不動他。
今天一大早，李紅霞自己回來了，像是之前的不愉快從沒發生過一樣，和李翠娥打了聲招呼，就去田裡幹活了。可出去才不過一會兒，李紅霞就垮著一張臉回來，還甩了房門，任憑李翠娥在外面怎麼問，李紅霞都不肯吱聲。

婆媳倆正合計著該怎麼是好，突然看到喬秀蘭抱著小石頭回來，兩人都大吃一驚。

「蘭花兒，妳這是……」李翠娥奇怪地看著她一手抱孩子，一手提著一大袋營養品。

「媽、三嫂。」喬秀蘭喊了人後，先進裡屋放下東西，又把小石頭放在堂屋的長凳上，才和她們解釋道：「上午在田裡，二嫂和小石頭撞在一處，小石頭流了好多血，我就帶他去城裡看醫生。沒想到醫生說這傷雖然看起來只是輕傷，但傷到了腦子……妳們也知道，小石頭本來腦袋就有些不靈光，如今是更加不好了，也不知道長青哥會不會追究？我心裡過意不去，就又帶小石頭去買了些東西，當作補償。」

喬秀蘭想要長久地照顧小石頭，當然得把他的傷說得嚴重些。

「可憐的孩子啊。」李翠娥素來心善，不禁心疼地看向小石頭。

劉巧娟卻忍不住想起喬秀蘭帶回來的那一大袋營養品……那些東西沒個幾十塊可買不到啊！小妹出手真是闊綽。

不過劉巧娟不是喜歡挑事的性子，所以也沒多說什麼。

第五章

喬秀蘭讓母親去幫忙收拾一些家裡姪子們小時候穿過的衣服和鞋子，好給小石頭穿。

劉巧娟見喬秀蘭渾身是汗，多半是累到了，就去打一些水來給她洗臉。

喬秀蘭擰了擰毛巾，先是幫小石頭擦擦臉，然後才給自己擦洗。

正說著話，只見李紅霞從自己屋裡走過來。

「二嫂，回來啦。」喬秀蘭知道自家二嫂心眼小，便主動打招呼。「之前我光顧著小石頭，倒是忘了問妳，妳沒傷著吧？」

李紅霞一肚子氣，此時看到換上一身嶄新衣服、正坐在凳子上傻笑的小石頭，更是氣不打一處來。「小妹，妳把這個喪門星帶回家來幹什麼？我剛剛聽見妳還帶他去看病了？他這腦子有病就是天生的，難道還能怪在我身上？他和他爹一樣不是好東西，這叫『碰瓷』妳懂不懂?!」

李紅霞把話說得這麼難聽，喬秀蘭聽得心裡很不舒服，便收了笑，說：「二嫂和小石頭撞在一起，害小石頭跌破了頭，那可是大夥兒都看到的。咱們家的人可不是那種不負責任的人，自然該帶小石頭去看看醫生。」

李紅霞朝小石頭啐了一口。「是這小兔崽子眼睛撞上我，別說是摔破頭，摔死也是他活該！妳這麼擔心他做什麼？一個大姑娘家的，白白讓人看笑話。」

李紅霞性子潑辣，牙尖嘴利，聲音一聲比一聲高，喬秀蘭還真懶得和她吵，只是冷冷一笑，抱起小石頭回屋裡去了。

劉巧娟早就識相地躲開，堂屋裡只剩下李紅霞在那裡嚷嚷著。「我就知道你們喬家人看不上我，喬建國不讓著我，今天小姑子為了一個小傻子，也處處頂撞我……我的命怎麼這麼苦啊，我這嫁的都是什麼人家啊……」

她聲音極大，恨不得嚷得方圓兩、三里都能聽見。可惜這會子鄰居們都在田裡，並沒有人前來關切。

李紅霞討了個沒趣，又邊走邊罵地回到自己屋裡。

喬秀蘭和李翠娥正在房裡幫小石頭收拾小衣服和小褲子。

沈思片刻，喬秀蘭開口說：「媽，小石頭家裡也沒個能照顧他的人，我看咱們就把他留在家裡看顧一段時間怎麼樣？」

此時小石頭被李紅霞的叫罵聲嚇到，縮在喬秀蘭身邊，一雙烏溜溜的大眼睛四處張望，彷彿受驚的小鹿。

李翠娥看著他這樣，心裡怪不忍的，但還是說道：「這不大好吧。妳還沒說親事呢，這孩子要是放在咱們家……」就怕屯子裡的人說自家閨女和趙長青的閒話。

趙長青是個吃苦耐勞的忠厚孩子，早年喪父、喪母，是吃著百家飯長大的，喬家也沒少接濟他。只是他們家的背景不大好，家裡大人全是遭到批鬥而死的，因此趙長青長大後，屯子裡的人就都默默地和他疏遠。萬一自家閨女和他扯上關係……

「媽，咱們不想遠的，就單說今天這事。雖然二嫂說是小石頭撞她，但二嫂那麼大一個人，小石頭還這麼小，誰都看得出來小石頭傷得更重。如今咱們自動自發地把小石頭照顧到傷好了，誰也不能說咱的不是吧？」

「理是這麼個理，不過媽也拿不準主意，還是等妳大哥、大嫂回來再說。」李翠娥始終不肯同意。

喬秀蘭並不指望自家親娘會一口答應下來，畢竟現在家裡拿主意的，還是大哥和大嫂。不過家人都對母親十分敬重，有母親幫著說話，這事就成了一半。

到了中午，喬家人都回來吃午飯，喬秀蘭立刻就和大哥、大嫂提起小石頭的事。

喬建軍還沒說話，于衛紅第一個就不贊同。「小妹，妳別往身上攬事。雖然是妳二嫂和小石頭撞在一處，但妳也帶小石頭去城裡看過醫生了，頂多咱們再補貼一些錢，趙長青還能來咱們家鬧事不成？」

「大嫂，妳別急嘛。」喬秀蘭陪著笑，放柔語氣。「我不是攬事，我只是覺得小石頭可憐。妳說讓他回家，可長青哥家裡就他一個大男人，他又要下地幹活，根本沒人可以看顧孩子。醫生可說了，傷口要是不仔細照顧，發炎了可是會出人命的。小石頭雖然是長青哥撿回來的，可說到底也是咱們屯子裡的孤兒，大哥又是大隊長，照看一個孤兒也很正常不是？」

「別長青哥長、長青哥短的。」于衛紅看了喬秀蘭一眼。「反正我覺得不成。」

喬秀蘭推了坐在旁邊的小石頭一把，小石頭不明所以地看了看喬秀蘭，又看了看于衛紅。

此時的他已換下喬秀蘭在城裡做的新衣服，穿著喬家孩子留下來的舊衣服和舊褲子。說來也奇怪，小石頭平時傻乎乎的，經常在外頭大哭大鬧，弄得渾身髒兮兮，可今天穿得整整齊齊以後，竟乖巧了不少，看著就讓人討厭不起來。

于衛紅看到他穿的衣服，再看他那傻裡傻氣的樣子，心裡不禁軟了幾分，轉頭問喬建軍道：「你咋說？」

喬建軍看了看自家親娘，又看了看喬秀蘭，點頭說：「小妹也是好心。媽要是不嫌累，讓他待幾天就是，反正不過添雙筷子的事，一個孩子也不費什麼糧食。」

李翠娥立刻接口說：「不累、不累，你們幾個精力充沛的小子，媽都能拉拔大，這麼個受傷的孩子能讓媽累到哪裡去。」

于衛紅沒再多說什麼，小石頭留在喬家養傷的事，就這樣定了下來。

吃過飯，一家子都回到屋裡，外面日頭正大，休息一會兒後他們還要去田裡繼續幹活。

喬秀蘭正幫著收拾碗筷，喬建國倏地把她拉到一邊，問她還剩下多少錢。

喬秀蘭聳聳肩，很誠實地告訴他。「都花完了。」

「花完了?!」喬建國目瞪口呆，心疼得直抽氣，他那帕子裡可是包了幾十塊……當時田裡人多眼雜，他直接全給了喬秀蘭，沒承想她進一趟城，竟花光了！

「嘿嘿，我想著要給小石頭家裡買點東西賠罪，就全花上了。」為了不讓家人起疑，喬秀蘭一回來就把東西全放回自己屋裡，李翠娥問起來，她只說是用她的積蓄去買東西。

哥哥們時不時都會拿一些零花錢給喬秀蘭，說是用她自己存的錢，李翠娥也沒懷疑。但其實喬秀蘭身邊根本沒錢，她的錢早就全部偷偷拿去補貼高義了。

喬建國撫著胸口，心痛得說不出話。其實也不是他小氣，而是這時候的幾十塊錢，可以算是一筆大錢了。農村的男人每天平均只能掙七、八個工分，女人則是五、六個工分，若生產大隊效益好，一個工分也就不到一毛錢；城裡普通工人一個月的工資也才二、三十塊呢。

喬建國的錢當然不是靠著工分掙的，可也是起早貪黑、冒著風險掙來的。

「二哥，你別心疼，我會把錢還給你的。」喬秀蘭笑著說。

「妳拿什麼還我？」喬建國搖頭嘆氣。這些錢小妹要是花在自己身上，那他是一句話都不會說；可花在一個八竿子打不著的小傻子身上，他真是心疼壞了。

「二哥，我想跟你一起做事。」她冷不防地丟出一句話。

「跟我做啥……」喬建國猛地截住話頭，驚詫地看著自家小妹。

喬秀蘭也不繼續往下說，只是笑咪咪地看著他，那眼神好像已經洞悉一切。

「妳、妳……」喬建國慌張得都結巴了。「妳別添亂。」

喬秀蘭也不急，她都想好了。反正二哥在這一行已然扎根，不可能突然收手，自己若可以和他一起做生意，既能幫他看著點，還能多掙點錢，改善家裡的生活。

不過現在二哥還把自己當成小孩子，一時間覺得難以接受也是正常。

喬秀蘭決定先做一批點心出來，讓二哥嚐嚐自己的手藝再說。

扔下這麼一個驚雷後，喬秀蘭就去灶房幫忙洗碗了。

喬建國惴惴不安地回了屋，卻見他媳婦李紅霞正坐在炕上生悶氣。

之前吃午飯的時候，李翠娥來喊她，但是她沒應，于衛紅說別慣著她，也就沒人再來喊了。現在飯點已過，李紅霞肚子餓得直叫，火氣也更大了。

喬建國一坐到炕上，李紅霞就惡狠狠地「哼」一聲。

他心不在焉地想著事情，便沒有理她。

李紅霞翻身坐起，指著喬建國的鼻子就罵。「好你個狼心狗肺的東西！我回家半個月也沒想著來找我，今天我自己回來了，還同一大家子一起給我臉色看，就連一口熱飯都不給我吃……這日子沒法過了。」

喬建國不耐煩地皺了皺眉。「妳鬧什麼脾氣？妳自己找我吵的架、自己回的娘家，我幹麼要去哄妳？再說今天，妳悶不吭聲地回了家，沒再去幹活，家裡也沒人說妳什麼；吃飯的時候媽也來喊妳了，是妳在屋裡不理人，別說得好像我們家的人都在欺負妳似地。」

「我為什麼和你吵？為什麼回娘家？你心裡沒點數嗎？我看你就是在外頭搞破鞋，不想和我過日子了。」李紅霞越罵越大聲。

喬建國隔三差五的半夜偷偷起來出門，李紅霞發現了幾回，逼問他去外頭幹什麼？她這個人藏不住話又愛嚼舌根，喬建國當然不敢和她細說，只推說有事情要辦。

李紅霞哪裡會信，以為他是去亂搞男女關係，兩口子沒少為了這件事吵架。不過李紅霞要面子，也怕喬建國因為這件事被抓，畢竟這年頭搞女人可是要坐牢的，因此沒敢往外說。

她回娘家的時候，喬建國也反思了一下，既然李紅霞能守住這個秘密，是不是也能守住更大的秘密……不過今天喬秀蘭忽然說要和他一起做生意，他忽然又不想和李紅霞說了。

「好，好你個喬建國！合著裡外就我不是人。你欺負我、你妹子欺負我，你們全家都不把我當人看……我的命怎麼這麼苦啊，我不活了！」李紅霞趴在炕上又哭又叫，聒噪的聲音鬧得喬建國耳朵生疼。

眼瞧著就要驚動家人，喬建國咬咬牙，從箱籠最裡側拿出一個鐵皮餅乾盒子，放到李紅霞面前。

李紅霞方才還哭鬧不休，此時眼淚卻是說停就停。她打開餅乾盒子，裡面是厚厚的幾疊錢，頓時把她驚到了。

「妳要想一起過日子，這些就都給妳保管；要不過了，就拿著這些錢回娘家去。」喬建國撂下狠話。

「哪、哪來這麼多錢？」李紅霞驚訝得瞠目結舌，連話都說不索利了，手抖著去數錢。

「我在城裡有路子，不能和妳細說，這都是為了妳好。」喬建國疲憊地閉了閉眼。

李紅霞美滋滋地數著錢，立刻不再追問。

她娘家兄弟多，家裡也不富裕，幾個年紀小的弟弟都還沒談上親事；之前回娘家，她父母話裡話外的意思都是讓她想辦法接濟一下他們。喬家雖然富裕，但也沒富到那個程度，李紅霞本來還在發愁，此時卻已經盤算起這些錢該怎麼用到娘家了。

喬建國冷眼看著自家媳婦，她看到錢果然光顧著高興，什麼都不問了，也不想想這年頭的錢哪是那麼好掙的。

過去這兩年，他雖然沒有告訴李紅霞自己做了什麼，但偶爾也會多拿一些家用給她。不過那些錢，李紅霞一個子兒都沒用在喬家人身上，就連兩人的兒子，也沒拿到一分錢，全讓她貼補娘家去了。

這麼想著，喬建國倒是對喬秀蘭花的那幾十塊錢不心疼了。好歹小妹是拿去做好事，也算攢下功德；不像李紅霞把錢往娘家送，有去無回也罷，就連逢年過節他上門問候，李家人連個好臉色都沒有。

短暫的午休之後，喬家人又要準備下地了。

喬秀蘭缺了半天工，下午也要跟著去。讓她驚奇的是，上午還拉長著一張臉的二嫂，居然也笑咪咪地要一同去田裡，那笑容看著就像偷到油吃的老鼠似地。

又是一個枯燥炎熱的下午，暮色四合的時候，一天的勞動也即將要結束。

喬秀蘭裝了善水帶到田裡，讓家人渴了就喝一些，所以割了一整個下午的麥子，一家子倒是誰也沒感到特別累。

小石頭讓李翠娥帶了一下午。小傢伙只會傻笑，卻也不添亂，讓他坐著就坐著，就算要玩也只是在家門口捏捏泥土，因此李翠娥非但不覺得累，反而覺得白天在家沒那麼無聊。

晚飯以後，喬秀蘭燒了水給小石頭洗澡，李翠娥瞧見，也過來幫忙。

院子裡擺上一個大澡盆，兌上溫水後，喬秀蘭就開始幫小石頭脫衣服。

小石頭看著兩、三歲了，但一句話都不會說，整天髒兮兮的，臉上還拖著鼻涕，難怪誰都不喜歡。可今天喬秀蘭給他餵上幾次善水之後，孩子的眼神明顯沒有那麼呆滯了。

喬秀蘭有信心，只要堅持到底，這輩子的小石頭一定可以恢復成正常人！

她白天幫小石頭換衣服的時候也沒細看，現在替他脫了衣服，才發現這孩子瘦得驚人。大大的肚子、凸出的肋骨，小手和小腳上布滿劃傷的小口子，活像她在電視裡看過的非洲貧困兒童。

李翠娥先紅了眼睛，嘴裡不住地說著「可憐」，手下的動作更加輕柔。

「小石頭、小石頭……」忽然間，一陣焦急的渾厚男聲在喬家大門外響起。

喬秀蘭一聽，便知道是趙長青找過來了。她這才想起來，一整天光顧著照看小石頭和家人，竟沒想到去知會趙長青一聲，他多半是下工回到家裡，才發現小石頭不見了。

喬秀蘭擦了擦手，趕緊迎到門口。

趙長青還穿著那件敞著前襟的破布褂子，下身是一條灰撲撲的長褲，磨爛的褲腳被挽到小腿處。

猛地看到喬家院子有人出來，趙長青忙上前急急地問：「我聽說小石頭受傷了？」

男人著急地衝上前，喬秀蘭沒來得及讓開，兩人的距離不過咫尺，男人身上的汗味混著草木的味道在喬秀蘭鼻尖縈繞。她一抬眼，映入眼簾的便是男人精壯寬闊的胸脯，黃豆大小的汗珠子從他的脖頸往下流淌，穿過胸膛，流向勁瘦的腰身……

喬秀蘭的臉頰立刻紅透，她垂下眼睛，不敢再看，低低地說：「小石頭在裡頭呢，你跟我來。」

看清自己眼前的人居然是喬秀蘭，趙長青窘迫地紅了臉，趕緊把褂子的前襟繫上。

第六章

喬家院子裡，小石頭本是乖乖地坐在澡盆裡，一見到趙長青，馬上歡叫一聲，從澡盆裡跨出來，啪啪啪地朝趙長青跑過去。

趙長青伸手接住小石頭，也不管他滿身是水，焦急地將他從頭到腳看了一遍。

「沒事就好、沒事就好。」一看小石頭只有額頭貼著一小塊紗布，趙長青終於放下心來。

喬秀蘭臉上餘熱未退，低著頭說：「小石頭和我二嫂撞在一起，摔破了頭，我心裡過意不去，就帶他去城裡看醫生。是我不好，忘記先知會你一聲，讓你著急了。」

她粉頰微紅、眼神瀲灩，本就俏麗的面容越發好看了。

趙長青看著嬌滴滴的她，舌頭忽然打結，支支吾吾地說不出一句完整話。

李翠娥一見趙長青看自家閨女看直了眼，忙站到兩人中間，將喬秀蘭擋在自己身後，又對趙長青笑道：「長青啊，你看你一個大男人，家裡也沒人幫襯，小石頭這一受傷，可不能放著他不管了。反正嬸子也不用下地幹活，你就把小石頭放在我家，我代你照看他幾天，你看怎麼樣？」

「這、這不好吧。」趙長青看了看調皮的小石頭，又看了看李翠娥，皺眉道：「嬸子身體不好，這小子又沒個定性，別把您累壞了才是，再說他這點小傷沒事的。」

「小石頭的傷在頭上，城裡醫生說這事可大、可小，千萬不能馬虎，再說他也挺乖的呢。」喬秀蘭在李翠娥背後出聲。

李翠娥把手伸到後面捏了她一下，示意她別多話，然後又繼續說：「這麼一個小孩子，能讓我有多累？嬸子都能把你那幾個兄長拉拔到這麼大，難道還治不住他？你別操心，就這麼說定了。」

趙長青小時候受過喬家不小恩惠，李翠娥拍板定案的事，還真不好回絕。況且，他確實心疼兒子。眼下正值秋收，他每天累得自己都顧不過來，小石頭今天只是磕破了頭，萬一下回……他不敢細想。

他抱起小石頭細細地叮囑道：「那你就在這裡待幾天。但記住了，千萬不能調皮，你要是不乖，爹知道了就打你屁股。」

小石頭只是咧著嘴笑，也不知道聽懂沒聽懂。

趙長青和兒子說完話，又對李翠娥一番感謝，才準備回去。

「長青哥，你吃飯了沒？」喬秀蘭出聲詢問，又得了自家親娘一頓眼刀子。她不在意，從李翠娥身後探出半邊臉，笑著問：「天色也不早了，你回家做飯怕是太晚了，不嫌棄的話就在我們家吃吧。」

李翠娥急得直嘆氣，自家閨女今天也不知道怎麼了，先是對小石頭分外熱心，現在對趙長青這個老光棍也格外照顧。但閨女話都這麼說了，還能怎麼辦？李翠娥只能熱絡地招呼趙長青。「是啊，天可不早了，在我們家吃飽再走吧。」

「不用了、不用了。」趙長青連忙擺手。「我已經吃過了。」話剛說完，趙長青的肚子就響亮地叫了兩聲，他黝黑的臉頰上頓時出現一絲紅暈。

李翠娥雖不想自家閨女和趙長青有過多的接觸，但也不是那等狠心人，想著趙長青確實不容易，便不由分說地把人留下了。

喬秀蘭被打發到灶頭上端吃的，李翠娥就和趙長青在堂屋裡說話。

晚飯過後，喬建軍就帶著一大家子去開生產大會，這會兒喬家院子裡靜悄悄的，能清楚聽見堂屋裡的說話聲。

「長青啊，不要嫌嬸子嘮叨，你也老大不小了，過完年得二十六了吧？要是再不說親事，可就真的來不及了。」李翠娥語重心長地勸道。

「誰能看得上我呢？」趙長青的聲音有些悶。「我知道嬸子關心我，但我身無長物，家裡就四面土牆，人家好好的姑娘跟了我，還不得吃苦。我現在也不奢求能成親，只想守著小石頭長大，就這麼過吧。」

李翠娥嘆息一聲。雖然趙長青家世背景不好，可他卻是在屯子裡老人們的眼皮子底下長大，性情溫厚不說，還是一等一能幹活的。他就這麼守著一個癡傻且沒有血緣關係的孩子過活，實在太讓人心疼。

李翠娥張了張嘴，想說不如把小石頭送到城裡的福利院，但看到小石頭正踮著腳、伸長手，拿著一顆被捏皺的糖，往趙長青嘴裡送，李翠娥什麼話也說不出口了。

那糖是喬秀蘭去城裡的時候買給小石頭的，也就一小把，本以為這孩子自己吃掉了，沒想到竟藏起來要留給趙長青吃。

喬秀蘭在灶房聽著，心裡是一陣、一陣的疼。

趙長青那麼好，不論哪家姑娘跟了他，往後肯定會過上幸福的日子。別人不肯嫁他，她肯呀！

要不是她已經重活一輩子，不再那般莽撞，她現在恨不得立刻衝出去和趙長青把話講清楚，將兩個人的婚事給定下來。

喬家的晚飯是雜糧饃饃和涼拌野菜，以及一鍋雜魚湯。因為喬秀蘭特地交代母親煮飯時要加一些山泉水進去，所以這兩天的飯食格外可口，平時還能剩下一、兩個饃饃，今天居然全讓家人吃完了。

喬秀蘭燒了火、熱好湯後，翻出櫥櫃裡的精白麵，俐落地和麵、揉麵，等魚湯咕嘟、咕嘟冒著熱氣的時候，她的麵條也做好了。喬秀蘭知道趙長青胃口大，特地做了手指粗細的手擀麵。

麵條下鍋後，煮上一會兒，很快便熟了。手擀麵吸足了湯汁，白胖胖的看著十分可口。

喬秀蘭盛了一大碗麵條，端著一碟涼拌野菜，就去了堂屋。

「快趁熱吃。」喬秀蘭笑著催促道。
冒著熱氣的麵條放到趙長青面前之後，他卻驚得不敢動。
這不是精白麵嗎？這麼金貴的東西，他都不記得上一回吃到是何年、何月了。
他的臉漲得通紅，生怕喬秀蘭這個嬌俏姑娘不知道這東西金貴，忙把碗往外推了推。
「不用、不用，我隨便吃一點就行了。」
李翠娥嗔怪地看了自家閨女一眼，卻也沒在意太多。精白麵雖然金貴，自家吃得少，但也不是吃不起，每次家裡孩子從城裡放假回來，全家人都會吃上一頓。
不過趙長青這般誠惶誠恐的態度，讓李翠娥心裡有些不是滋味。「吃吧，正好今天家裡的饃饃吃完了，這可是你妹子給你現做的。」
趙長青還要推拒，但李翠娥態度堅決，只說她們都吃飽了，這麵條放著也沒人吃，一會兒麵坨了可就浪費了。
冒著熱氣的麵條，那香味彷彿會勾人。
趙長青知道無法推拒，便道了謝，先喊小石頭來吃。
小石頭早就讓喬秀蘭給餵飽了，只顧著笑嘻嘻地在一旁玩。
趙長青只好自己捧著大碗，吃了起來。
奶白的湯底鮮香爽口，吃不出一點魚腥味；麵條勁道爽滑，比那噎人的雜糧不知道好吃多少倍。一口麵條下肚，好吃得趙長青差點把舌頭給吞了。

肚子裡忍了一天的飢餓感，瞬間被提高到極限，他大口、大口地吃著，但每一口都細細咀嚼過，不敢怠慢。

喬秀蘭在旁邊靜靜地看著。

他吃起麵來還是這麼香，就好像上輩子自己擺麵攤的那會兒一樣。

那時候不論自己多晚收攤，工作了一整天的趙長青都會來等她收攤，吃上一碗她做的麵條，再陪著她一道回家。

夜裡的小巷子可黑、可暗了，但只要他在身邊，她便一點也不會覺得害怕了。

喬秀蘭看著他，不自覺地濕了眼眶。

李翠娥在旁邊可急壞了，自家閨女看向趙長青的眼神柔情似水，絕對會出事啊！

一大碗的麵條，趙長青一眨眼的工夫就吃完了。吸完最後一根麵條，他還端起碗，把湯喝個精光。

最後他一抹嘴，才發現喬秀蘭正半哭、半笑地看著自己，而坐在旁邊的李翠娥，則黑著一張臉瞪向喬秀蘭。

他也不知道發生了什麼事，只覺得多半是自己的問題。

「嬸子，謝謝您的麵。小石頭就麻煩您了，要是沒什麼事，我先回去了。」趙長青連忙起身告辭。

「你吃飽了嗎？」喬秀蘭跟在後頭送他。

「飽了、飽了。」趙長青垂著頭，連耳根子都發紅了。他不敢瞧她，說完話就腳步匆匆地離開了。

喬秀蘭跟趙長青在北京遇到的時候，兩個人的年紀都不小了，趙長青那時候已經過一番磨礪，變得沈穩滄桑，面對任何事情都從容鎮定。沒想到這老男人年輕的時候，居然是個容易害羞的性格。

喬秀蘭忍不住抿著嘴，笑了起來。

「蘭花兒，妳跟我進來。」李翠娥的臉黑得堪比鍋底。

糟糕，自家親娘一定看出什麼來了！

喬秀蘭禁不住慌了起來，她剛才只顧著看趙長青，忘記母親還在旁邊呢。母親一個過來人，心裡肯定跟明鏡似地。

李翠娥順手把小石頭抱到裡屋穿衣服，喬秀蘭則亦步亦趨地跟進去。

「妳對長青……是怎麼回事？」小石頭智力欠缺，年紀又小，李翠娥也沒避著，開門見山地詢問起來。

「沒、沒啥呀。」喬秀蘭絞著衣襬，心中忐忑。「長青哥人很好，就是命苦了點，我只是心疼他。」

「心疼?!」李翠娥的聲音猛然拔高。「秀蘭，妳心裡可得有數，咱們家雖然不是那種嫌貧愛富的人家，長青也確實是個好孩子，但他家長輩的『帽子』可都還在呢！家世背景說到底是不怎麼好的。況且，他還打算把小石頭拉拔長大……」

李翠娥心地再好，到底還是有私心的。

趙長青作為一個同村後輩，李翠娥是心疼他的，但不代表她願意讓自家閨女跟趙長青在一起吃苦挨窮，還得給小石頭當後娘，過低人一等的生活。

「媽，您想到哪兒去了？」喬秀蘭確實想和趙長青在一起，但看著眼前心急如焚的母親，她不敢吐露心底最真實的想法，生怕又像上輩子那樣刺激到母親，害她病倒。

「不是這樣最好。」李翠娥皺著眉，又嘆息道：「蘭花兒啊，媽不會害妳，媽就想妳過得好，妳知道不？」

喬秀蘭上前握住她的手，點頭道：「媽，我知道的，我現在不會和長青哥怎麼樣的。」

當然，以後就不一定了。

如今，她得先等十年熱潮過去，再想辦法把趙長青家的「帽子」給摘了。

母女倆又說了一會兒話，喬建軍他們才開完會回來。

李翠娥想著要給閨女留幾分面子，就沒跟家人提起趙長青來過的事。

這天半夜，心裡記掛著事情的喬秀蘭又早早地醒了。

她輕手輕腳地披上衣服，來到灶房，先把瓶子裡新產出的善水倒進小水缸後，才開始熱灶生火。

她要是想跟二哥一起做生意，就得拿出一些真本事來。

喬秀蘭擺過小吃攤，手藝自然不錯，何況還有善水調味，可以說是事半功倍。只是現在物資匱乏，家裡除了一點精白麵，還真沒有特別好的東西。

喬秀蘭在櫥櫃裡翻了翻，翻出一罈曬乾的桂花。

眼下正值九月，不少桂花樹早就花滿枝椏，李翠娥在家除了家務也沒事可做，便摘了一些桂花，打算留著給喬秀蘭做髮油。

桂花味道香甜，用來做糕點真是再合適不過了。

這罈桂花是李翠娥篩揀、曬乾過的，倒是省了喬秀蘭許多工序。

她先把桂花放進鍋裡煮，把它過於濃重的香氣弄淡一些，另一邊又熟練地用善水和麵。麵和好之後，便與桂花混合，最後上鍋去蒸。

天快亮的時候，喬秀蘭的花糕終於出鍋。

她把糕點做成小小的方塊，胖鼓鼓的，上頭綴著一些金色的小巧桂花，看起來既可口又別緻。

桂花的香味混合著糕點的甜味，瞬間在空氣中飄散開來。

喬建國聞著香味，一路來到灶房。「小妹，一大早做什麼呢？真香。」

喬秀蘭拿筷子叉了一塊給二哥吃，有些忐忑地等著他的評價。

這年頭白糖也挺貴的，喬秀蘭放得很少，只用善水的甘甜去調味。但是善水她也沒敢多放，畢竟雖然現在善水的產量多了許多，但肯定要先留給家人喝；而且放多了，她也怕別人吃完效果太大，惹來懷疑，所以她和麵的時候只舀了一碗善水，兌到那井水裡。

桂花糕一入口，喬建國整個人就驚呆了。

怎麼會有這麼好吃的東西?!桂花濃香，糕點軟糯，入口即化。

這種甜和供銷社裡買到的那種糕點的甜不同，更自然甘洌，像是食材本來的味道，一點添加物都沒有似地。

雖然過去幾頓飯，喬秀蘭已經讓李翠娥加入善水，但李翠娥到底心疼那是女兒辛苦從山上挑來的山泉水，所以放得也少；且大家平時吃的都是不大好的食材，也未能將善水的美妙發揮出來。

喬建國沈浸在桂花糕的美味中，幾口就吃掉一塊，還把手指上黏著的殘渣也一併舔了。

「我再吃一塊。」喬建國說著又伸手要去拿。

平時他不是個嘴饞的人，家裡的好東西都是先讓給小輩吃，但今天這桂花糕真的太好吃了，他吃完一塊覺得齒頰留香，仍然不夠，忍不住想再吃點。

「吃吧。」喬秀蘭笑咪咪地又拿一塊給他。

喬建國這回吃得慢了些，小口、小口吃完，才饜足地嘆息一聲。「從前都不知道妳的廚藝這麼好。」

喬秀蘭臉上一臊，從前的她哪裡會做這些呢？家裡條件還算富裕，母親和哥哥、嫂子們又寶貝著她，所以上輩子她都已經是十七歲的大姑娘，卻也只會做些簡單的家務。如今她這身廚藝，都是後來生活所迫，被逼著學來的。

「二哥也知道我的廚藝，普普通通而已，這糕點能這麼好吃，都是因為加了山泉水。」喬秀蘭輕聲解釋道。

他們黑瞎溝屯背靠黑瞎溝山，那山上確實是個好地方，聽老一輩說那裡的山泉水還能入藥。就是山上時常有熊瞎子出沒，必須十分熟悉地形，不然亂闖、亂走，很容易遇上危險。

聽喬秀蘭這麼說，喬建國還真相信了。

「山上危險，妳下回千萬別再去了。好啦，二哥要出門了，妳乖乖的，一樣不許跟家裡人說，知道不？」喬建國叮囑過她之後，轉身就要離開。

喬秀蘭連忙拉住二哥，笑著說：「二哥，把我做的這些糕點都帶去唄。」

「讓我帶去幹啥？我一個人也吃不了……」話說到一半，喬建國臉上的笑僵住了。「小妹，妳不會是想……」

喬秀蘭連連點頭。「我不是說了想和二哥一起做生意嗎？所以特地半夜爬起來做糕點呢。」

「妳居然是認真的？」喬建國驚詫地說。

「當然是認真的，我還能和你說著玩嗎？」喬秀蘭討好地笑著。「二哥，你經常往縣城跑，什麼好吃的沒嚐過？連你都說我做的糕點好吃，這要是拿去賣……」

喬建國沈吟不語。

他在黑市賣了幾年的貨，當然能嗅出其中的商機。可要是把自家小妹牽扯進去，不說大哥、大嫂和母親饒不了他，他自己第一個就不願意。

喬秀蘭看著他凝重的面色，已經猜出他的想法，便鬆開手說：「二哥不願意就算了，反正縣城離咱們屯子又不遠，我自己進城去打聽、打聽，指不定也能找到路子……」

「千萬別！」喬建國眉頭皺得能夾死蒼蠅。

這黑市哪能說進就進的，自家妹子不過是一個沒有經驗的小姑娘，先不說會不會被公安抓到，光是黑市的地頭蛇，就能把她給生吞活剝了！

最後，喬建國還是敗下陣來。「這次就算了，可不能再有下回。」

有他在，就算出事，他自己擔著就是，絕對不會把小妹招出來的，總好過小妹一時腦熱，糊裡糊塗地獨自跑去黑市。

喬秀蘭笑開來，手腳俐落地把鍋子裡的點心全裝到一個大木盒裡。

喬建國用布包好木盒，直接提著東西出門去了。

他走後，喬秀蘭便把鍋碗瓢盆都刷乾淨，再打開前、後大門，通風散味。

等李翠娥起來的時候，灶頭上已經一點兒痕跡都看不出來了。

第七章

早飯過後，喬秀蘭還要下地，李翠娥卻不許，只是讓喬建軍把喬秀蘭分到村頭去修葺屋子。

那幾間屋子就是下鄉知青住的地方，高義就在那裡。

家裡其他人聽見李翠娥這樣分配，都奇怪地看著她。

李翠娥也不解釋，只說：「蘭花兒臉皮嫩，都曬黑了，看得我心疼，反正說什麼蘭花兒都不能再去田裡。」最主要是趙長青一般都在田裡幹活，她可不想讓他們兩人再見面。

這要是之前，她當然不肯讓閨女和高義走得那麼近，可昨晚喬秀蘭看趙長青的眼神那般溫情脈脈，著實嚇到李翠娥了。

兩相對比之後，高義還真是不錯的選擇，雖然幹活差了一些，但不論是家庭背景或個人條件，可都比趙長青好太多了。

「那行吧。」于衛紅也心疼喬秀蘭，就對喬建軍說：「反正你得兩頭跑，到時候多看顧一下小妹。」

喬建軍點頭，還不等他說話，李紅霞已經笑嘻嘻地插話道：「那我和小妹一起唄，我來照顧小妹。」

于衛紅奇怪地看了李紅霞一眼。

到村口修屋子雖然是個輕省活兒，但工分少得可憐。喬建國經常請「病假」，像今天也是請了假不上工的，因此往常李紅霞為了湊足工分，都會去田裡混著，沒想到今天居然連工分都不要。沒工分就沒錢買糧食，可是要餓肚子的。

不過于衛紅和李紅霞妯娌關係一般，也沒多說什麼，反正到時候吃不飽的又不是他們。

商量好之後，其他人去了田裡，喬秀蘭和李紅霞就往村口的破屋子走去。

村口的舊土房前，知青們都已經起身，正做著準備工作。

喬建軍分配好工作後，男知青們就負責砌牆、修屋頂；女知青們就負責遞遞磚瓦、搗搗水泥。

喬秀蘭一來，就感覺到一道不善的視線在自己身上盤桓。喬秀蘭不動聲色地回望過去，只看到一個留著齊耳短髮的女孩子正瞪著自己。

那女孩約莫十七、八的年紀，模樣甜美、個子小巧，頭上別著一支小花髮夾，穿著碎花襯衫，下半身是一條嶄新的軍綠色長褲，一看就知道是城裡來的姑娘。

喬秀蘭對這個女孩有印象，她叫林美香，是剛來黑瞎溝屯不過一年的女知青。

兩人並沒有什麼過節，只是林美香自視甚高，不大看得上農村的人，沒想到一來到黑瞎溝屯，她竟被喬秀蘭給比下去。

再加上她對高義青眼有加，而高義和喬秀蘭又走得特別近，久而久之，她看喬秀蘭就鼻子不是鼻子、眼睛不是眼睛的，怎麼看都不順眼。

喬秀蘭上輩子還真的跟林美香暗中較勁了好幾次，無奈上輩子的自己實在沒什麼心眼，每回和林美香對上，旁人都覺得是自己仗著有大哥這個靠山在，就隨便欺負人。

兩人的眼神對上，林美香輕哼一聲，就把頭撇過去了。

喬秀蘭比她多活上幾十年，倒是沒跟她生氣，況且自己現在十分厭惡高義，恨不得他去死，跟林美香之間也沒了利害關係。

喬建軍離開後，大夥兒很快就開始勞動。

二嫂還說要照顧她呢，居然一開工就溜到陰涼處偷懶去了。喬秀蘭可不想被別人說自家大哥故意安排自己人來偷懶，所以幹起活來格外賣力。

高義和幾個男知青蹲在牆邊砌牆，他忍不住偷偷用眼角餘光去瞧院子裡正拿著鏟子和水泥的喬秀蘭。

喬秀蘭這天穿了件很普通的淡色棉布襯衫，襯衫袖口挽到手肘，露出一截光潔白皙的手臂。

那手臂白得像是會反光似地，不知道吸引了多少男知青的火辣視線，偏偏喬秀蘭還不自覺，只埋頭幹活。她額前的髮絲都濕透了，越發顯得面容清麗。

高義心中吃味，但一想到前幾天喬秀蘭說的那番話，他又拉不下面子主動去和喬秀蘭說話。

「誒。」和高義同住一間屋的男知青周愛民，用手肘撞了撞高義，悄聲說：「你和秀蘭咋了？」

高義不高興地看了周愛民一眼。

這個周愛民，比他下鄉還早，來黑瞎溝屯都四、五年了，卻因為家庭背景不好，一直沒有機會返城。

周愛民自然也是覬覦著喬秀蘭的，此時這樣問，雖然聽起來像是在關心他，但語氣其實是幸災樂禍的。

「沒咋，我們好著呢。」高義「哼」了一聲，站起身就走到院子裡。

「蘭花兒，我幫妳。」為了不讓周愛民鑽了空子，面子這種事可以回頭再計，高義上前就要搶喬秀蘭手裡的鏟子。

「不用你幫。」喬秀蘭皺著眉躲開。

高義神情尷尬，但眼角餘光瞧見周愛民正在旁邊看著，他裝作若無其事地笑道：「我知道妳還在跟我生氣。是我錯了，咱們不鬧了好不好？」

他這話說的，好像兩人關係還曖昧著似地。

喬秀蘭聽得反胃，無奈這時候周圍都是人，要是自己和高義鬧開來，肯定會被人說閒話。她自己是不在乎什麼名聲不名聲的，但自家人的面子還是得保住。

「行，讓給你來做。」喬秀蘭把鏟子扔在地上，連多給高義一個眼神都不願意，轉頭就去找別的活兒做了。

周愛民在旁邊嗤笑出聲，高義的臉瞬間漲成豬肝色。

喬秀蘭可不管高義難不難堪，她逕自走到外頭，和旁邊一個女知青一起運送瓦片。

黑瞎溝屯現在一共有七個知青，四男三女。

喬秀蘭上輩子和其他幾個知青接觸不多，只隱約記得大概的名字。

「妳好白呀。」一個留著學生頭、皮膚略黑的女知青，羨慕地看著喬秀蘭的胳膊，忍不住讚嘆道：「要是我也這麼白就好了。」

喬秀蘭認出這是剛來黑瞎溝屯沒多久的吳亞萍，她抿嘴一笑，說：「我以前少出門，才會這麼白的；等過段時間天涼了，日頭沒那麼曬人，妳也能變白。」

吳亞萍癟癟嘴。「不可能，我在家那會兒也是這麼黑。」

「妳黑了也好看呀。」喬秀蘭真誠地說。吳亞萍雖然皮膚黑，但是大眼睛、挺鼻梁，有種「黑美人」的感覺，在後世可是很流行的。

女孩子哪有不愛漂亮的，更別說這番誇獎來自容貌不凡的喬秀蘭，因此吳亞萍也跟著笑起來。

吳亞萍雖然下鄉沒多久，但多少也聽過一些關於喬秀蘭的傳聞。尤其林美香經常說喬秀蘭仗著自家大哥是大隊長，就愛搞特權欺負人，她還以為喬秀蘭是那種仗勢欺人、狐假虎威的女孩，沒想到一聊下來，才發現喬秀蘭竟是個和氣的可人兒。

吳亞萍這麼想著，一時不覺，腳下一滑，手裡的一籃子瓦片都掉在地上，她也朝那些瓦片摔下去。

「啊！」吳亞萍驚叫著，害怕地閉上雙眼。意想中的疼痛並沒有到來，她睜眼一看，就發現自己被喬秀蘭給拉住了。

不過喬秀蘭為了要接住她，自己手裡的籃子也摔在地上，兩人籃子裡的瓦片頓時裂了好幾塊。

「怎麼辦？」吳亞萍嚇得紅了眼眶。

這瓦片是公家的，如今摔爛，今天的工分泡湯不說，指不定還得賠錢。她雖然是城裡來的，但家庭條件不算好，根本沒有錢賠償。

「沒事、沒事。」喬秀蘭拉著她，仔細地上下看了看。「人沒事就好。」

其他幾個人聽到響動，都放下手裡的活兒，趕了過來。

吳亞萍既自責又懊悔，眼淚已經不受控地流下來。

「哎喲，小妹，妳腳咋了？」李紅霞也跟著過來看熱鬧。

聽到二嫂這樣問，喬秀蘭才後知後覺地低頭看了看自己的腳。她腳上穿的是普通的灰色布鞋，剛才她光顧著去拉吳亞萍，沒注意到掉下來的瓦片砸在她的腳趾上，布鞋前頭紅了一片，顯然砸得挺嚴重。

「妳這個女知青是怎麼搞的？」李紅霞上來就推了吳亞萍一把。她今天可是打著照顧喬秀蘭的名頭來偷懶的，沒想到一個不注意，喬秀蘭的腳就受傷了，這要是讓喬家人知道，還不得集體教訓她。

「二嫂，我沒事。」喬秀蘭拉住李紅霞，歉疚地對吳亞萍笑了笑。「我二嫂就是太關心我，一時心急，妳別放在心上。」

吳亞萍紅著眼眶，搖搖頭。「是我不好，要不是為了拉我，妳也不會砸到腳。我送妳去衛生所吧。」

喬秀蘭剛想點頭，就聽林美香在旁邊涼涼地諷刺道：「喲，大隊長的妹子就是嬌貴，不過幹點活，砸爛公家的東西不說，還把自己給弄受傷了。這不知道的人，還以為妳是存心來搗亂的呢……」

「妳這女知青怎麼說話的？」李紅霞不甘示弱地罵回去。「你們這些知青，幹不了什麼活兒，還浪費公家的錢修屋子，心眼子更是比誰都壞！妳少在這兒陰陽怪氣地說話，看不順眼就滾回城裡去。」

林美香怎麼也是城裡來的姑娘，和知青們相處的時候，大家看她年紀小，又長得不錯，多少都讓著她；即使是喬建軍這般眼裡進不得沙子的大隊長，也不會跟她一般見識。她怎麼也沒想到李紅霞這個村婦，說話居然會如此不留情面。

林美香頓時紅了臉，揚高聲音說：「知青下鄉是國家政策，是偉大的國家主席定下的，妳不服政策，就和主席說去啊。」

「還敢把主席搬出來壓人，我今天就撕爛妳的嘴！」李紅霞怒吼道。

眼看著李紅霞就要撲上去大打出手，喬秀蘭忙把李紅霞拉住，說：「二嫂，算了吧。我的腳沒事，回頭去衛生所包紮一下就好了。」

她知道林美香和自家二嫂對上，肯定吃虧，但她忙著勸架也不是為了維護林美香。本來自己就是占理的那一方，但方才李紅霞不著調的一番話，把所有知青都給罵進去，原本還幫著喬秀蘭打抱不平的其他知青，此時臉色都古怪起來。

喬秀蘭擋在中間，李紅霞不好動手，也怕耽擱她包紮，於是狠狠地瞪了林美香一眼，便攙扶著喬秀蘭往外走。

「二嫂，妳別陪我了，反正衛生所就幾步的路，妳還是回去幹活吧！別回頭落人口實，說咱們不幹活。」喬秀蘭無奈地說。

李紅霞餘怒未消，也沒堅持要陪她去衛生所，只是說：「那妳先去衛生所包紮一下，我去跟妳大嫂說一聲。」

李紅霞就不信自家那厲害的大嫂來了，這女知青還敢囂張！

第八章

喬秀蘭一瘸一拐地走向衛生所。

剛被砸的時候，她還不覺得疼，不過現在走動了幾步，就開始感到鑽心的疼痛。

日頭炎炎，路上一絲風兒也沒有。

她方才幹活，本就出了一身汗，這時忍著疼痛走上兩步路，那汗流得真和水裡撈出來的沒兩樣。

喬秀蘭心裡忍不住煩躁起來。

早知道就不瞎做好人了。

想是這麼想，可要她看著一個漂漂亮亮的小姑娘摔在瓦片上，卻坐視不管，她還真做不到。

好不容易快到衛生所了，旁邊的小路上忽然拐出一個高瘦人影。

那人身板寬闊、背脊挺得直直的，如蒼勁挺拔的松樹，肩上還架著一根扁擔，挑著兩個大木桶。

喬秀蘭眼睛一亮，一眼就認出來是趙長青。

好吧，老天對她還是很不錯的，雖然讓她受傷又受氣，但這會兒能遇上趙長青，也算是一種補償。

「長青哥。」喬秀蘭高喊一聲。

趙長青聞聲，便站住了腳。

當喬秀蘭以為他要停下來的時候，趙長青卻突然加快腳步，就好像後頭有什麼野獸在追他似地，只見他三步併作兩步，很快地消失在喬秀蘭的視線中。

至於這樣嗎？喬秀蘭咬住嘴唇，也不知道是因為疼痛，還是委屈，眼中不自覺地泛起淚花。

她垂著眼睛，繼續慢慢地挪動步子。就在快要走到小路盡頭的時候，熟悉的高大身影再次出現。

趙長青空著手，帶著一身水氣，又折了回來。

「妳咋了？」男人渾厚的關切聲響起。

他不問還好，喬秀蘭還能忍住眼淚，可他這一問，她眼眶裡的淚珠子馬上不受控地滾滾而下。「我的腳被瓦片砸了……」

趙長青低頭一看，見她左腳布鞋的前端紅了一大片，立刻著急道：「這麼嚴重？妳家人呢？怎麼讓妳一個人帶著傷走路……」

喬秀蘭抽抽噎噎地說：「他們都在幹活呢。我剛開始還不覺得疼，想說去衛生所也沒幾步路，就一個人過來了。」

小姑娘的聲音軟軟糯糯，還帶著哭腔，讓趙長青的心瞬間軟成一片，之前什麼想要避諱的念頭，全都被拋到腦後。

「那妳現在還能走不？」趙長青憂心忡忡地問。

喬秀蘭故意搖搖頭。「沒辦法，實在太疼了。」

「那我……」那我揹妳吧。話到嘴邊，趙長青卻怎麼也說不出口了。他截住話頭，嘴唇翕動，好一會兒才繼續說：「那我去通知妳家人吧。」

這個榆木疙瘩！喬秀蘭都快被他氣笑了。

她垂下眼睛，神色委屈地嘆息一聲。「行吧，那我先在路邊等著，反正已經流了這麼多血，再流一會兒也沒事。」

聽她這樣說，趙長青的眉頭皺成了「川」字。他想也沒想，寬大的身板立馬在喬秀蘭面前蹲下去。「上來，我揹妳去衛生所。」

喬秀蘭笑得眉眼彎彎，這會子什麼疼痛、什麼委屈，全都消失不見了。

本來嘛，她上輩子吃過那麼多苦，這麼點小傷根本算不了什麼，她不過是想和趙長青撒撒嬌罷了。

喬秀蘭生怕趙長青反悔，立刻趴到他的背上。

小姑娘的身子輕得像一片羽毛，趙長青毫不費力地一站而起，還十分規矩地把雙手捏成拳頭，端正地擱在自己腰間。

喬秀蘭趴在他背上，雙手環住他的脖子，笑得像隻偷腥的貓。她把下巴擱在他突出的肩胛上，聞著他髮間濕漉漉的青草香氣，心裡恨不能他走得慢些、再慢些……

趙長青面無表情，實則內心早已天翻地覆。

鼻尖盡是小姑娘身上傳來的香甜氣味，像桂花的香氣，又比桂花更特別；背上綿綿軟軟的一團，不用想也知道是小姑娘豐滿的胸脯……他只能強忍住綺念，將注意力放在眼前的路上。

小姑娘的身子又輕又軟，就好像要在他背上化開似地。他每一步都走得謹慎又沈穩，生怕她在他背上會被顛得不舒服。

男人腳程極快，一步能抵得上喬秀蘭兩步，才一眨眼的工夫，就要到衛生所了。

沒幾分鐘後，兩人抵達衛生所。

趙長青把人放下，低頭說：「妳進去吧，我先走了。」

喬秀蘭哪裡肯這麼放他離開，她咬住下唇，也不答話，只是委屈地看著他。

趙長青明明是想走的，可對上她欲語還休的眼神，他的雙腳就跟灌了鉛似地挪不開。

兩人僵持了數分鐘，最後趙長青深深地嘆口氣，敲了敲衛生所的大門。

衛生所只有一個醫生，姓張，是個二十多歲的姑娘，在縣城上過中專衛校，才來黑瞎溝屯不到兩年。

「怎麼流這麼多血？快進來。」張醫生打開大門後，趕緊招呼道。

喬秀蘭順勢往趙長青身上一靠，趙長青趕緊扶住她，身上不自覺又緊繃起來。

趙長青扶著喬秀蘭，坐到一旁的凳子上。

張醫生幫喬秀蘭脫下鞋襪，只見喬秀蘭雪白的腳背上，有大半邊都染上血，大拇趾的指甲已黑紫一片，還在汩汩往外滲血。

「還好、還好，只是斷了指甲，沒傷到骨頭。」張醫生檢查過後，用雙氧水替喬秀蘭沖洗傷口。

在農村裡，大夥兒天天都要幹農活，受這一點傷真的算不上什麼，但這傷出現在喬秀蘭粉嫩細緻的腳上，就顯得格外可怖了。

趙長青在旁邊看著，眉頭皺得能夾死蒼蠅。

腳上雖疼，但還在可以忍受的範圍內，不過此時有趙長青在身邊，喬秀蘭一點也不想忍著，時不時發出抽氣聲。

趙長青心急如焚，忙道：「張醫生，妳輕一點。」

張醫生笑了笑，說：「要不你來？」

趙長青趕緊搖手。「不用、不用。」他一個大老粗，哪裡做得來這種細緻活呢，何況那可是喬秀蘭的腳，他吃了熊心豹子膽也不敢碰啊！

沖洗完傷口，張醫生用棉花棒蘸了碘酒，幫喬秀蘭搽了傷口，又替她上好藥，再用紗布把受傷的腳趾包起來。

「沒事了，妳在家歇個幾天，記得三天內不要碰水，過兩天自己用碘酒再搽搽就行。」張醫生走到櫃子前，拿出一小瓶碘酒遞給她。

喬秀蘭收下碘酒後，伸手掏著口袋，準備給錢。

張醫生連連擺手。「妳這就一點小傷而已，不用錢。」

黑瞎溝屯雖然只這麼一個衛生所，但這年頭大家吃飽都是問題，所以小病、小痛什麼的，很少會來看醫生；要是得了大病，也會跑去縣城裡的醫院，根本看不上張醫生這麼一個小姑娘的醫術。

倒是喬秀蘭，她是喬家的寶貝疙瘩，但凡有個頭疼腦熱的，喬家人都會帶她來衛生所看病。前幾天喬秀蘭身子虛得不行，喬家人才請張醫生過去給她打葡萄糖，這一來二去的，兩人也算相熟。

「這怎麼好意思？」喬秀蘭抿唇一笑，還是把碘酒的錢給付了。

「還疼嗎？」趙長青在旁邊小聲地問。

喬秀蘭強忍住想笑的衝動，點點頭。「很疼呀。」

張醫生年紀不大，但在縣城上學的時候，也是談過戀愛的，一看就知道小姑娘是對眼前的黑瘦男人上了心。

「晚上睡覺的時候會更疼，老話說十指連心，這腳趾也是一樣的。」張醫生適時地敲起邊鼓。

果然，趙長青聽完更緊張了，試探地問喬秀蘭。「那妳別走路了，我揹妳回去？」

喬秀蘭在心中偷笑，剛想說「好」，就聽見外頭傳來尖銳的女聲。

「這是誰家的大糞？就這樣扔在路邊，害老娘差點沒一腳踩進去。」

唉，她二嫂李紅霞來了。

趙長青黝黑的臉上迅速泛起紅暈。「我的活兒還沒幹完，先走了。」說完就奪門而出。

喬秀蘭還沒來得及留人，趙長青已經沒了影兒。

只見李紅霞走進來，臉上帶著幾分討好的笑意。「小妹，妳的腳還好吧？醫生咋說的？」

李紅霞剛才去和于衛紅告狀，本想讓大嫂去給她出頭的，沒想到于衛紅聽說喬秀蘭受傷後，馬上劈頭蓋臉地說她不分輕重緩急，竟然放著喬秀蘭一個人看醫生去了。

李紅霞被說得脖子一縮，慌慌張張地來找喬秀蘭將功折罪。

「沒事，就是腳趾甲被砸裂了，養兩、三天就好。」喬秀蘭懨懨地站起身，和李紅霞一起走出衛生所。

得養個兩、三天呢，還說沒事?!李紅霞在心裡碎唸著。

這年頭家家戶戶為了吃飽飯，都恨不得一個人能掰成兩個人去掙工分，也就自家小姑子金貴，又被家裡人寵著，可以說歇就歇。

兩人一起緩緩地往家裡走去，李紅霞見她不怎麼說話，以為她在生自己的氣，就找話說道：「真是奇了、怪了，剛才來的時候，明明路邊還有兩個大糞桶，這一眨眼的工夫怎麼就不見了呢……」

喬秀蘭忽然明白了，怪不得她方才遇到趙長青的時候，他一看見她就跑，敢情是在挑糞呀。那他一身的水氣也就說得通了，應該是去水塘邊沖洗身子了。

原來他不討厭她，只是害臊。

不愧是她喜歡的男人，連挑個大糞都那麼可愛。

這麼想著，喬秀蘭不愉快的心情頓時一掃而空，忍不住彎唇笑起來。

喬秀蘭在二嫂的陪同下回了家。

李翠娥看到閨女一瘸一拐地回來，立刻把她攙扶進屋，脫掉她的布鞋查看傷口。

喬秀蘭的大腳趾被紗布包裹幾圈，看著比平時大了一倍。

李翠娥心疼不已，忍不住自責。「早知道妳會受傷，媽說什麼也不會讓妳去幹活的。」

喬秀蘭心情很不錯，腳上那點疼痛也就忽略不計了，她笑著說：「這只是個意外，哪來的早知道？當然，二嫂也沒想到會這樣。媽，回頭您可別罵二嫂啊，要是大哥、大嫂問起來，您也得幫著二嫂說話才是。」

雖然她知道上輩子二哥出事後，二嫂不到一年就改嫁，不過眼下他們還是夫妻，她也會努力不讓二哥去坐牢，所以終究希望他們這輩子能和和美美地走下去。

李翠娥點點頭。「媽知道的。」

這時候李紅霞在窗戶底下偷聽著，生怕小姑子在背後向婆婆告狀，沒想到小姑子卻主動為自己開脫。

沒想到平時任性嬌縱的小姑娘，居然也知道幫人說話了。這麼想著，李紅霞轉頭瞧見在院子裡玩泥巴的小石頭，倒也不覺得那麼刺眼了。

一到中午，喬家人都從田裡回來吃飯了。

喬秀蘭本想幫著母親一起做飯，但李翠娥說什麼也不肯同意。吃午飯的時候，也不許她出屋子，特地把飯菜端進去。

如同喬秀蘭所說，喬建軍和于衛紅果然在飯桌上批評起李紅霞。

喬建軍聽說李紅霞偷懶，根本沒怎麼幹活，後來還對知青們破口大罵，氣得他大罵李紅霞沒有政治覺悟，居然敢對主席提出的政策指手畫腳。

于衛紅則是單純護短，直言李紅霞打著照顧喬秀蘭的旗號去偷懶，卻在喬秀蘭受傷後，只顧著和人吵架，讓她一個人去衛生所。

別看李紅霞和人吵架時那般蠻橫，在厲害又精明的兄嫂面前，卻是連大氣都不敢出一聲，被罵得縮著脖子、直點頭，表示下次再也不敢了。

李翠娥想著閨女之前的提醒，出來打圓場說：「這件事也不怪老二媳婦。咱們蘭花兒從小就沒做過什麼重活，才會一不小心把自己給弄傷，老二媳婦見她受傷，可不是著急嘛，才亂說了幾句，也不是成心的。」

喬建軍夫婦聽李翠娥這麼一說，也就不再多說什麼了。

一家子吃過飯，回屋歇上一會兒，就又都去上工。

喬秀蘭是別想出門了，李翠娥心疼她心疼得要死，叮囑她得乖乖待在屋裡休息。

這年頭待在家也沒什麼娛樂活動，喬秀蘭就找來姪子們的小衣服和小褲子，打算改給小石頭穿。

不知道是不是因為喝了善水的緣故，還是小石頭發現喬家人對他的好，他並不像之前那樣老是在田裡瘋玩，而是待在喬家附近玩耍，李翠娥只要在門口喊一聲，他聽見就知道要回來。

李翠娥到底心軟，雖說剛開始還不大願意讓小石頭留在喬家，現在卻是一會兒沒看見小石頭，就要去門口喊上兩聲，確保他沒亂跑。

至於幫小石頭換藥、洗澡、餵飯等等的，更是不用喬秀蘭操心，李翠娥全都一手包辦。見自家親娘這般疼愛小石頭，喬秀蘭心裡有著說不出的歡喜。

第九章

到了傍晚，喬建國才從縣城回來。

喬秀蘭擔心著桂花糕不知道賣得如何，因此一聽見他回來，就趕緊走出屋子。

堂屋裡，喬建國正拿著茶杯，咕嚕、咕嚕地灌著水。

李翠娥在旁邊嘮叨著。「你這小子隔三差五的請病假，也就你大哥是大隊長才能這樣慣著你。你要是再這樣下去，別人會說你大哥公私不分的。」

喬建國喝完水，抹一抹嘴，笑著說：「媽，我身體打小就不好，您也是知道的。這賺工分固然要緊，但還能比兒子的健康更重要嗎？」

他這話倒是不假。

過去最困難的那段時間，家家戶戶都吃不飽飯，野地裡能吃的野菜、甚至連樹皮都快讓人啃完了。從前喬老爹還在的時候，都是勒緊了褲腰帶，把口糧省給媳婦和孩子吃，而喬建國看著油嘴滑舌，其實性格卻跟喬老爹最相似。

鬧饑荒那幾年，回回家裡好不容易得些吃的，喬建國都說在外頭吃飽了，家裡人不相信，他就露出鼓鼓的肚皮。他性子活潑好動，經常往城裡跑，交的朋友也是三教九流都有，當時家裡人還真信了他的話。

可後來李翠娥才知道，不單農村的日子不好過，城裡人也沒有餘糧，喬建國哪裡能在外面吃上飯呢？他就是在外頭刨土吃，只為了讓家人活命。

後來年景好了，一家子都沒落下什麼病根，只有他，在年富力強的年紀裡，身子卻還不如小時候。因為這件事，喬建軍這個說一不二的大隊長，才對他的「病假」睜一隻眼、閉一隻眼。

李翠娥想到這裡，眼眶不禁紅了，也不好再說他，只問他在城裡吃過飯沒有？又怕他捨不得花錢吃飯，還不說真話，便逕自去灶房裡熱饃饃。

喬秀蘭走進堂屋的時候，二哥已經和母親說完話。

喬建國一見她，立刻眉開眼笑的，顯然是有好消息要告訴她。可一瞧見她一瘸一拐的走路姿勢，他臉上的笑容瞬間消失。

「妳腿咋了？」他神情嚴肅地問。

「沒事，不過是幹活的時候砸到腳趾。我已經看過醫生，醫生說休息幾天就好。」喬秀蘭避重就輕地說。

喬建國快步上前，半扶半抱地把她放在長凳上。「妳這丫頭怎麼不小心些？現在天還這麼熱，傷口要是發炎了咋辦？」

喬秀蘭拽了拽他的衣襬，放柔聲音道：「好啦，二哥，我又不是小孩子了。再說媽在家呢，有媽顧著我，肯定沒兩天就能養好。你快和我說說，那些桂花糕賣得咋樣？」

說到這個，喬建國的臉上又有了笑容。「賣得好極了！小妹，妳是不知道，那麼一大盒桂花糕，居然一早上的工夫就全賣光。還有好些客人從朋友那裡嚐到桂花糕，特地趕過來要買，知道已經賣完後，那叫一個後悔啊，都眼巴巴地問我明天還有沒有？」說著喬建國就掏出口袋裡的錢，遞到喬秀蘭面前。

喬秀蘭把錢接過來一數，足足有六塊多……

她早上用了五斤左右的麵粉，再加上桂花，兌上水以後，總共做出七斤多的桂花糕。這樣算起來的話，她二哥可是賣了八、九毛錢一斤呢。這精白麵也才兩毛錢一斤，五斤麵粉不過一塊錢，白糖她就抓了一小把，可以忽略不計。這麼算下來，她今天一天就淨賺了五塊錢！

這年頭城裡工人的工資，多的一個月也才三、四十塊。

喬秀蘭摸著手裡的幾塊錢，心裡美滋滋地想著，照這麼下去，一個月掙個兩百塊左右，那還不是輕而易舉？

然而還不等她作起美夢，就聽喬建國說：「二哥只幫妳這一回，日後可不許再胡鬧。」

喬秀蘭一愣，趕緊說：「別啊，二哥。你看我也是有點本事的，咱們一起做生意嘛。」

她之前雖然嚇唬過二哥，說要自己去黑市單幹，但她也只是說說，她又不傻，知道這裡頭的門道深得很。從今天二哥賣桂花糕的價錢來看，她就知道自家二哥不簡單，那供銷社的餅乾也才賣七毛錢一斤呢。

不等喬秀蘭細說，李翠娥已經端著熱好的饃饃進來了。

喬建國拿起饃饃就大口吃起來，顯然真的沒捨得在城裡吃飯。

母親在這兒，喬秀蘭只能在一旁乾著急。

唉，到底怎樣才能說服二哥讓她入夥一起做生意啊?!

暮色四合的時候，不論是農村或縣城的勞動人民，都該回家了。

周瑞從一棟位置隱蔽的筒子樓裡出來，吩咐附近放風的小弟可以收工。

他雖然才三十出頭，但接管黑市已經好些年，在六幾年滿大街紅衛兵、紅小兵的時候，他就開始幹這個行當。這麼些年了，同行跑的跑、坐牢的坐牢，只有他，仍舊屹立不倒，靠的不過是一份謹慎認真的態度而已。

周瑞沒有回家，而是先去黑市巡視一圈。

眼下黑市裡的人已經走得七七八八，他一個個攤位看過去，剩下的人不論年紀大小，一見到他，莫不尊稱一聲「周哥」。

黑市裡位置最好的攤位，此時已空無一人，只剩下旁邊攤位的主人還在，那是個四十來歲的中年人，叫王自強。

「喬二呢？他今天這麼早收攤？」周瑞疑惑地問王自強。

喬建國雖然是農村人，但特別機靈，朋友也多，進黑市沒幾年，生意可說是蒸蒸日上。

周瑞知道喬建國的大哥是生產隊的大隊長，他不好總是請假，每次出來都不容易，所以每回一到他請假出來的時候，都是留到最晚的那個。

王自強討好地遞了根白貓香菸給周瑞，笑著說：「這小子今天也不知道走哪門子的狗屎運，收到幾斤上好的點心，上午買點心的人可都要搶破頭了，連帶著他賣的其他東西銷路也特別好，下午就把東西全賣個精光，回家去了。」

「哦？」周瑞挑眉。能流進黑市的東西，他心裡有數，倒是沒聽說有什麼上好的點心。

王自強拿出一個小布包，獻寶似地捧到周瑞眼前。「就是這個糕點。上午我嚐了一塊，覺得味道特別好，就買了小半斤，打算帶回去給我家婆娘解解饞。不過周哥來得正好，拿回去給大娘換換口味吧。」

周瑞的母親身子不好，已經病著有好些年，在黑市裡待了有些年頭的老人都知道這件事。

周瑞也沒推辭，接過布包，又和王自強聊了幾句，便繼續巡視。見沒有可疑行蹤的人，就回家去了。

周瑞的家在縣城中心地段極佳的樓房裡，那是他爹當年光景好的時候，上頭分下來的房子。後來因為背景問題，他家裡過得十分慘澹，要不是他大哥在部隊裡立了功，升了軍銜，這房子怕是也要拱手讓人。

家裡黑漆漆一片，周瑞打開燈，燈泡是黃光的，頓時把家裡照得暖融融一片。

周瑞的母親蔣玉芬在房裡問：「是不是阿瑞回來了？」

周瑞在外頭的綽號是「黑面神」，可一聽到母親的聲音，神色立馬柔軟起來。「媽，您還沒睡呢？」

蔣玉芬披上衣服，從房裡走出來，笑著問他。「今天工作還順利吧？餓不餓？媽給你熱飯吃。」她年紀大、身子差，一直在家裡養著，並不知道周瑞在外頭幹些什麼。周瑞說他在工廠當工人，她就真的相信了。

看著母親蒼老的容顏和渾濁的眼神，周瑞心裡一陣難受。

「工作很順利。媽，您別忙，我已經吃過了。」他一邊說，一邊把手中的布包遞給母親。「這是我回來路上買的點心，您嚐嚐。」

「又亂花錢。」蔣玉芬笑罵他一句，拉著兒子坐到桌前。

解開布包，一陣濃淡適宜的桂花香瞬間撲面而來。

「喲，這麼香，一定不便宜吧。」蔣玉芬念叨著，先拈起一塊遞到周瑞嘴邊。

周瑞也被這香味給吸引，順手接過糕點，放到嘴裡。

糕點清甜軟糯，入口即化，讓人齒頰留香。甜味和桂花香味相輔相成，嚼在嘴裡就好像置身在漫山遍野的桂花林子裡；更難得的是，這甜味很特別，不像加了許多糖的那種黏膩的甜，反而像是來自食材本身的天然甜味。

饒是周瑞這樣在黑市裡嚐慣好東西的人，都不得不讚嘆一聲「好吃」。這冷的已經這樣好吃了，那剛出鍋、還熱著的時候，不知會好吃成什麼樣？

周瑞這時候才相信，王自強說那些買糕點的人都快搶破頭，多半是真的。

好東西難得，周瑞不願多吃，只推說自己吃飽了，讓母親把剩下的都吃完。

蔣玉芬長年被病痛折磨，胃口本就一般，再加上年紀大了，牙口不大好，能吃的食物就更少了。

今天這軟糯的糕點，倒是格外對她的胃口。

蔣玉芬本想只吃一塊嚐嚐味道的，但一塊吃完，那真是回味無窮。她想著反正是兒子的孝心，再多吃一塊也無妨……就這麼一塊接一塊，半斤桂花糕都被她給吃完了。

當吃下最後一塊的時候，蔣玉芬後悔地道：「媽平時也不是嘴饞的人，今天不知道怎麼回事，這麼好的東西，竟讓媽一個人吃完了。」

看著母親胃口大開的樣子，周瑞心情極好。「這東西不貴，媽要是喜歡，我明天再買一些回來。」

母子二人又說了一會兒話，才各自歇息。

第二天一大早，天才剛亮，周瑞就起床了。讓他意外的是，母親居然還在睡覺。

蔣玉芬早年吃過太多苦，在家裡最艱難的那幾年，紅衛兵和紅小兵們一到晚上就會衝進他們家。這麼多年來，她從沒睡過一個安穩覺，總是早早就醒了。

一直到周瑞洗漱完，蔣玉芬才從屋裡走出來。

一夜安睡，她的面色好看了不少，瞧著也格外精神。

「對不起，媽睡晚了，你早飯咋辦？」蔣玉芬不好意思地說。

周瑞笑著搖頭。「不礙事，我出去隨便吃點東西就行。」

蔣玉芬通體舒暢，神色也輕鬆不少，笑著說：「說來奇怪，昨兒個我還在想，晚上吃那麼多糕點，該積食睡不好覺了，沒想到一沾枕頭就睡著，這一晚上連個夢也沒作。」

周瑞當然沒把這一切歸功於那桂花糕，只以為是母親難得胃口大開，吃得舒服，所以才睡得好，精神也好了。他笑著說：「那行，回頭我再買些桂花糕回來。」

蔣玉芬本想讓兒子別浪費那個錢，但昨天吃過糕點之後，身子確實舒坦不少，便點點頭說：「行，不貴的話就買一些吧。」

又和母親說了一會兒話，周瑞才走出家門。

記掛著母親交代的事，周瑞這一天難得在天還亮著的時候，就親自去了一趟黑市。

沒承想，喬建國居然又不在攤位上，攤位上只有一個十五、六歲的少年，綽號叫猴子，是喬建國帶了兩年的徒弟，也是個能說會道的機靈人。

「你師父今天沒來？」周瑞走到攤位前，笑著問道。

猴子咧嘴一笑，說：「周哥您是知道的，我師父請一回假可不容易，他昨天才來過，下回得過兩天才會來了。」

喬建國也是個小心的，他每隔兩、三天才親自來一趟黑市，其他時候就讓猴子顧攤位，他只負責在鄉下收東西。當然了，喬建國也不傻，雖然猴子是他一手帶進門的，但他知道人在錢財面前是靠不住的，所以早就和隔壁攤位的王自強打好關係，讓王自強監督猴子收錢。

周瑞點點頭，沒再說話。

猴子試探地問道：「周哥找我師父有事？」

周瑞淡淡地說：「昨天拿到一些你師父賣的桂花糕，家裡老人吃著挺好，就想再來買點兒。」

猴子搔搔頭說：「不瞞周哥，光今天一早來問桂花糕的，就有十幾個人。攤位的貨都是由師父一手操辦，我只是個顧攤子的，真不知道他是從哪兒收來的糕點。」

黑市裡的人漸漸多起來，周瑞也沒多待，只交代猴子跟喬建國說一聲，便離開了。

過沒多久，猴子就瞧見喬建國的身影出現在黑市裡。

猴子奇怪地問：「師父昨兒個不是才來，今天咋又過來了？」

喬建國無奈地擺擺手。「別問了，家裡不能待。」

可不是不能待嗎？自昨日回去後，他家小妹非要長期跟他一起做生意，他自然不肯，幾次小妹想要拉著他說話，都被他躲開去。後來小妹乾脆他去哪裡，她就像小尾巴似地跟著他到哪裡，這在家裡跟進、跟出也就算了，還說今日要跟著他下地，她腳傷可還沒好呢！

家人不許，但喬秀蘭吃了秤砣鐵了心地要跟著他，他們自然問起發生了什麼事。

喬建國緘口不言，喬秀蘭也不說，只是似笑非笑地看著他。

家裡人一想——得，甭問了，肯定是她二哥欺負她了唄！

然後就是他媽、他大哥、他大嫂，就連平時不說話、在家裡幾乎沒有存在感的三弟，都一起輪番上陣，對他進行車輪戰式的批評教育。

喬建國有苦難言，今天連假都沒跟大哥請，就直接翻牆跑出來。他不敢走正門，小妹半夜一直偷聽著院子裡的動靜呢，只要門一響，她又會跟出來。

喬建國貓進攤位裡，拉了張小板凳坐下，心想終於清靜了，卻聽猴子說道：「師父，今天周哥特地過來，說那桂花糕家裡老人吃著好，想要再買。」

喬建國呆住了。

周瑞啊，那可是黑市老大，是他得供著的財神爺。而且這周瑞還是出了名的孝子，居然為了糕點，特地在大白天跑來黑市，其重視程度可見一斑。

沒想到周瑞家的老母親會喜歡吃自家妹子做的桂花糕，他要是拿不出來，那周瑞肯定要想方設法地把這背後做糕點的人給挖出來……他知道，周瑞絕對有這個手段。

喬建國欲哭無淚，如今可說是「內憂外患」不斷，看來非得同意小妹入夥不可了。

第十章

喬秀蘭這天一如既往地早起，她幫母親一起做完早飯後，卻沒在飯桌上看到二哥。

喬建軍問起，李紅霞才訕笑著說：「建國昨晚突然鬧肚子，今天一大早就出門去了，應該是打算去城裡買藥吃。」

往常喬建國出門，要麼請假，要麼天亮前會趕回來，倒是頭一回什麼也沒交代就出去。不過李紅霞昨晚才收了喬建國賺來的一大筆錢，現在自然得幫著說話。

自家二弟的身體問題，一直都是喬建軍的心結，於是也沒再多問。

喬秀蘭在旁邊安靜聽著，心裡已經猜到二哥多半是為了躲自己，才早早出門的。她也不急，反正跑得了和尚、跑不了廟，二哥怎麼也得回家不是？反正現在家人都不讓她出門幹活，她在家安心守著就是。

下午，喬家人都去了田裡，李翠娥則帶著小石頭去衛生所換藥，家裡就剩下喬秀蘭一個人。

她沒什麼事做，就拿了把蒲扇，端坐在堂屋裡。

當喬建國跨進家門的時候，喬秀蘭倏地站起身，笑咪咪地迎出去。

「二哥回來了啊？熱壞了吧。」喬秀蘭殷勤地為她二哥搧著風。

喬建國無奈地看她一眼，灌了兩口水後，才低聲道：「我同意妳入夥了。」

「真的?!」喬秀蘭驚喜地叫出聲，一雙杏眼亮晶晶的。本以為依二哥的性子，不磨個十天半個月，這事還不能成呢。

喬建國嘆口氣，嘟囔道：「我倒希望是假的。」要不是周瑞摻和進來，他可不會同意。

喬秀蘭拉著她二哥，一瘸一拐地往灶房走去，開心地說：「二哥，我這兩天又想到一樣新東西可以賣，你快來瞧瞧。」

喬建國任由她拉著，嘴裡還不忘念叨。「妳走慢點、走慢點，妳的腳傷還沒好呢。」

喬秀蘭帶著二哥來到灶房，此時灶臺上擺著一個灰撲撲的陶土罈子。

「這不是咱媽醃的酸梅子嗎？」喬建國一眼就認出來。往年天熱的時候，自家小妹苦夏，胃口總是不好，所以母親每年都會醃上一些酸梅子，以備不時之需。

喬秀蘭笑得眉眼彎彎，說：「我現在身子已經比從前好很多，不需要這些了，不過咱媽的勞動成果放著也是浪費。二哥可以帶上酸梅和水，直接在攤位上沖成酸梅湯，不論是客人或商販，在這種大熱天裡都會想喝上一碗的。」

喬建國摸著下巴想了想，還真是這個道理。

來黑市的人，不管商販還是客人，為了不讓別人認出來，都是經過喬裝打扮的，一般會把自己捣得嚴嚴實實。如今天氣熱，在黑市裡中暑的人，更是不在少數。

不得不說，自家小妹這個把商販也變成客人的想法，實在是妙！

「這酸梅湯能好喝嗎？」喬建國將信將疑。

李翠娥醃的酸梅子，他不是沒有吃過，裡頭還放了一些山楂，絕對是夠酸的，但吃多了牙齒容易不舒服。更何況在這個吃飽都是問題的年頭，也沒人想過去沖什麼酸梅湯喝。

喬秀蘭早就提前用善水煮了一鍋酸梅湯，她趕緊盛來讓喬建國嚐一嚐。

喬建國在外頭奔波回來，一身熱氣還沒散掉，他端起碗就喝上一大口。

酸梅是一如既往地酸爽，但入口之後，卻有一股清冽的甘甜。這酸梅湯酸酸甜甜的，喝進胃裡特別舒服，渾身的燥熱頓時一掃而空。

喬建國喝完一碗後，抹了抹嘴，意猶未盡。他疑惑地問：「這酸梅湯怎麼會這麼冰？」

這個時候家裡沒有冰箱，只能用井水降溫，可要是把井水放在日頭底下，過沒一會兒就會帶上熱氣。但喬秀蘭用的善水則與眾不同，善水冬暖夏涼，並不會被外界的溫度所影響，而且這善水一直裝在空間裡，裡面是恆溫的。

喬秀蘭想到要賣酸梅湯，一來是眼下的時節正好合適，二來是她腳上受傷，不能再以山泉水的名頭往家裡添善水，而善水全裝在空間裡的熱水瓶裡，馬上就要裝不下了。

喬秀蘭也不點破，只說：「我用山泉水沖的，所以喝起來才會比較冰吧。」

喬建國點點頭，說：「那妳打算怎麼個賣法？」

「我會先把酸梅子煮過一遍，二哥你再用陶土罐子帶兩罐去，賣的時候只要用水沖一下就行。至於這價錢麼，我倒是不知道該怎麼定價才好。」加了山楂的酸梅子不是稀罕物，這善水更是無本買賣，所以定價方面，就交給喬建國了。

喬建國想了想，說：「那咱們就主打『養生山泉水』的招牌，一大碗五分錢，要是銷路不好，我再降價。」

五分錢在這個時代能買一塊大餅吃了，還真是不便宜。

「二哥，讓我跟你一起去唄。」喬秀蘭眼巴巴地看著她二哥。

「不行！」喬建國斷然拒絕，眉頭立刻皺起來。「二哥都答應幫妳賣東西了，妳可不許再鬧，我這都是為妳好，懂不懂？」

喬秀蘭當然懂，但她也不傻，要想長久地在這行幹下去，肯定得自己先去熟悉一番，不能事事依仗二哥。再說，光躲在家裡做吃食，日後她還怎麼幫二哥規避風險?!

「求求你啦，二哥，我只是想去見見世面。我就去這一次，好不好？再說賣這酸梅湯，你要帶酸梅，又得帶上『山泉水』，你一個人就兩雙手，哪提得動嘛？」喬秀蘭把聲音放柔，楚楚可憐地懇求著。

面對小妹的撒嬌，喬建國毫無抵抗力，不過茲事體大，搞不好可是要坐牢的。他狠下心，不去看小妹滿臉希冀的模樣。「不行，我寧願自己多跑兩趟。」

「二哥、好二哥，求求你了……」喬秀蘭仍舊不依不饒。

喬建國生怕自己再多待片刻就會心軟，他拔腿就往門外狂衝。

喬秀蘭一瘸一拐地跟到門口，哪裡還看得到自家二哥的身影。

「跑得真快！」喬秀蘭氣鼓鼓地嘟囔著，正準備回屋裡去，卻猛地看到旁邊的樹下藏著一個鬼鬼祟祟的身影。

原來是躲在這裡了。喬秀蘭抿嘴偷笑，放輕腳步，悄悄地走了過去。

「抓到你了！」喬秀蘭壞笑著跳到樹後，一把抓住男人的一隻手。

男人的手黝黑精瘦，帶著灼人的熱氣，猛地被她抓在手裡，他抖了一下後，身子瞬間僵硬。

她的視線上移，才發現自己抓著的不是二哥，而是脹紅了臉的趙長青。

「長青哥，你怎麼在這裡？」喬秀蘭喜出望外。這兩天她的腳受傷，母親防賊似地顧著她，不讓她出門，她感覺自己已經好久沒見到趙長青了。

趙長青瞧見她抓著自己胳膊的白嫩小手，耳根都燒了起來，小聲解釋道：「我、我是來看看小石頭……」

喬秀蘭並未鬆手，反而把他往家裡拉。「我媽帶小石頭去衛生所換藥了，才剛出門沒多久。外頭熱，你進屋等吧。」

「不用、不用，我在外面等就行。」趙長青急忙拒絕，可喬秀蘭卻不撒手。

想起她腳上還有著傷，他也不敢掙扎，喬秀蘭就這樣一路把趙長青拉回家裡。

「怎麼就傻站在外頭等呢？」看著後背已經濕透的趙長青，喬秀蘭心疼極了。「家裡正好有酸梅湯，我拿一些給你嚐嚐。」

說完也不等趙長青拒絕，喬秀蘭直接拐進灶房，盛了一碗酸梅湯出來。

小姑娘皓腕纖纖，端著紅湯，看起來十分賞心悅目。

趙長青意識到自己唐突了，趕緊把視線從喬秀蘭的手腕上移開。

他小心翼翼地接過喬秀蘭遞來的酸梅湯，那味道讓他的口水不自覺地分泌出來。

「那就謝謝喬家妹子了。」趙長青一口氣把酸梅湯飲盡。一碗冰冰涼涼的酸梅湯喝下去，他身上的熱氣立刻就散了。

喬秀蘭彎了彎唇角，說：「長青哥常在外頭幹活，容易中暑，我幫你裝一點酸梅湯帶回去吧。」她知道趙長青肯定是要拒絕的，所以不等他開口，就又回到灶房。她分出一些酸梅湯，然後裝在一個熱水壺裡。

她把熱水壺遞給趙長青，見他不接，便聲音軟糯地勸道：「這不是什麼貴重的東西，卻是我親自煮的，你就當是我的一片心意，謝謝你那天揹我去衛生所。長青哥，把這酸梅湯帶回去好不好？」她眼巴巴地看著他，臉上寫滿了期待。

他長這麼大，從來沒有人對著他這樣撒嬌，這叫他如何拒絕？

趙長青不答話，喬秀蘭就當他答應了，她笑咪咪地把熱水壺塞到趙長青手裡。

「那我先回去了，晚一點等小石頭回來，我再來看他，順便把熱水壺還回來。」趙長青紅著臉告辭。

「這麼快就走?他們一會兒就回來了呢，你就在這裡等吧。」喬秀蘭依依不捨地說。

「不了、不了。」趙長青連連擺手。「我還有活兒沒幹完，不能再耽擱了。」

進屋才一眨眼的工夫，他已經又喝、又拿的，實在很不好意思。

喬秀蘭癟了癟嘴，不大樂意。「長青哥，你就這麼討厭我?」

「怎麼會!」趙長青急急地說，他不知道喬秀蘭為什麼會這般誤會自己。

喬秀蘭或許不知道，她這幾年已經長成大姑娘，儼然是整個黑瞎溝屯未婚青年夢想中的妻子人選，她要是多看誰一眼，那個人都能回去吹噓一整天。

要是換個身分，她對他如此熱絡，他高興都來不及了。可他偏偏有著爛泥般的身世，怎麼能髒了她這個雲端上的神仙人物呢……

趙長青不擅長說謊，喬秀蘭知道他沒有騙自己，不過還是不大開心地繼續說：「那我怎麼覺得你好像有些怕我?」

趙長青垂著眼睛，自嘲地笑了笑。「是怕，我怕唐突了妳、弄髒了妳。」

喬秀蘭心裡像被針扎似地，猛地一疼，她不知道上輩子那個意氣風發的老男人在年輕的時候，竟是這般自卑又敏感。

「你別這樣說……你、你很好。」她柔柔地看著他，眼神堅定。「真的很好。」

好到上輩子歷經風霜的她，不敢輕易和他在一起，生怕辜負他的一片真心。

儘管她說得情真意切，但趙長青並沒有被安慰到，他是個什麼樣的人物，他自己再清楚不過了。

「我先回去了，妳腳傷還沒好，就別送了。」趙長青不再多說，提著熱水壺走出喬家。

喬秀蘭慢慢地跟在他後頭，目送他走遠。

趙長青剛走出喬家家門，迎面就遇見高義和吳亞萍。

吳亞萍手裡提著一斤肉，不用說，自然是來看喬秀蘭的。

高義則是有心想和喬秀蘭緩和一下關係，便跟著吳亞萍一起來探病。

「你來這裡幹什麼？」高義一看到趙長青，就跟鬥雞似地大聲嚷嚷。

高義肩不能扛、手不能提，在黑瞎溝屯很不得人心，他也是一直夾著尾巴做人。但來了黑瞎溝屯兩年，他深知趙長青的身世背景，因此在面對趙長青的時候，並沒有什麼顧忌。加上之前他和喬秀蘭在小樹林裡吵架，好巧不巧被趙長青撞見，他早已在心中記上一筆。

趙長青知道自己家世不好，又得了整個屯子裡老一輩人的恩惠才能長大，所以平時在屯子裡一直都老實本分，別人說話難聽，自己笑一笑也就過去了。但高義一個外來人，自己又不曾吃過他家一粒米，幹麼要看他臉色?!

「這是你家的地不成?你來得，我就來不得？」趙長青面色冷峻，嗤笑道：「高知青管得倒挺寬。」

趙長青身量極高，有一百八十五左右，而高義個子雖不矮，但比起趙長青卻矮上半個頭。再加上兩人雖然都瘦，但趙長青是精瘦，高義則是瘦弱。

被趙長青這麼居高臨下地一看，高義背後的汗毛都豎起來了。放在平時他可能就躲開了，但此時旁邊還有同行的女知青，更別說這還在喬家門口。

高義硬著脖子說：「我是管不著你，但你也該清楚自己的身分，不過是茅坑裡的臭石頭罷了！別以為我不知道你的骯髒心思，這裡可不是你該來的地方……」

趙長青聽見這些話，瞬間瞪大眼睛、咬緊牙根，握緊的拳頭正咯咯作響。

「吵什麼呢？」喬秀蘭在院子裡就聽到高義的嚷嚷聲，她生怕不擅言辭的趙長青被高義為難，立刻快步走出來。

喬秀蘭一來，趙長青馬上放開拳頭，面無表情地看了高義一眼，轉身就走。

「蘭花兒，妳還傷著呢，怎麼出來了？」高義端著笑臉，殷勤地伸手要去扶她。

喬秀蘭「啪」一聲打掉他的手，板著臉說：「我跟你說，我受著傷，心情不好，你給我滾遠點！」

高義連連在喬秀蘭這裡吃癟，這回是做了好幾天的心理建設才來的，卻再度被她不留情面地教訓一番，此時面子又掛不住了。

「妳……」他咬牙切齒地看著喬秀蘭，又看了看吳亞萍。

吳亞萍一臉尷尬，只當沒聽出喬秀蘭話裡的嫌棄意味。

「快滾！你還敢說別人是茅坑裡的臭石頭，我看你就是茅坑裡的臭蛆，我一看見你就覺得噁心。」喬秀蘭拉著吳亞萍往家裡走，懶得再看高義一眼。

這個人真是噁心透頂，死要面子，又放不下她所能給他帶來的好處。她已經三番兩次地拒絕他，他要是有一點點自尊心，就該老死不相往來。真不知道上輩子她是不是瞎了眼，才會看上這麼個狗東西。

站在旁邊一言不發的吳亞萍被喬秀蘭拉進家門，喬秀蘭還特地轉身把門給關上。

這年頭農村裡的人除了晚上睡覺的時候，大門一直都是敞開著的，喬秀蘭這麼做，自然是為了給高義看。

果然，高義在門外憤恨地跺腳，轉身走了。

喬秀蘭哼笑一聲，神情終於放鬆下來，她回過頭對吳亞萍笑了笑。「沒嚇到妳吧？」

「沒有、沒有。」吳亞萍連忙搖頭，心中卻真的驚到了。

剛才喬秀蘭罵高義的模樣，可以說得上是潑辣了。剛剛那會兒吳亞萍甚至在想，難道喬秀蘭對人都是這樣的？自己之前看到她那般和氣的模樣，才是反常？

吳亞萍很快地否定這個想法。喬秀蘭肯定是好人，不然怎麼會為了救自己而受傷。

「妳來看我就行了，怎麼還拿東西呢？」喬秀蘭親熱地挽著吳亞萍進了堂屋。

這年頭肉可不便宜，村裡的普通人家只有逢年過節時才會吃肉。

「之前的事……妳沒有怪我吧？這塊肉是用來謝謝妳救了我，也是跟妳賠禮道歉的。」吳亞萍細聲細氣地說著話，略有些底氣不足。

「『謝謝』我就收下了，但妳和我道歉做什麼？」喬秀蘭說著就往灶房走，打算去盛一碗酸梅湯給吳亞萍。

吳亞萍亦步亦趨地跟在她身後，急忙說：「妳別忙了，我就是來看看妳的，妳傷還沒好呢，別四處走動。」

喬秀蘭盛好一碗酸梅湯，遞給吳亞萍。「這是我自家做的酸梅湯，妳先喝一點解解渴，咱們再來好好說話。」

盛情難卻，吳亞萍道了謝，捧著碗喝了一口。這一口下去，酸梅湯的酸爽可口頓時溢滿整個口腔，她不自覺地就喝完一整碗。

「真好喝，謝謝。」吳亞萍笑著道謝。

兩人這才回到堂屋說話。

喬秀蘭和吳亞萍面對面地在八仙桌旁坐下。「說吧，妳怎麼要和我道歉了？」

吳亞萍垂下頭道：「那天我沒陪妳去衛生所，妳沒生我的氣吧？」

「就這件事呀？」喬秀蘭彎了彎唇角，臉上浮現出俏皮的笑意。「可不是生氣了嘛，都給我氣得吃不下飯呢。」

喬秀蘭巧笑嫣然、明眸似水，吳亞萍一下子就看呆了。不過她也聽出喬秀蘭說的是玩笑話，心裡驟然鬆了口氣。

昨天喬秀蘭是為了救她才砸傷腳，她本來想陪喬秀蘭去衛生所的，但後來李紅霞和林美香吵上了，李紅霞把話說得很難聽，將他們一群知青都罵進去。

喬秀蘭被李紅霞攙扶著要離開時，她正要上前去幫忙扶一把，林美香卻拉住她，還氣憤地說：「人家都看不上咱們知青，妳還湊過去幹什麼？」

其他幾個知青在林美香的煽動下，對喬家人也是滿腹牢騷。

她躊躇一會兒，等反應過來的時候，喬秀蘭她們已經走遠了。

之後回想起來，吳亞萍真是後悔死了。人家是為了她才弄成這樣，那場爭吵也是為此而起，她才是「罪魁禍首」，卻鴕鳥般地躲起來，實在可恥。當晚她立即想辦法湊錢弄到肉票，一買到肉就趕過來了。

「妳沒怪我就好。」吳亞萍感動地握住喬秀蘭的手。「我這幾天心裡七上八下的，就怕妳生我的氣。」

喬秀蘭笑咪咪地搖搖頭。自己當初救人，本就不指望有什麼回報，但吳亞萍特地買了肉過來探望，倒是個心眼實在、可以相交的朋友。

上輩子喬秀蘭被家人保護得太好，後來和高義結婚，更是只圍著高義轉。一輩子活下來，除了趙長青，自己竟沒有一個能說心裡話的朋友。

第十一章

「看妳好好的，那我就先走啦，我還要去城裡寄信給我哥。」吳亞萍終於放下心來，笑著對喬秀蘭說。

「那妳晚上來我家吃晚飯唄？」喬秀蘭指了指桌上的肉。「我給妳做好吃的。」

吳亞萍連連擺手道：「這怎麼好意思？你們家人多，肯定能吃完的。我先走了，妳別送了。」說完她生怕喬秀蘭拖著傷腳來送，立刻快步離開。

「這姑娘還怪客氣的。」喬秀蘭笑著搖頭。

忽然間，喬秀蘭看到長凳下有一個信封。吳亞萍方才說要去給她哥哥寄信，應該是她落下的。

喬秀蘭上前把信封撿起來，只見信封上的字跡娟秀，端端正正地寫著省城的地址，收件人處則寫著「大哥吳冠禮親啟」。

等等，這不會是那個吳冠禮吧?!

吳冠禮這個名字，放到數十年後，那可是響徹全國，就是省城的省委書記啊。在喬秀蘭得重病之前，甚至還聽說他要被調到中央去了。

喬秀蘭之所以會對他有印象，是因為偶然看到一則新聞採訪，吳冠禮正好說起自己的家鄉。沒想到兩人居然是同省老鄉，而且吳冠禮還提到自家妹妹早年下鄉，在黑瞎溝屯當知青的事情。

黑瞎溝屯，聽到這個久違的家鄉名字，喬秀蘭忽然一陣懷念，於是就仔仔細細地看了採訪，想從他的隻字片語中，回憶起家鄉早年的光景。

但喬秀蘭怎麼也沒想到，吳冠禮的妹妹居然是吳亞萍！

因為黑瞎溝屯每隔一段時間，就會有幾個知青過來，而家中有些本事的知青，也早就找到路子返城去了。誰能想到未來省委書記的妹妹，現在居然還滯留還在黑瞎溝屯?!

不一會兒，吳亞萍折回來取信了。

喬秀蘭這時候對她就沒那麼隨意，特地把人送出門。

就在這一刻，喬秀蘭倏地發現，她重生回來所得到最大的寶藏，或許不是善水，而是對未來的了解！

高義吃了喬秀蘭一頓閉門羹後，便負氣往回走。

眼下雖然是勞動時間，但他這一天特地請假，所以不用上工。

走沒多久，高義就發現有些不對勁，到底如何他也說不上來，就是有些背後發毛，好像有一種被盯上的感覺。

他走走停停，往身後張望數次，卻都沒有看到人影，也不知道是自己多心，還是真有人跟蹤他。

就在高義越來越緊張的時候，他在路上遇到了周愛民。

周愛民在黑瞎溝屯待了好幾年，跟本地的很多人都相熟，此時只見周愛民和另外兩個面生的男人走在一起，談笑風生。

高義第一次覺得周愛民這般可親又可愛。

「周愛民！」高義扯著嗓子，喊了一聲。

周愛民和旁邊的兩人一起回過頭，高義趕緊快步追上去。

「你咋沒上工啊？」周愛民眼神有些閃躲地問。

高義沒注意到周愛民心虛的模樣，此時他身後的窺視感終於消失，他長長地吁出一口氣。

「我今天不大舒服，請假了。」他沒好意思說自己是特地請假去看喬秀蘭，卻被對方趕走。

周愛民點點頭，為他介紹道：「這是隔壁村的王國強和馮為民。方才正好遇上，我打算請他們回去吃飯。」

高義和他們打了聲招呼，心裡不禁納悶起來……周愛民是個摳門的性子，平時兩人同住一個屋，周愛民什麼都要占一點便宜，如今居然會主動請人吃飯？

四人邊走邊說，很快就來到村口的土房子。

讓高義更沒想到的是，周愛民請人吃的還不是普通的飯，居然特地買了好些肉和白麵饃饃，這可真是大出血了！

周愛民場面性地喊高義一起吃，但高義是個要面子的，便拿出肉票和糧票給周愛民。那些肉票和糧票還是早些時候喬秀蘭拿給他的，這段時間喬秀蘭對他不聞不問，剩下的票據也撐不過一個月了。

男人做飯沒那麼講究，周愛民進了廚房，把肉切碎，捏成圓球，直接上鍋蒸成肉丸子。沒啥滋味的肉丸子就著白麵饃饃，在這個時代已經算是大餐了。

幾人風捲殘雲地吃完飯，周愛民就跟王國強和馮為民兩人聊起來。

高義猜著他們多半是有要緊事，不然周愛民也不會出手這麼大方。到底吃人嘴軟，他便說自己想去上工，藉故離開了。

肚子吃飽了，高義的心情也好了。他沒地方去，就在附近隨便溜達一圈。

他開始回憶起這段時間和喬秀蘭之間發生的點點滴滴——不用說，那都是一些不愉快的回憶。

可喬秀蘭之前明明不是這樣的，為什麼自從她跟家人鬧絕食之後，對他的態度就有了一百八十度的轉變呢？

高義把那天在小樹林裡發生的事，翻來覆去地想了幾遍，卻也沒想出個頭緒來。

他能確定的是，肯定不關喬家人的事。

他和喬秀蘭的感情不是一天、兩天了，她家裡早就反對他們在一起，但喬秀蘭還是一直私下跟他來往。

難道是自己那回沒先關心她的身體，只顧著問她家人的態度，才惹惱了她？

肯定是了！

最近幾天他都沒有機會再和喬秀蘭單獨相處，要他在外人面前低聲下氣地哄她，他也放不下那個面子。

再這樣下去，兩人說不定就真的散了……

高義下定決心，要把喬秀蘭給哄回來他身邊。趁著現在喬秀蘭不用跟著她大哥、大嫂上工，腳上又傷著，正是自己努力表現、將功折罪的好機會。

他枕套裡還藏著之前喬秀蘭給的布票，明天他就去給她買點料子，再上門去哄一哄她。

這麼想著，高義又回到土房子前。

他剛走到自己屋外，就聽見周愛民高昂又激動的聲音。

「那就仰仗兩位兄弟了。我在這裡先謝謝你們，這杯我乾了！」

周愛民居然還準備了酒呢，他在的時候也沒見周愛民拿出來一起喝，真是個精明鬼。

「周兄弟，你別客氣了，等你當上生產隊長的妹夫，再謝我們兄弟也不遲。」

生產隊長的妹夫？他們這是要對喬秀蘭做什麼?!高義怒由心起，又聽屋裡的周愛民繼續說道——

「不瞞兩位大哥，我這心裡七上八下的，你說萬一他們家不肯……」

「周兄弟想多了。咱們這個計劃雖然大膽，但絕對不會失敗。只要你把大姑娘往玉米田裡一拉，我們兄弟倆在旁邊為你把風，包你手到擒來。等生米煮成熟飯以後，還怕他們家不肯嗎？」

「就是，兄弟你好歹是城裡來的知青，是文化人，還怕他們家不認你這個女婿？這運氣要是好一點，說不定大姑娘的肚子裡一次就懷上你的小娃娃，等明年這個時候，咱們兄弟就得跟你討紅蛋吃了呢。」

三人喝酒上頭，越說越高興，粗言穢語不斷。

高義站在屋外，怒得牙根都快咬斷了。

他早知道周愛民是個不安分的，可沒想到周愛民居然敢在青天白日之下籌劃這種事！喬秀蘭心思單純，說不定還真會被周愛民得手。

高義快步走到屋門前，正想推門進去呵斥他們，可當他的手碰到木門的時候，他忽然停住了。

周愛民和那兩個鄰村的青年，都不是好對付的，如果他們知道自己撞破他們的奸計，恐怕第一個要對付的就是他了。

他從遙遠的北京過來，在這裡無親無故的，怎麼也鬥不過兩個本地人啊……

高義恨恨地「呸」了一聲，偷偷摸摸地離開了。

喬秀蘭想去黑市，二哥卻說什麼都不同意，她只好自己想辦法。

她的腳傷本就不嚴重，只是當時砸壞了指甲，看著十分可怖。休養兩天後，再加上她天天喝善水，並用善水沖洗傷口，只要不快走或是跑步，腳趾已經不會疼了。

第二天凌晨，天黑漆漆的，喬秀蘭還沒起床，喬建國就已經出門了。灶房裡少了兩個醃酸梅的陶罐和幾個存放善水的熱水瓶，也不知道二哥一個人是怎麼拿得動那麼多東西的。

喬秀蘭也不急，等家人都吃完早飯去上工，她就和母親說自己想去城裡逛逛。

李翠娥看著她的腳，面露擔憂。「腳能走不？」

喬秀蘭笑著拆掉紗布，給母親看自己的腳。

李翠娥見她大腳趾的指甲上雖然還有些瘀青，但已經恢復得很好，不腫也不流膿，便放下心來，說：「這兩天悶壞妳了，去縣城裡逛逛也好。缺錢不？媽給妳拿點兒。」

喬秀蘭連忙搖手。「不用、不用，我身上有錢，而且我就是去逛逛，不用花錢的。」二哥之前幫她賣桂花糕的錢，她都還沒花呢。

之前向二哥借了幾十塊，她本有心要先還一部分，但二哥卻說那麼一點小錢，讓她不用放在心上。

李翠娥想著兒子們私下都會補貼閨女，閨女的私房錢也不少，就沒再多說。

後來喬秀蘭趁李翠娥在照顧小石頭，趕緊換下身上簇新的淺色襯衫，穿上母親的舊衣服，兩條麻花辮也被她拆開來，只簡單地紮了束馬尾在腦後。最後，她還翻出李翠娥洗得發白的舊頭巾包在頭上。

這樣裝扮以後，看起來就是一個再普通不過的村婦。

喬秀蘭就這麼出了家門。

平時她出門碰上人，總會吸引許多青年的視線，今天這副模樣，倒是沒人再盯著她瞧了。

第十二章

到縣城以後，喬秀蘭也不急，先去肉鋪逛了逛。

時候不早，早市已經結束，肉鋪裡的好肉都被挑走，只剩下一些不好的部位，但肉鋪還是排著長長的隊伍。

當輪到喬秀蘭前面幾個人的時候，別說肉，連豬下水都賣光了，排隊的人們頓時發出一聲聲失望的嘆息。

喬秀蘭睜著一雙水汪汪的眼睛，仔細觀察著。果然，排在她前面的那個中年婦女衣著光鮮，看起來並不是很失望的樣子，見沒肉可買，中年婦女轉身就走，絲毫不留戀。

這一看就是有其他門路啊！

喬秀蘭趕緊跟上中年婦女，上前攀談。「大姊，俺是從鄉下來的，想請問一下這肉鋪每天都幾點開門啊？我來了好幾天都沒買到肉。家裡孩子生著病，俺就想給他做點好吃的，好補一補身子……」為了遮掩身分，喬秀蘭說話還特意帶上鄉音。

中年婦女停住腳步，看著喬秀蘭說：「大妹子不知道吧？咱們縣城裡的肉鋪都是天沒亮就有人在排隊，等一開賣，那好肉一下子就被搶光了。」

喬秀蘭無助地絞著衣襬。「這可咋辦？俺村子離這裡遠，孩子又得吃點肉才行……」最後她跺跺腳，說：「不行，俺今天就睡在這外頭等著，明天總能買上。」

中年婦女嘆息一聲。「為了孩子，妳也是不容易。」最後中年婦女想了想，壓低聲音說：「大妹子，妳帶夠錢沒有？」

肉鋪的肉一般供不應求，但價格便宜；黑市的供貨量大得多，價格卻貴。

喬秀蘭一聽就明白過來，忙點頭說：「夠的、夠的，為了孩子，哪還有捨不得的？」

「那妳跟我來。」中年婦女帶著喬秀蘭在縣城裡左拐右繞，一開始是越走人越少，但漸漸地人又多了起來。

「大妹子，妳再往前面走走，就能買到肉。」中年婦女把喬秀蘭帶到黑市入口，笑著說道。

喬秀蘭連忙跟中年婦女道謝。

兩人分開以後，她照著中年婦女指的方向一路往前走。果然，才走沒幾分鐘，就看到許多攤販，還有熙熙攘攘的客人，真是好不熱鬧。

喬秀蘭一個個攤位逛過去，只見那些攤位上賣的東西琳琅滿目，什麼都有。她好奇地邊走邊看，在黑市中間最繁華的路口，發現了自家二哥。

喬建國蒙著臉，正在攤位前面用不大不小的聲音吆喝著。「山泉水調製的酸梅湯咧，酸爽解熱，養生又養胃。」

這時候已近十點，天漸漸熱起來。喬建國打開一個陶罐子，讓酸梅的氣味在攤位前縈繞。

路過的客人聞著味道，紛紛不自覺地分泌出口水，但詢價過後，不少人都被五分錢一碗湯水的價格給嚇走，買的人倒不算很多。

喬秀蘭能一眼認出蒙著臉的喬建國，同樣地，喬建國也一眼就在人群裡認出了她。

「妳跑來這裡做什麼？」喬建國快步上前，把喬秀蘭拉進攤位。

喬秀蘭捏著他的衣襬，輕輕地搖了搖。「我就想來看看，保證不給你添亂。」

喬建國解下自己用來蒙面的布巾，替她蒙上。「妳啊妳，膽子真是越來越大了，就是不聽話！」

喬秀蘭這才發現她二哥布巾下的臉，居然是抹了土的，這喬裝打扮的功夫，倒是比她還厲害許多。

「老闆，你這酸梅湯咋這麼貴？裡頭放啥好東西了？」有客人被價錢嚇住，但又沒走，開始打聽起裡頭的成分來。

「大哥，這您就不知道了，這酸梅湯裡的梅子和山楂雖然是普通東西，但醃的時候還特地加上蜂蜜呢。」喬秀蘭搶著開口介紹。「而且這用來調製酸梅湯的水就更講究了，是深山裡的山泉水，最是養人。」說著她從熱水壺中倒出一碗善水，又從攤位裡平時存水的小水缸裡倒出一些水，最後再從陶罐中拿出一點煮過的酸梅，當場調了兩碗酸梅湯。

兩碗酸梅湯放在一模一樣的兩只碗裡，看起來差別不大。

「大哥您嚐嚐。」喬秀蘭笑著說。

男人一手端起一碗，各自嚐了一口。他先喝的是用普通水調製的，酸梅是真的酸，即使才剛放到水裡，喝下去也是酸得讓人直皺眉頭。然而用熱水壺裡倒出來的水所調製的那一碗，則是又酸又甘甜，還十分涼爽，喝下去既解渴、又散熱，真真是好滋味。

「差別居然這麼大?!」男人還是不大相信光靠所謂的「山泉水」，就能有這種好滋味。「你們是不是在山泉水裡偷偷加了白糖啊？」

喬秀蘭抿嘴一笑，說：「大哥說笑了，白糖可比酸梅子貴多了。這梅子有多酸，您也試過了，若要讓酸梅湯吃得出甜味，那得下多少白糖？賣個酸梅湯還這麼麻煩，我們不如直接賣白糖呢。」

男人想了想，的確如此，便說：「那行，再給我來一碗。」方才喬秀蘭倒得少，只夠喝上一、兩口，他覺得不滿足。

喬秀蘭收了錢，笑咪咪地調上滿滿一碗，又從陶罐裡拿出幾顆梅子，放進酸梅湯裡。玫紅色的湯水裡，浮著幾顆赤色的酸梅，光是看著就讓人流口水。

男人端起碗，一口氣全喝完了，那一身熱氣盡數散去不說，肚子裡也沒有喝過冷飲之後的冰涼感，反而覺得暖洋洋的。

男人爽快地付了錢，又誇上幾句，這才離開。

喬秀蘭不知道的是，這位客人算得上是黑市的大客戶，在黑市混跡的人大都認識他。此時眾人瞧見這位大客戶竟如此稱讚那酸梅湯，紛紛都來搶著要嚐鮮。

酸梅湯的銷路就此打開，不到兩個小時，就已銷售一空。

喬建國朝自家小妹豎起大拇指。「想不到咱們家小妹還是個做生意的人才。」這做買賣的，可沒有客人還沒付錢，就願意先給客人嚐味道的。

喬秀蘭不好意思地笑了笑。她哪裡就是人才了呢，不過是後世都這麼招攬生意罷了。

「好了，都賣完了，妳快回去吧。」喬建國開始趕人。

「這不是還有一壺嗎？」喬秀蘭奇怪地指著放在角落的熱水瓶。

「我給別人留的，妳快回去。」喬建國催促著。那熱水瓶裡是已經調好的酸梅湯，他打算等收攤之後，再送去給周瑞。

喬秀蘭心想既然目的已經達到，還是先回去吧，她怕再待下去，二哥真要生氣了。

喬秀蘭走後，喬建國才長長地吁出一口氣。他這妹子還真夠大膽的，居然自己打聽著過來黑市了！這萬一要是出事，可怎麼辦才好？

喬建國低著頭，正想得出神，冷不防地，攤位前突然站了一個人。

「您明兒個請早。」喬建國頭也沒抬，客客氣氣地說：「我們攤上的東西都賣完了。」

酸梅湯銷量奇佳，他收來的東西品質也都不錯，就這麼搭著賣，一下子全賣光了。

猴子用手肘撞了撞他，喬建國才抬起頭，發現來的不是旁人，正是周瑞。

「周哥怎麼親自過來了？」喬建國連忙端起笑臉。「您若有什麼吩咐，讓人來說一聲就成。」

周瑞臉上難得地帶了笑。「之前那個桂花糕還有沒有？」

喬建國搔了搔頭，為難地說：「不瞞周哥，那做糕點的桂花要洗淨並曬乾之後，做出來的才是好滋味，這得過幾天才有。不過今兒個我得了酸梅湯，也是開胃的好東西，我特地給您留了一些，您看……」

周瑞點點頭，雖然有些失望，但剛才他來的時候，看到喬建國攤位前萬頭攢動，想來確實是好東西沒錯。

喬建國把熱水壺直接遞給周瑞，又另外包了一小包酸梅子。

周瑞要給錢，他沒肯收，只說：「周哥喜歡我收來的東西，那就是給了我天大的面子，再說這東西也便宜，不值什麼錢。」

別看喬建國現在生意不錯，他到底是新人，已有不少人眼紅他。然而整個黑市都是周瑞罩著的，現在他得了周瑞的青眼，那些人暫時不敢動什麼歪心思。這對他來說，已經是天大的好處，喬建國哪裡還好意思收他的錢。

「行，往後你收了好東西都給我留一點，月底我再來結帳。」周瑞豪氣地說。

「周哥客氣了。」喬建國笑得合不攏嘴。

喬秀蘭搭上汽車，回到屯子裡。下車之後，她怕惹人注意，就沒往常走的大路上去，而是走了一條頗為偏僻的小路。

一想酸梅湯的銷路如此好，她開始美滋滋地盤算著日後的生意。

喬建國一個人能帶去的酸梅湯數量有限，所以一上午的工夫就全賣完了。但下午才是一天最熱的時候，喝酸梅湯的人應該會更多，要是能弄上一大缸去賣，得掙多少錢啊！

光這樣想著，喬秀蘭就忍不住偷笑。

然而喬秀蘭不知道的是，當她下車的時候，已經有人偷偷地跟上她。

她一路上已經十分小心，所以跟上來的並不是公安，而是高義。

高義昨兒個偷聽到周愛民幾人的話，愁得直到天亮才睡著。起床後，他就告了假，直奔喬家，用力敲響喬家的大門。可開門的不是喬秀蘭，而是李翠娥，李翠娥說喬秀蘭剛出門，去縣城了。

高義急得像熱鍋上的螞蟻，拔腿就往站臺趕，但他還是慢了一步。

縣城很大，他並不熟悉，也不知道喬秀蘭去了哪裡，根本無從找起。幸好縣城人多，諒周愛民幾人也不敢在縣城對喬秀蘭動手。

想了想，他決定在站臺旁等著。這麼一等，就是一上午，直到他受不住熱，打算先回去，才在人群中見到那熟悉的身影。

喬秀蘭雖然穿著樸素的衣服，還包了頭巾，但她身材窈窕，頭巾外露出的黑髮更是像綢緞般柔順，熟識的人仔細一瞧就能認出她來。

他一路尾隨喬秀蘭，只見她往越來越荒僻的小路上走，沿途的人也越來越少。

當他們走到一片茂密的玉米田旁邊的時候，已經沒有別人了。

高義再也忍耐不住，他小跑步上前，拉住了喬秀蘭。

喬秀蘭正盤算著生意，猛地被人拉住，嚇得連忙後退兩步。她定了定神，才看清眼前站著的是高義。

「你又想幹麼？」喬秀蘭煩躁地問。這個高義真是煩透了，每當她剛覺得日子過得越來越舒心，他就跑出來給她添堵。

高義曬了一上午的日頭，又吃了一肚子的汽車廢氣，本就心情不好，此時瞧見喬秀蘭那厭惡的臉色和不善的語氣，心裡更加惱火。

不過他此番是為了要跟喬秀蘭和好，還要提醒她小心周愛民，所以就強忍住怒火，笑著說：「這麼熱的天，妳怎麼往城裡跑了？我在站臺等妳老半天了。」

高義白淨的臉已曬得通紅，身上的海魂衫也被汗水浸濕了。

喬秀蘭沒有一絲心疼，只是冷冷地問他。「你到底要幹麼？」

「好蘭花兒，我知道錯了，上回不該讓妳在家裡鬧絕食。我已經想明白了，咱們的事情再重要，也沒有妳的健康重要。妳就原諒我這一次，咱們以後好好的，行嗎？」

「不行！」喬秀蘭斷然拒絕。「我跟你說過好幾次，我已經不想跟你在一起了，你別再來糾纏我。」說完，喬秀蘭轉過身，逕自往前走去。

「蘭花兒，我還有話要和妳說呢。」高義急急地跟在她後頭，想把周愛民他們的陰謀告訴她。

「你走開！」當高義再次拉住她的時候，喬秀蘭用力推了他一把。「不管你要說什麼，我都不打算聽，像你這種人，我連朋友都不想和你做。你也別喊我『蘭花兒』，那是我家人喊的，請你以後喊我喬同志。你再這般糾纏不清，我就去公安局告你耍流氓，讓公安把你抓起來。」

「蘭花兒，妳真這麼絕情？」高義的臉瞬間黑下來。

他自詡為知識分子，一向心高氣傲，如今他三番兩次地拉下臉來哄喬秀蘭，她居然不知好歹，還一次比一次說話更難聽。

喬秀蘭「哼」了一聲。

絕情？她這樣還叫絕情？她這輩子沒直接把他弄死，已經算是心慈手軟了。

見高義的手又伸過來，喬秀蘭氣急敗壞地用盡全力推開他。

高義沒想到她會下狠手，一個沒站穩，直接跌進玉米田裡。

喬秀蘭對他「呸」了一聲，拔腿就走。

高義呆呆地坐在玉米田裡，這一刻，他腦子裡是懵的。

難道他和喬秀蘭真的沒希望了？

他身邊的票據越來越少，再過半個月，可能連頓飽飯都吃不上。難道他又要過回剛下鄉時，整天吃不飽飯又要下地累個半死的日子？不、不、不，他絕對不要！

突然間，他耳邊響起昨天周愛民他們說的話——

「等生米煮成熟飯以後，還怕他們家不肯嗎？」

高義從地上爬起來，衝上前去，一把抱住喬秀蘭。

喬秀蘭怎麼也沒想到，那膽小如鼠的高義居然會來這麼一齣。短暫的驚訝過後，她鎮定下來，勾了勾唇角。

上輩子的她一個人在大城市裡討生活，雖然有趙長青照應，但趙長青畢竟也有自己的事業，不可能全天候地守著她。為了不被人欺侮，也為了有機會親手教訓高義，喬秀蘭報名學了自衛術和散打。

現在的她雖然體能不好，但一身技巧還在，又是個農家姑娘，對付一個城市來的高義，綽綽有餘了。

高義把她抱住，見喬秀蘭沒怎麼掙扎，他直接把她往玉米田裡一推……

「我就知道妳不是真的惱我。」喬秀蘭既沒有掙扎，也沒有驚慌地大聲呼救，肯定是對他還有感情。「好蘭花兒，我以後一定好好待妳，一定……」話還沒說完，高義就吃了喬秀蘭角度刁鑽的一個肘擊。

他肋骨生疼，痛呼一聲，不自覺地鬆開手。

喬秀蘭一個鯉魚打挺，俐落坐起，插眼、掐喉，再來個撩陰腳……

在高義一連串的慘叫聲下，喬秀蘭這才心滿意足地停手。

「天堂有路你不走，地獄無門你硬要闖是吧？我呸！做壞事前也不掂一掂自己有幾斤幾兩。」喬秀蘭罵得痛快，瞧見捣著褲襠、滿地打滾的高義，她心中更是暢快無比。

想不到啊，她上輩子學的防身術，居然真有用到這個渣男身上的一天。

罵完以後，喬秀蘭仍覺不夠，又恨恨地在他身上連踹幾腳。

「我錯了、我錯了，蘭……喬同志，我再也不敢了。」高義抱頭鼠竄，忙不迭地求饒。

最後喬秀蘭踢累了，也怕高義的呼救聲把屯子裡的人引過來，於是拍了拍手，豪邁地伸手把額頭上的汗一抹，準備離開。

然而她一轉身，就看到滿臉震驚，雙手呈現扒開玉米稈子動作的趙長青。或許真的太過於驚訝，他的動作完全是僵住的。

「長、長青哥？你啥時候來的？」喬秀蘭連忙掏出帕子，把頭上的汗和草屑擦個乾淨。

趙長青從震驚中回過神來，吶吶地說：「我來了有一會兒了……」

豈止有一會兒呢，高義剛把喬秀蘭拉進玉米田的那一瞬間，他就從樹後竄過來，握緊拳頭準備痛揍高義了。

那天高義羞辱了他，趙長青自問不是什麼老好人，當然要找機會教訓他。

不過高義是個警覺心頗高的人，昨天竟讓高義躲過一劫，今天趙長青再度跟上高義，卻見高義一直守在站臺。

站臺上人多，並不好下手，趙長青也不著急，像個等待獵物的獵人一般地盯著高義。

後來他瞧見高義跟上了一個女人，很快地他就認出那個女人是喬秀蘭。

為了保護喬秀蘭，他緊緊地跟在高義後頭，片刻也不敢放鬆。儘管他知道喬秀蘭和高義在一起已經有一段時間，卻還是不放心小姑娘和這個混蛋知青單獨相處。

可他萬萬沒想到，不過眨眼的工夫，喬秀蘭就反客為主，壓著高義一頓痛揍，揍得高義毫無還手之力。

這還是他認識的那個仙女般的文靜小姑娘嗎？

他當場愣住，親眼見識到喬秀蘭對高義長達十幾分鐘的暴力碾壓……

第十三章

看著趙長青若有所思的神情，喬秀蘭真是腸子都悔青了……

往常她對趙長青獻殷勤，他都誠惶誠恐地避開，此時被他瞧見她如此潑辣彪悍的一面，他以後不就會更加躲著她？

都怪高義！喬秀蘭恨恨地想。要不是趙長青在旁邊，她還想回去再補上兩腳。

「我送妳回去吧。」趙長青尷尬地說。

喬秀蘭點點頭，小媳婦似地跟在他身後。

離開玉米田後，喬秀蘭才在心底打好腹稿，輕輕地開口說：「長青哥，我、我平時不是那樣的……今天是高義想對我使壞，我被逼急了才會動手。」

「我知道的。」趙長青表示理解，畢竟兔子急了也會咬人。只是他沒想到這看起來柔柔弱弱的小姑娘，發起怒來會這般凶悍。

喬秀蘭小心翼翼地打量著他的臉色。「你不會因為方才那件事，就怕了我吧？」

怕她？趙長青忍不住彎了彎薄唇。

「怎麼會。」也就高義那個手無縛雞之力的文弱書生，會被小姑娘壓著打，換成是他，一定讓喬秀蘭什麼招數都施展不出來。

不對、不對，他怎麼會對喬秀蘭做那種事呢？別說做，他連想都不能想。
趙長青迅速掐掉腦海裡的綺思，但因著這個念頭，他的心跳還是加快了不少。
兩人就這麼一前一後地走著，很快地就到了喬家的院子前面。
「妳先回家去吧。」趙長青把她送到家門口，便停下腳步。
喬秀蘭有些捨不得，一步三回頭地走進家門。
「蘭花兒，這是咋了？」李翠娥看到她一身狼狽，馬上迎過來。喬秀蘭在玉米田裡滾過一遭，衣服全是皺褶，還沾了不少塵土，李翠娥一眼就發現不對勁。
「沒事，我不小心摔了一跤而已。」喬秀蘭並不想把事情的經過告訴母親，省得母親瞎操心，反正她是沒吃到虧的。
「妳看看妳，腳傷沒好，還非要出去，這下子摔倒了吧？」李翠娥念叨著，又關切地問她。「傷著哪兒了？讓媽瞧瞧。」
喬秀蘭除了打高義打到手有些疼，全身上下沒有一絲新傷。
李翠娥帶她進到房間裡，仔細地檢查一遍，見她確實沒受傷，這才放下心來，讓她趕緊換身衣服，便走了出去。
喬秀蘭換好衣服，靜下來一想，心中頓時有了新的打算。
她決定拉著趙長青一起做生意。反正如今在趙長青面前，她也沒什麼形象可言了，不用顧忌太多。要是他們可以一起做生意，肯定能拉近彼此的關係，省得他老是見到她就跟耗子躲貓兒似地。

今天去黑市走了一遭，她發現自己做的吃食受歡迎之餘，也替二哥拉來許多生意，在她離開之前，二哥收上來的其他東西全賣完了。

如此一天、兩天還好，長久下去，怕是會招來不少人妒忌。畢竟黑市裡的門道多，不小心一點可不行。

二哥隻身在外，又不肯讓她這個當小妹的牽扯其中，她得想辦法給二哥添個幫手。趙長青自然是最佳人選。

不過，這不是她一個人就能決定的，得和二哥好好地商量、商量。

不久後，喬建國也收攤回來了。接連兩回，小妹做的東西都帶來極大的客流量，照這樣下去，他的生意肯定能越做越大。

他拉著喬秀蘭進屋，要把今天賣酸梅湯的盈利給她。

喬秀蘭不肯收，忙道：「二哥，我之前還拿了你幾十塊呢。都說親兄弟、明算帳，等我幫你賺到的錢足夠還上那幾十塊，你再給我也不遲。」

「我的好妹妹，那幾十塊就當二哥送妳的不行嗎？別跟二哥客氣。」為了堵上李紅霞的嘴，他都能拿出一部分積蓄讓李紅霞用來貼補娘家，給自家小妹錢花，他更是心甘情願。

「不，二哥，我是認真的。咱們都一起做生意了，你得把我當成合作夥伴，而不是一個長不大的孩子。」喬秀蘭一臉嚴肅。

還「合作夥伴」呢。喬建國忍不住發笑，但看著喬秀蘭認真嚴肅的神情，他也不再堅持，只說：「那行吧，二哥就先幫妳收著。」

「還有這個……」喬秀蘭拿出之前賣桂花糕的錢。「我今兒個出門，本想著要把之前用掉的麵粉補上，誰知道那麵粉袋子竟比之前還要鼓了。」

喬建國只要有賺到錢，都會偷偷往灶房裡添食材，他做得小心，每次都只在原來的容器內添加一小部分。

喬家一般是由李翠娥管灶房，喬秀蘭打下手。李翠娥年紀大了，忘性也大，喬秀蘭重生前也還是個懵懂的小女孩，再加上她們母女兩個都是心大的，竟也沒發現。

如今喬秀蘭已重活一遭，之前又是她把那幾斤麵粉拿去做桂花糕的，所以家裡還剩下多少麵粉，她心中有數。今天一看那麵粉袋，她就猜到是喬建國把麵粉給補上了。

喬建國頭疼不已。「好妹子，這幾斤麵粉才多少錢？妳咋還跟哥哥算得這麼清楚。」

喬秀蘭笑咪咪地說：「往常二哥偷偷地貼補家裡，我都沒發現，現在我也能賺錢了，當然要幫忙分擔。再說三嫂的孩子馬上就要出生，到時候三嫂肯定得吃一些好東西來補補身子，咱們的錢又見不得光，我也不知道該怎麼用在家裡才好，就只能麻煩你啦。」能在一家人的眼皮子底下，把做生意賺來的錢用到家人身上，也就喬建國有這本事了。

「行吧、行吧，這錢我先幫妳收著。回頭妳若是要用錢，儘管跟二哥開口，知道不？」

喬建國拗不過她，只好無奈地答應下來。

喬秀蘭滿意地點點頭。說完這件事，她又試探地問：「二哥，我看你攤位上就那麼一個小徒弟，人手方面可還足夠？」

之前喬建國做的是小本生意，有猴子幫忙，那是絕對足夠的；可現在小妹做的吃食吸引來太多客人，猴子一個人就忙不大過來，今天要不是他和小妹都在攤子裡幫忙，攤子前早已亂成一團。

可他不可能天天都去攤子，他也不想再讓小妹去黑市……

小妹會這麼問，難道是想藉著人手問題，親自去黑市當攤販？這麼想著，喬建國就不說話了。

喬秀蘭猜出他的心思，說：「二哥，我不是要自己去，是想為你引薦一個幫手。」

「誰？」喬建國挑起眉頭道。

「你覺得長青哥怎麼樣？」喬秀蘭小心翼翼地問出口。

喬建國摸著下巴想了想。趙長青這個人麼，家庭條件可說是黑瞎溝屯裡最差的，又撿了個傻兒子，肯定很缺錢。再說他這個人話也不多，又沈穩，肯定能經得住事兒。

別看趙長青在黑瞎溝屯裡總是和和氣氣，那是因為他承了老一輩的恩惠，所以對屯子裡的人都十分忍讓；不過一出黑瞎溝屯，他那凶狠的模樣可嚇人了。

喬建國親眼見過趙長青和鄰村幾個地痞流氓打架，他一個人打好幾個，血流得滿頭滿臉都不當一回事，有股不死不罷休的狠勁。

趙長青是個顧念恩情的人，喬家這麼多年來對他也是照顧有加，而且他孑然一身，唯一沾親帶故的傻兒子還在自家住著。如果讓他來當幫手，倒是絕對可以放心的。

「他自己跟妳提的？」喬建國疑惑地問。

「怎麼可能？他都不知道我們在黑市做生意呢。」喬秀蘭連連擺手。

喬建國摸著下巴，說：「行，我知道了。這件事妳別摻和，我來想辦法問問他。」

這天晚上，趙長青作了一個十分香豔的夢。

夢裡把喬秀蘭拖入玉米田的，不是高義，而是他。

小姑娘小臉煞白，驚慌失措，瘋狂地掙扎著。可他渾身像是有使不完的力氣似地，粗魯地壓著她、親吻她，撕扯她的衣裳……

夢醒時分，襠部已濡濕一片。

夢裡的真實感還未褪去，他的心臟劇烈地跳動著，渾身血液沸騰。

他居然作了這般可恥的夢?!

趙長青唾棄地抽了自己一巴掌，他把褲子換下來後，便去院子裡沖冷水澡。

可冷水沖了一遍又一遍，卻沒有澆熄他心裡那一團躁動的慾火。

他怕自己會再作那般荒唐可恥的夢，玷污了喬秀蘭，便端坐在床上，一直守到天明。

天亮以後，趙長青就去公社領了鐮刀，早早地下了地。

後來田裡的人漸漸多了，不知道是不是心理因素，他總覺得今天大夥兒看自己的眼神都怪怪的。那眼神有嫉妒、有憤恨，更多的是不敢置信。

難道他們發現了自己的齷齪心思？不，不可能，別人怎麼會知道他夢裡的事情……然而他明知道自己的夢不可能被別人知道，心裡還是有些七上八下的。

趙長青正想得出神，一個皮膚黝黑的青年忽然衝到他面前，惡狠狠地啐了他一口。

「呸！不要臉！」

趙長青認出這個人是紅小兵錢奮鬥。

這個錢奮鬥平時就經常挑他的錯處，但從來沒有像這樣沒頭沒尾便直接開罵的。不過趙長青到底已經習以為常，連眼尾都沒抬一下，繼續幹自己的活兒。

錢奮鬥偏還不放過他，上前對著他就是一腳。

趙長青早就防備著他，敏捷地側身避開。

錢奮鬥一腳踢空，差點摔了個四腳朝天。「好你個資本主義的走狗，還敢還手？」

趙長青面無表情，說：「錢同志，我只是躲開，並沒對你動手。我家庭背景是不好，但長輩們都去得早，我是屯子裡的老農民接濟著養大的，這資本主義的帽子我可不敢亂接。」

錢奮鬥「呸」了一聲，恨恨地說：「你在玉米田裡亂搞男女關係，這件事已經在屯子裡傳遍了。你連這種事都做得出來，難道還是淳樸善良的農民作風？」

趙長青眉頭一挑，心中升起不好的預感。「我和誰亂搞男女關係了？你別血口噴人！」

「我血口噴人？昨兒個在光天化日之下，你和喬秀蘭在玉米田裡被高知青逮個正著，你還惱羞成怒把人家高知青給打傷了，高知青現在還躺在炕上起不來呢。」錢奮鬥不屑地說。

原來高義被喬秀蘭痛揍之後，心裡憤恨難平，又恰好看到趙長青和喬秀蘭一起走遠，就把他們二人都給恨上了。他心想著反正自己和喬秀蘭的關係黃定了，就算日後喬秀蘭後悔，想起她打人那凶狠勁，他也不敢要啊！不過他也不可能自曝其短，說是自己強要喬秀蘭不成，反被她打了，便乾脆把錯處全推到喬秀蘭和趙長青身上。

他昨兒個傷得不輕，村人都是熱心腸，在路上遇見他，總要問候兩句。他便決定一不做、二不休，逢人就說起喬秀蘭和趙長青在玉米田裡苟且之事。

村裡不乏愛說東家長、西家短的婦女，再加上又是這種桃色新聞，不到一天的工夫，閒話已經傳了個遍。

事關喬秀蘭的清白，趙長青禁不住怒火中燒，額頭青筋直跳，反駁道：「我和喬同志之間可是清清白白的。你要是看不慣我，隨便怎麼說我都可以，但別把人家一個黃花大閨女扯進這髒水裡。」

錢奮鬥嗤笑一聲，說：「她都跟你在玉米田裡滾過一遭了，哪裡來的清白？趙長青，你小子豔福不淺啊，還不快和我們分享、分享喬家那水靈靈的小姑娘是什麼滋味……」葷腔一開，周圍一些好事的村民也跟著不懷好意地笑起來。

倒也有不相信喬秀蘭是那等輕浮姑娘的村民，在一旁反駁說：「喬同志的大哥可是大隊長呢，她怎麼會看得上趙長青？還在青天白日裡做那種事……你們別聽高知青一個人隨口胡謅，就輕易相信了。」

旁邊的好事者立馬笑道：「這你就不懂了。人家高知青和喬同志在一起有一陣子了，別人說的話還可能是胡謅，但高知青會故意說這種話來誣衊自己的對象嗎？」

高義是城裡來的知青，是知識分子，雖說幹體力活不行，但外表看起來文質彬彬，又跟喬秀蘭在一起挺長一段時間，他說的還能有假？

周圍跟著起鬨的人越來越多，趙長青臉色鐵青，握緊拳頭撲向了錢奮鬥。

錢奮鬥欺負趙長青也不是一天、兩天了，卻沒想到趙長青居然敢對自己動手。

趙長青左右開弓，兩拳下去就把錢奮鬥打得眼冒金星，跌在地上爬不起來。他卻還嫌不夠，一副要打死錢奮鬥的架勢，騎到錢奮鬥的身上。

鄉親們七手八腳地上來勸架，幫著拉走趙長青，他雙拳難敵四手，這才被拉開來。

錢奮鬥被打得滿臉是血，早已沒了方才的氣焰，只是抱著頭喊救命。

此處動靜鬧得太大，喬建軍聽到消息，馬上就趕過來。

「趙長青、錢奮鬥，你們為什麼打架？」喬建軍質問道。

錢奮鬥的門牙都被打掉了，嘴裡透風地說：「是趙長青打我……」

看錢奮鬥被血糊了一臉的模樣，喬建軍趕緊找來兩個人，讓他們把錢奮鬥送去衛生所。

「趙長青，你為什麼要打人？」趙長青在黑瞎溝屯是出了名的好脾氣，這些年來從沒在屯子裡惹過事，所以喬建軍倒也沒有直接批評他，而是詢問起事情的起因。

此時有幾十雙眼睛看著、幾十雙耳朵聽著，趙長青怎麼可能把那種侮辱喬秀蘭的閒話再說一遍？所以他只是垂著眼睛，說：「沒為什麼，我就是看錢奮鬥不順眼才動手的。」

「你的思想很有問題！」喬建軍臉一沈，看了他一眼。「這幾天你不要參加勞動了，回家反思去。」

不幹活就沒有工分，而不勞動的人民雖然也會分到基本口糧，但那是絕對吃不飽的。讓他幾天不幹活，等於是要他餓肚子。

處罰很重，但趙長青卻沒有吭一聲，放下鐮刀就離開了。

周圍看熱鬧的人方才還交頭接耳地討論著，這時候對上鐵面無私的喬建軍，紛紛都噤了聲。

「都幹活去！」喬建軍把人都趕回工作崗位上，但心裡也隱隱覺得有些不對勁。

第十四章

前一天的酸梅湯賣得不錯，所以今天淩晨時分喬秀蘭就起來了，準備要煮酸梅湯。

為了節省工序，她決定自己累一些。她直接把酸梅子倒入鍋裡，加上適量的善水，熬煮成一大鍋酸梅湯，放涼之後再分裝進罈子裡，這樣可以省去不少現場調製酸梅湯的時間。

一大早，喬建國就把猴子喊來家裡，還特地借了一輛自行車，兩人用自行車把已經放涼的幾大罈子酸梅湯，分好幾趟運走。

因為怕被家人知曉，喬秀蘭特地在門口為他們把風。

幾人一直忙到天快亮，才運完全部的酸梅湯。

之前二哥說過，還有不少人在問桂花糕，但家裡的桂花已經用光，她晚點還得去外頭採一些才行。

不過幫著母親做完早飯後，她就開始犯睏，只差沒趴在飯桌上睡覺。

李翠娥瞧她直打瞌睡，便笑著把她趕回屋裡去補覺。

喬秀蘭想著現在自己也算半隻腳踏進黑市了，肯定不用擔心收入，也不差那幾個工分，就乖乖回屋裡躺下。

這一覺，她睡到了快中午。

她穿了衣服下床，發現家裡靜悄悄的，堂屋裡只有三嫂挺著個大肚子，正在做針線活。

「三嫂，咱媽呢？」喬秀蘭伸著懶腰問道。

劉巧娟笑了笑，說：「小石頭想出去玩，咱媽帶他出去了。」

小石頭在喬家住了好幾天，額頭上的傷早已經結痂，不過李翠娥天天帶著他，也帶出了感情，倒是從來不提讓他離開的事。反正他人小、胃口小，一天根本吃不了多少飯，而且現在他大部分時間都是自己在外頭玩，或找個角落安安靜靜地待著，一點都不煩人。

她們姑嫂正說著話，就看到李翠娥氣鼓鼓地拉著小石頭進了家門。

「媽，咋了？」喬秀蘭猜想也許是小石頭頑皮，惹母親生氣了，便說：「小石頭還小，您別跟他一般見識。」

小石頭根本不知道發生了什麼事，只是乖乖地讓李翠娥牽著，一聽到自己的名字，他才睜著一雙烏溜溜的眼睛，抬起了頭。

「不關小石頭的事，是……」李翠娥說不出口了。她本來是帶著小石頭出去玩的，沒想到剛出家門沒多久，就聽到有人在嚼舌根，說的還是她的寶貝閨女和趙長青！想到那些難聽的閒話，李翠娥急紅了眼。

「媽，到底怎麼了？」瞧見母親眼眶發紅，喬秀蘭和劉巧娟都急了。

李翠娥讓小石頭去一邊玩，然後才壓低聲音，把自己方才聽到的流言轉述給她們聽。

「我要去撕了那些人的嘴！」平時說話細聲細氣、脾氣最好的劉巧娟第一個急了，隨手抄起桌上的剪刀就要跨出門。

「三嫂！當心妳的肚子啊！」喬秀蘭連忙拉住劉巧娟。「這種毫無根據的流言，聽聽也就算了……」

「這怎麼能算？小妹，妳年紀小不懂事，這種閒話一旦被傳開來，妳的名聲可就完了，往後還怎麼說親？」劉巧娟說著、說著，也紅了眼眶。

「對，就不能讓那些人開這個頭！」李翠娥也加入三兒媳婦的陣營，一把奪過三兒媳婦手裡的剪刀，眼看著就要奪門而出。

喬秀蘭頓時焦頭爛額，她一手拉一個，不停地勸著她們要冷靜。

正僵持著，就見喬建黨從門外跑進來。「妳們快去村口看看，大哥、大嫂正在跟高義對質呢。」

李翠娥和劉巧娟還在為流言氣憤著，一時都沒反應過來喬建軍和于衛紅怎麼會同高義發生衝突。

喬秀蘭已經猜到了，這種顛倒是非黑白的話，只有高義這個渣男說得出來！

「媽、三嫂，這流言多半是從高義那裡傳出來的，所以大哥、大嫂正找他算帳呢。妳們就別去找嚼舌根的人了，先把高義收拾了才是正事。」喬秀蘭憤恨地說。

「好個狼心狗肺的高義！」李翠娥氣勢洶洶，手拿剪刀，第一個往村口的方向衝過去。

喬秀蘭生怕母親氣急，下手沒個輕重，真鬧出什麼傷人的案子，於是趕緊快步跟上。

喬建黨則小心翼翼地攙扶著劉巧娟，走在最後頭。

不一會兒，李翠娥他們就趕到村口的土房子前，此時土房子外已經站著好些個看熱鬧的鄉親。

于衛紅雙手扠腰，站在院子裡嚷著。「誰知道你這一身傷是從哪裡來的？別是你惹上什麼麻煩，被人給收拾了，卻不好意思和人說，就把髒水往我們家蘭花兒身上潑。」

于衛紅這麼一猜，還真猜中了，可不是高義先犯的事嗎？不過連于衛紅也沒想到，收拾高義的不是別人，正是喬秀蘭。

喬建軍站在于衛紅身邊，臉色冷得彷彿能凝結成冰，他聲音不大，卻十分有威嚴。「高知青，有話咱們不如當面說清楚，你把門關著算怎麼一回事？」

原來之前有人和喬建軍夫婦打了小報告，而喬建軍夫婦一聽到這閒話是關於喬秀蘭的，哪裡還坐得住，兩人當即來找高義討個說法。

高義前一天在衛生所拿了藥，今天一直在炕上休息，猛地聽說喬建軍和于衛紅來了，嚇得趕緊把房門關上，任憑他們二人在院子裡喊，他就是不開門。

李翠娥撥開人群，衝到房門口。

破舊的木門被李翠娥拍得砰砰作響。「高義，你有本事在背後給我閨女潑髒水，現在就別躲在屋裡當縮頭王八！你趕緊出來把事情經過一五一十地交代了，要是我閨女有半點不對，我們全家人給你磕頭道歉；可若是你敢說半句假話，我今天就是拚了命也要把你的嘴用剪子戳爛，看你以後還敢不敢胡亂說話！」

喬家一家子來興師問罪，態度十分光明磊落，反倒是把自己形容成受害者的高義，這個時候居然躲在屋裡不敢開門，明顯是心虛。

人群中議論紛紛，此時輿論已然偏向喬秀蘭這邊。

本來嘛，人家一個土生土長的本地姑娘，是鄉親們看著長大的，哪可能會做出那種傷風敗俗的事？

說到底這件事是自己惹出來的，沒道理只讓家人出頭，於是喬秀蘭也來到門前，說：「高義，你是不是以為昨天的事情我肯定不好意思說，所以你就敢隨便編排？哼！那你可想錯了！我今天就在這裡光明正大地告訴大家，昨天是你對我起了歪念，把我往玉米田裡拉，我才會出手打你的。」在所有人震驚的目光中，她坦然承認：「沒錯，高義那一身傷都是我打的，我一個人打的！」

李翠娥吶吶地不敢相信。「蘭、蘭花兒，妳打了高義？」

「打了啊，往死裡打那種。媽，您看高義今天連門都不敢開，可見他被我打得有多害怕。」喬秀蘭得意洋洋地說。

一樁桃色新聞，真相竟讓人如此啼笑皆非，眾人都不禁愣住了。

喬家人一時不知該作何反應。如今喬秀蘭身上的髒水倒是撇開了，可這打人的潑辣名聲，怕是要長長久久地留下來……這一樣不好說親啊！

「本來我還想著，你都被我打得那麼淒慘，昨天的事也就算了。可你倒好，敢在背後顛倒是非黑白……」喬秀蘭伸手把母親拉到一邊，上前一腳就踢開那不怎麼牢靠的木門。

「砰」的一聲，木門應聲而倒。

喬秀蘭走進屋裡，只看到高義坐在土炕上，滿臉通紅，也不知道是羞的還是氣的。

她直接走過去，把他從土炕上拉起來。「走啊，你不是挺能說的？咱們去外頭好好地說一說吧。」

論力氣，喬秀蘭自然不如高義，可喬家一大家子都在外頭，高義也不敢對她怎樣，只能就這麼被她拉到院子裡。

看熱鬧的鄉親已站滿整個院子，氣勢洶洶的喬家人也正死死地盯著他看。

高義囁嚅了半天，才說：「昨天是我不小心唐突了蘭……喬同志，喬同志才會打我，是我活該；後來大夥兒問起，我面子上掛不住，才說是被趙長青打的。其實……其實我也沒說什麼，當時喬同志確實在玉米田裡打了我，趙長青也正好路過，我就只是跟鄉親們說我在玉米田裡遇見喬同志和趙長青，然後被打，其他的都是鄉親們自己猜的。」

到了這個時候，高義還不忘賣弄小聰明，把所有的錯都往鄉親身上推。

鄉親們文化水平低，不像他那般會鑽文字漏洞，可他們也不傻，一下子就聽出來他的用意。

「這個高知青真是壞到骨子裡了，明明是他自己傳的閒話，卻說是我們瞎猜的。」

「就是！看著斯斯文文的，沒想到一肚子壞水。」

人群裡議論紛紛，各種指責不斷。

高義可以說是把整個屯子的人都得罪了，往後肯定不會有什麼好日子過。沒承想打了他一頓，還能把他的日子攪和得更糟，相比之下，她就算被傳了幾句和趙長青的閒話，澄清之後倒也無所謂了。

反正趙長青已經見識過她潑辣的一面，如今讓鄉親們知道自己現在今非昔比，也沒什麼不好。畢竟除了趙長青，她又不想嫁給別人，說不上親才好呢，不然她怎麼說服家人讓她嫁給趙長青？

大夥兒的唾沫星子都快把高義給淹沒了。最後，還是喬建軍發了話，說既然已澄清誤會，這件事就到這裡結束，讓大夥兒各自回崗位上勞動去吧。

一家子從土房子出來後，李翠娥仍覺得不解氣，恨恨地說：「建軍，咱們就這麼放過這個狗東西？」

儘管喬秀蘭說她沒吃虧，但只要一想到高義居然敢對自家閨女起那等齷齪心思，李翠娥恨不得當場把他打死。

「媽，您先別急。」喬建軍替李翠娥順著氣，說：「儘管是他先起了壞念頭，但他並沒有得手。倒是咱們小妹把人打得……打得有些過分，真要鬧到公安局去，咱們小妹倒成了沒理的一方。」

剛才高義的樣子，他們都看到了，被喬秀蘭戳得眼睛通紅不說，臉上還青一塊、紫一塊的，這還是看得到的地方，看不到的地方不知道還有多少傷口。

這已經超出自衛的範疇，完全是在洩憤了。

至於收拾高義麼，後面有的是法子。

李翠娥一想到閨女打人的行徑，瞬間又頭疼起來。「我的好蘭花兒，妳這又是從哪裡學來的招數？」能把一個男人打成這樣的女人，那就算是仙女，也沒人敢娶啊……李翠娥都快愁死了。

喬秀蘭拉著母親的手，搖了搖。「媽，那您想要我被人欺負，還是我欺負人？」

「那當然是妳欺負人了。」雖說閨女現在得了個潑辣的名聲，可總比被高義欺負了去好啊！說到底這件事不怪閨女，只怪那個思想骯髒的知青。

「這不就行了。」喬秀蘭笑咪咪的，一副萬事不上心的模樣。「反正我肯定會有好姻緣的，不急在這一時。」

第十五章

出了這麼一檔子事，即使喬家人夠開明，還是讓喬秀蘭短時間內別去上工了。

喬秀蘭本打算找個時間去採桂花，這下子正如了她的意。

下午，喬秀蘭就去採桂花了。

桂花開滿枝椏，在鄉間隨處可見，但採花卻不是個輕鬆的活兒。尤其她這次採的花並非要用來做頭油，而是用來做吃食的，當然得更仔細地保持桂花的完整性。

就這麼忙活一下午，喬秀蘭出了一身汗，抱著兩個滿滿當當的陶罐子回到家。

放好罐子後，喬秀蘭回屋換下汗濕的衣服。

這時候已到傍晚，她二哥卻還沒回來，明明前一天酸梅湯的銷路十分不錯，今兒個照理也會很快賣完才對。

喬秀蘭心裡納悶著，隱隱有一股不好的預感。

她把桂花洗乾淨後，直接放在院子裡曬著，然後就去拿針線，和三嫂一起坐在堂屋裡，一邊做著女紅，一邊時不時地看向門口。

縣城這會兒天氣轉陰，雨要下不下的，悶得讓人喘不過氣。

剛過正午的時候，喬建國和猴子一早運過來的酸梅湯就賣得差不多了，其中捧場最多的就是黑市的同行。

攤販們在攤位裡一待就是一整天，又都喬裝打扮過，正需要這種清熱解渴的東西。

大夥兒都說喬建國居然能把生意做到同行身上，這做生意的腦子真是絕了。

酸梅湯雖然只賺不到十塊錢，卻帶來巨大的客流量，連帶著喬建國收上來的其他東西，也都賣得差不多了。

大庭廣眾之下，喬建國不好數錢，他捏著鼓鼓囊囊的口袋，忍不住偷笑。

看著攤位上所剩不多的貨物，喬建國交代猴子兩句後，就離開黑市，準備回黑瞎溝屯。

汽車票要五分錢一張，喬建國也不是捨不得，不過怕引人注意，最後依舊選擇步行。

可剛出黑市沒多久，他就發現自己被人跟上了。

喬建國放慢腳步，腦子裡迅速地分析著——這人肯定不是公安。若是公安，自己剛從黑市出來的時候，公安早就上前來抓人。既然不是公安，那只有可能是黑市裡的其他攤販。

在黑市裡做生意的人都不大會報上真名，像喬建國，對外只說自己叫喬二；也就隔壁攤位的王自強，他們是在進黑市前就認識了，所以才知道彼此的真名。

周瑞才來過自家攤位，黑市裡眼紅的同行暫時不敢對他下手，但保不齊他們是想打探出喬建國的真實身分，繼而把做那桂花糕和酸梅湯的人給找出來……

喬建國走走停停，只當沒發現身後的「尾巴」。

他就這麼帶著身後的人在縣城裡兜上好幾圈，各種複雜的地形都被他走過一遍，走到最後，連喬建國自己都快受不住這悶熱的天氣了，偏偏他身後的人耐心極好，怎麼都甩不掉。

住招待所是要開證明的，所以他也不可能在縣城裡留宿，眼看著天色越來越暗，喬建國忍不住焦躁起來。

這時他正好經過一個偏僻的弄堂，角落裡突然伸出一隻手，把他往裡一帶。

喬建國心中一驚，還沒來得及反應，就看到趙長青近在咫尺的臉。

趙長青把食指豎到唇前，比了個噤聲的手勢，接著又把路邊的草蓆擺到喬建國身前，好遮擋住他。

趙長青自己則半蹲在草蓆前，攏著雙手，神色慵懶，像在此處休息一般。

凌亂的腳步聲很快地追過來，一個身形魁梧的男人快步走進弄堂。「喂，小子，有沒有看到什麼鬼鬼祟祟的人經過？」

趙長青懶懶地抬了抬眼，漫不經心地說：「這地方偏僻，哪裡會有人經過？至於鬼鬼祟祟麼，我看你倒是挺鬼祟的。」

「你這小子瞎說什麼！」男人在城裡轉了一下午，心情本就煩躁，此時聽到趙長青開自己玩笑，忍不住上前把他從地上揪起來。「我再問你一遍，到底有沒有人從這裡經過？」

趙長青的個子和那男人差不多，卻不如那男人強壯，但他也不慌張，只做出氣憤的模樣道：「都說我沒看見了！你是耳朵不好嗎？縣城的醫院就在東面，你有病趕緊去看。」

男人被趙長青的態度激怒，狠狠地推他一把。

好巧不巧，趙長青帶來的半籃子雞蛋就放在腳邊，他被這麼一推，正好摔到雞蛋上頭，那一籃雞蛋頓時全碎了。

趙長青驚叫出聲，他又是心疼、又是生氣，扯著嗓子喊。「你害我的雞蛋全破了，趕緊賠錢！不然我就去找公安來抓你。」

雞蛋是好東西，一個能賣幾毛錢，這半籃子雞蛋少說也得要個三、五塊錢。更讓男人頭疼的是，趙長青嚷得一聲比一聲高，瞧他那不肯善罷甘休的模樣，說不定真會去找公安。

男人跟了喬建國半天，等於是半天沒有進項，哪裡還肯再往外掏錢，於是連忙撇清說：「是你自己沒站穩，可不怪我。」說完就飛也似地快步離開。

「你別跑啊，你給我回來說清楚。」趙長青追上前去，跟在男人的後頭喊著。

在確定男人已經跑遠之後，趙長青才折回來，方才臉上的憤怒和心疼早已消失不見，恢復到像平時一樣淡淡的神色。「喬二哥，人走遠了，你可以出來了。」

喬建國從草蓆後面探出身，對趙長青拱了拱手。「今天真是多虧你了。」

「喬二哥客氣。」趙長青蹲下身，把碎了一地的雞蛋殼都撿到籃子裡。

「我賠錢給你吧。」喬建國一邊伸手掏口袋，一邊歉疚地說。

「不用。」趙長青站起身，微微笑了笑。「這段時間小石頭承蒙你們家照顧，這點雞蛋不算什麼。」

他今天被喬建軍處罰不許勞動後，便回了家，後來他想著自己不能再拖累喬秀蘭，就打算把小石頭接回家。但他身邊沒有錢，空著手去喬家接人肯定是不行的，所以才把攢下的雞蛋拿來城裡賣。

他沒來過縣城幾回，人生地不熟的，因此只能像打游擊一樣，沿途兜售。可人們看他面生，連一個跟他買雞蛋的人都沒有。

趙長青是個執著的人，就這麼在縣城裡兜售了大半個下午，當他準備回去的時候，便看到了喬建國。

喬建國的臉上抹著灰，但趙長青還是認了出來，他看到喬建國走走停停、頻頻回頭的模樣，便猜想喬建國定是惹上什麼麻煩，於是他沒有貿然上前打招呼，而是等待機會出手。

聽趙長青說完來龍去脈，喬建國忍不住問他。「你又不常來城裡，對城裡的路肯定不熟悉，你怎麼知道我會經過這裡？」

縣城裡彎彎繞繞的小路極多，不熟悉的話，很容易迷路，而黑市地點之所以會選在這附近，自然也是考慮到這個部分。就算是公安找到這裡，只要把風的人發現不對勁，吆喝一聲，他們就能跑掉。

喬建國也是在黑市做生意以後，才把這裡給摸熟了。

「我下午在這附近逛了幾圈，就知道路了。」趙長青波瀾不驚地說。

竟然走幾圈就能記住這麼複雜的道路？看不出來啊，這趙長青腦子還挺靈活的。喬建國在心裡給他豎起了大拇指。

不一會兒，喬建國在確定沒人繼續跟著自己以後，兩人並肩離開了縣城。

「長青，你就不好奇我為啥被人跟上嗎？」喬建國提出心中的疑問。

趙長青看著腳下，神色不變地說：「喬二哥要是願意說，自然會說；喬二哥若不想說，我也沒必要多問。」

可他不問，喬建國心裡反而癢癢的。想起自家小妹之前的提議，喬建國試探地問：「你今天帶著雞蛋進城，是打算賣錢的吧？」

「嗯……可是一個都沒賣掉。」趙長青嘆口氣道。

「那是你賣東西的方法不對。下回把雞蛋給我，我幫你賣。」喬建國豪爽地說。

趙長青也不追問喬建國要如何賣，只是笑了一下，說：「那我就先謝過了。」

喬建國忽然覺得有些尷尬。這人真是……自己都已經把話說到這個分兒上了，他怎麼還惜字如金，連多說一句話也不肯。

就這樣走上好一會兒的路，趙長青一直沒開口，反倒是喬建國先耐不住了，問他道：「長青，你想掙錢不？」

「想。」趙長青坦然道：「但我的本事不多，你是知道的。」

「你跟著我一起做事如何？」喬建國開門見山地問。

「好！」趙長青回答得很迅速，連一秒鐘的猶豫都沒有。

喬建國好笑道：「你就不問問我是幹啥的？我要是讓你和我一起殺人放火咋辦？」

趙長青彎唇笑了笑，剛毅的面容頓時軟化不少。「喬二哥不是那種惡人，而且我大概知道喬二哥是在做什麼的……」

喬建國讓他繼續說下去，他便緩緩地道：「我進城之後，沿路看到不少攤販，但也沒見他們的生意有多好，所以我猜應該是縣城裡有個私下交易的市場。雖然我不知道那個市場在哪裡，但方才我救下你的地方，小路多、弄堂深，容易迷路；如果是由我來搞這個市場，我就會把地點選在那裡。而且不怕二哥笑話，我經常因為肚子太餓，半夜爬起來去田裡捉田雞吃，有好幾次我都看到你在半夜出了屯子，所以……」

喬建國點點頭，說：「那你怕不怕？咱們這個行當，會來事的掙得多，但風險也大。要是被抓進去，少說也得判個兩、三年……」

「這有什麼好怕的？」趙長青還是那般雲淡風輕，好像在說別人的事。「就算我被抓進去關了，想來喬二哥也不會放著我家小石頭不管。到時候我只管把之前掙來的錢都交給你，權當把小石頭寄養在你家了，而我在牢房裡有得吃、有得喝，還不是照樣過日子。」

他自小苦慣了，雖然屯子裡的老人都是熱心腸，可到底日子艱難，誰家的餘糧都不多。他從小就是有一頓、沒一頓的，只要能吃飽，就算得坐牢，那也不是什麼苦差事。

「那行，明天早上天亮前，你在村口等我。」喬建國拍拍他的肩膀。

趙長青笑著回道：「好，明天我會在村口等喬二哥的。你回去以後要是反悔，不想帶著我一起做事，明天也只管和我說，不礙事的。」

他這是怕喬建國在縣城待了一天，還不知道黑瞎溝屯裡傳的閒話。他雖然一心想掙錢，卻也不是那種厚臉皮的人，如果因為那個傳言，喬家人要跟他撇清關係，他也是完全可以理解的。

兩人回到黑瞎溝屯的時候，天色已經完全暗下來。

趙長青想去把小石頭接回家，就跟著喬建國一起回到喬家。

喬家人這個時候都已經吃過晚飯，喬建軍帶著其他人去村裡開會，就只剩下李翠娥和喬秀蘭在家。

「還知道回來哪？」李翠娥一見喬建國進門，就起身迎到院子裡，罵道：「這都幾點了？你都這麼大的人了，怎麼還讓人操心呢？」

喬建國端著笑臉道；「媽，我錯了，下回不會了。家裡還有剩飯嗎？我快餓壞了。」

李翠娥戳了戳喬建國的腦袋，便轉身去灶房端飯菜。

「走啊，長青，咱們一起吃。」喬建國一回頭，才發現趙長青沒跟著自己進來，只是垂著頭呆站在門口。

趙長青皮膚黑，再加上這天又穿了深色的褂子，李翠娥的眼力不大好，竟沒有瞧見他。

「不用，我就不進去了，麻煩喬二哥幫我把小石頭喊出來。」趙長青輕聲說。

「這個……」喬建國為難地搔了搔頭。

小石頭這幾天一直是李翠娥形影不離地帶著。老人家長年在家，兒孫們上工的上工、上學的上學，白天自然是覺得有些無聊冷清的；但自從小石頭來到他們家之後，母親臉上的笑容變多了。如今突然要把小石頭帶走，他得先問問母親才行。

「建國，快進屋來啊，在門口傻站著幹啥？」李翠娥把飯菜擺好後，朝門外喊道。

「誒，媽，我就來。」喬建國應著，伸手去拉趙長青。「走，咱們屋裡說話去，站在門口像什麼樣子？」

趙長青拗不過喬建國，就這樣被拉進堂屋。

「長青你……你也來了啊。」李翠娥愣了一下，也不等他回話，便一邊向灶房走去，一邊說：「嬸子去給你拿雙筷子，你跟你二哥一起吃點東西吧。」

喬秀蘭在屋裡聽見趙長青來了，立刻跑出來。

農村裡的房子，灶房和堂屋都是相通的，而從她的房間要去堂屋，得先經過灶房。

李翠娥在灶房一看到自己的閨女出來，馬上一個眼刀子就甩過去。

「咋了啊？」喬秀蘭有些心虛地問。

「回屋去！」李翠娥聲音雖小，卻帶著不容反駁的嚴肅。

喬秀蘭沒辦法，只好停下腳步，不敢再往堂屋走。

喬建國已經在八仙桌旁坐下，正抓著一個大饃饃往嘴裡塞。

見李翠娥拿筷子過來，趙長青本想說自己吃過了，但他傍晚到現在都和喬建國待在一起，這種謊話實在說不出口，只好說道：「嬸子客氣了，我……我不餓。」他接著又說出自己來喬家的目的。「嬸子，我想著小石頭的傷應該好得差不多了，我今天來，是想把小石頭接回去。」

李翠娥聞言馬上流露出不捨的神色。不過小石頭到底是趙長青的兒子，也沒有不讓小石頭回家的道理，所以李翠娥還是把小石頭喊出來。

小石頭的智力有問題，雖然兩、三歲了，但好像不大聽得懂大人說話，平時趙長青喊小石頭十次，小石頭能應上一、兩次就不錯了。可李翠娥剛喊了一聲，小石頭就邁著小短腿，啪嗒、啪嗒地跑進堂屋。

吃了幾天飽飯，小石頭看著比之前明顯圓潤一圈，此時穿著整潔的小衣服和小褲子，跟好人家的小孩沒什麼區別。

小石頭一看到趙長青，就歡快地叫了一聲，用力抱住他的腿。

「小石頭，爸爸來接你回家了。」趙長青一把將小石頭抱起。「嬸子、喬二哥，那就不打擾，我先回去了。」

「長青，吃了飯再走啊。」李翠娥知道趙長青是因為流言在避忌，可事情的真相她已經知道，起壞心思的是高義，打人的是自家閨女，趙長青什麼都沒做，可以說是最無辜的那個人。

「不了、不了，我回家吃就行。」趙長青婉拒道。
李翠娥看著趙長青已經走到門口，就抓著兩個大饃饃追上去，不由分說地往他手裡一塞。「帶回去吃，別跟嬸子客氣。」又偏過臉對小石頭說：「肚子餓了就來找奶奶，你認得路的對不？」
小石頭咯咯直笑，似乎還沒明白自己已經要離開喬家了。
趙長青抱著小石頭往自己家走去，小石頭剛開始還摟著他的脖子直笑，直到這會兒喬家的院子已經遠得看不清，小石頭就不再笑了，只是頻頻地回頭張望。
趙長青朝小石頭的屁股，輕輕地打了一掌。「回家了，不許胡鬧！」
小石頭急壞了，咿咿呀呀地說不出一句完整的話，卻很清楚地喊了一聲「奶奶」。
趙長青驚訝地挑了挑眉。
自家這傻兒子養了兩年多，除了會說「餓」，從來沒有說過別的話。沒想到幾天不見，小石頭居然會喊人了，而且第一個喊的，還不是他這個當爹的。
趙長青心裡其實還挺吃味的。
趙長青父子走後，喬秀蘭才從屋裡出來。
「二哥，你談得如何？」方才聽見二哥和趙長青一起回來，她就猜到他們多半已經商量妥當一起做生意的事。

果然，喬建國一邊狼吞虎嚥地吃著東西，一邊點頭道：「已經說好了，妳放心吧。」

李翠娥送完人，一進門就看到他們兄妹兩個湊在一起說話，便問道：「你們偷偷摸摸地在說些什麼呢？」

喬秀蘭討好地笑了笑。「沒說啥，我就是問問二哥東西夠不夠吃。媽，他們走了啊？」

李翠娥的臉色不大好看，嘆了口氣，說：「嗯，已經回去了。小石頭這孩子怪讓人心疼的，也不知道回家後能不能吃得飽。」

兩兄妹都知道母親心善，別說是個帶了幾天的活生生的孩子，就是以前家裡養的小雞、小鴨離開，她都要難受好一陣子。

「媽，沒事，小石頭機靈著呢，他餓了自然會來找您的。」喬秀蘭安慰道。

相處了幾天，他們都發現小石頭雖然不如平常孩子，但趨利避害的本能還是有的。

像在喬家住的這幾天，他就只跟李翠娥、喬秀蘭親近，也會跟她們要吃的；而不喜歡他的李紅霞，他是有多遠就躲多遠。

第十六章

不一會兒，喬建軍他們開完會回來了。

時間不早，大家就各自洗漱，回屋歇息。

喬建國累了一天，他趁李紅霞不注意，趕緊把錢藏好，然後便躺下睡覺。

可他剛閉上眼，李紅霞就把他推醒。

「幹啥啊？」喬建國不悅地問。

「別睡了。我問你，你覺得我娘家大姪子咋樣？」李紅霞一臉期待地問。

李紅霞家裡兄弟多，那姪子就更多了，她冷不防地一提，喬建國都沒反應過來她說的是哪個。

看他一臉迷茫，李紅霞又提醒道：「就是我大哥家的老大，叫衛東的，你有印象不？」

喬建國只大概記得有這麼個孩子，便含糊地點點頭。「記得、記得，他咋了？」

李紅霞笑了笑，討好地幫喬建國捶著腿。「衛東這孩子大了，人也長得周正，我們村裡倒是有好幾家姑娘都想與他說親呢，可我大哥、大嫂都看不上那些人家。你看他跟小妹的年紀差不多……」

喬建國本來已經昏昏欲睡，猛地聽到她提起小妹，他立刻睜開眼，翻身坐起，冷笑道：

「妳不會是把心思動到咱們小妹身上了吧？」

李紅霞知道自家條件不好，喬秀蘭又是喬家的寶貝疙瘩，放在以前，她可是提也不敢提的。可今天白日裡鬧的那一齣，喬秀蘭潑辣彪悍的名聲早已經傳遍，這條件好的青年哪裡還會來和她說親呢？

「你先別急，你進城一天了，還不知道今天發生的事吧……」李紅霞就把白天的事仔仔細細地講給喬建國聽，還特意誇大高義身上的傷和喬秀蘭當著眾人一腳把門踹開的經過。

果然，喬建國聽完根本不敢相信。「妳說的是小妹……是咱們家的蘭花兒？」

「可不是嘛，我還能騙你啊？當時咱媽和大哥、大嫂都在呢，不信你明天去問他們。」李紅霞一臉認真地說。

喬建國感覺自己過去的認知，被徹底顛覆了。

自家小妹，那可是被他們幾個哥哥和嫂嫂當成寶貝女兒養的，平日雖然嬌氣了些，但很文靜，也很少和人爭吵……

不過喬建國當然不可能覺得喬秀蘭不好，很快地，他下了和李翠娥一樣的結論——都是高義那個畜牲害的，把好好一個小姑娘都逼成什麼樣子了！

喬建國咬著牙，已經開始盤算往後要怎麼給高義下絆子。

「咋樣啊？」李紅霞看他不說話，心急地催促著。

「啥咋樣？」喬建國敷衍地回道。

「你看我大姪子和小妹……」李紅霞不死心地繼續問。

「那不可能！」喬建國斬釘截鐵地拒絕。

李家那一大家子家宅不寧，只懂得勾心鬥角，就沒個能吃苦耐勞的，要不然有那麼一大家子的壯丁，日子怎麼可能還過得如此窮困？小妹要是嫁進那個家，不但得受苦挨餓，還有可能被李家人欺負壓榨……

「怎麼就不可能呢？」李紅霞的臉上沒了笑，嗓門也大起來。「我家衛東可是個中專生，咋配不上蘭花兒了？」

李衛東這孩子他不是很了解，但依稀記得他已經二十好幾，卻一直遊手好閒。要是像李紅霞說的那麼好，還能在村子裡說不上親事？

喬建國不想和李紅霞吵，只冷冷看了她一眼。「妳家是什麼情況，還要我說？」到底當了許多年的夫妻，他不想把話說得太難聽。

儘管他沒說明白，李紅霞還是聽出他語氣裡的輕視。「你瞧不起我家是吧？我跟了你這麼多年，還給你生孩子，你現在嫌棄我了是吧？」

她喊得一聲比一聲高，喬建國累了一天，只想好好睡上一覺，聽到這刺耳的叫嚷，不禁更心煩意亂。

「妳愛怎麼說隨妳，反正這事我不同意，媽和大哥、大嫂更不會答應。妳今天的這些話，我就當沒聽過，以後也不要再提。」說完，喬建國便下了炕，穿上鞋走出屋子。

李紅霞在後頭氣哼哼地喊。「你有本事就一輩子別回來睡！」說完，她「砰」的一聲把門甩上。

喬建國直接去兒子的屋裡睡。被李紅霞這麼一鬧，他腦子裡亂得很，躺下後竟沒有立刻睡著。

他這會兒才反應過來，趙長青為什麼會說要他回來想清楚了，也終於明白為什麼趙長青來自己家會那麼拘謹，還急著要把小石頭接回去……

不過趙長青真的想多了，他又不是那種是非不分的人，說起來還是自家妹子打傷高義，而高義為了保全面子才把趙長青拖下水……如此說來，他怎麼也得補償一下趙長青才是。

隔天一早，猴子再次來到喬家，師徒兩人把裝著酸梅湯的陶罐子繫在自行車上。

喬秀蘭半夜就起來做桂花糕了，此時糕點剛出鍋，還冒著熱氣。

她盛了幾塊桂花糕出來，打算留給二哥和猴子當早飯吃，再用布帕子單獨把給趙長青的那一份包起來，剩下的就全都用一塊布裹起來。

喬建國和猴子迅速地吃完早飯，兩人也不耽擱，立刻出發。

當他們抵達村口的時候，發現趙長青已經在那裡等著了。

「啥時候來的？」喬建國上前打招呼，緊接著把懷裡的小布包遞給趙長青。「邊走邊吃吧，吃完我再跟你講講規矩。」

這話的意思已經非常明白，喬建國確定要帶著趙長青一起做生意了。

趙長青忍不住彎了彎唇角，伸手打開布包。

桂花的香氣撲面而來，他頓時嚇到，仔細一看這糕點還用了上好的白麵，他更是不敢下口了。

喬建國笑了笑，催促道：「快吃，熱熱的最好吃，我們都吃過了。」

趙長青昨夜回去後，不過睡了幾個小時，半夜就在村口等著了，這會兒已經是餓得前胸貼後背，便不再客套，大口地吃起來。

桂花糕的滋味自然非常好，這種熟悉的美味和吃下肚的舒適感，只有在他之前吃喬秀蘭做的東西的時候才有過，他已經隱隱猜出這糕點是誰做的。

吃完東西，趙長青幫著拿一些東西，三個人加快腳步，天剛亮的時候就到了縣城。

喬秀蘭送走二哥後，就回屋裡去補覺。一覺起來，家人都已經去上工，李翠娥和劉巧娟則在後院裡摘豆角。

喬秀蘭喝了杯善水，剛在灶上生火，準備弄點東西吃，就聽到院子裡傳來一陣清脆的女聲。

「秀蘭，妳在家嗎？」

一聽聲音，喬秀蘭就知道是吳亞萍來了，她連忙擦擦手，迎了出去。

喬家大門口，吳亞萍穿著一件半新不舊的碎花襯衫，正向門裡張望。看到喬秀蘭出來後，吳亞萍立刻笑著和她招手。

喬秀蘭回以微笑，但當她的視線落在吳亞萍身邊那個人的時候，她臉上的笑瞬間消失。吳亞萍不是一個人來的，身邊還站著一個俏生生的姑娘。

那姑娘穿著一件嶄新的白襯衫、一條湖藍色百褶裙，時髦的裝束跟純樸的農村顯得格格不入。這個姑娘不是別人，正是林美香。

林美香下鄉這麼久，從沒來過喬家，兩人之前還結下梁子，因此喬秀蘭一時弄不清林美香今天來的目的。而且這林美香還挺彆扭的，主動來到她家，臉色卻臭得要命，好像來要債似地。

不過到底來者是客，喬秀蘭還是招呼她們進屋。

吳亞萍和喬秀蘭肩並肩走在前頭，吳亞萍小聲地說：「不是我要帶林美香過來的。我本來就打算要過來找妳，林美香知道後就非要跟著我過來。」

上一回是高義，這一回是林美香，吳亞萍也很無奈啊，生怕喬秀蘭覺得自己專門帶一些和她不對盤的人過來。

「嗯，沒事。」喬秀蘭對吳亞萍安撫地笑了笑。

「坐啊，別客氣。」喬秀蘭轉身去灶房裡，端了酸梅湯和桂花糕出來。「家裡沒什麼好招待的，將就著吃吧。」

一進門就有好東西吃，吳亞萍不禁抿嘴一笑。她道謝後，才拈起一塊桂花糕放到嘴邊，小口、小口地吃起來。

林美香一直到進了堂屋，也沒和喬秀蘭打過招呼，只是抱著雙手，站在一旁。

喬秀蘭也不管林美香，只是拉著吳亞萍問：「妳今天怎麼想起要來看我了？」

吳亞萍有些赧然地說：「上回在妳這裡喝了酸梅湯，覺得味道很好，而且那幾天我本來有些中暑，喝完後居然連一點不舒服都沒有了。昨天我大哥給我來信，說這幾天省城也熱得厲害，他已經中暑在家躺了好幾天……我、我就想問問，妳方不方便給我一些梅子……」說著她就從口袋裡掏出糧票和錢。「不知道這些夠不夠……」

乖乖，給未來的省委書記做酸梅湯，喬秀蘭怎麼可能不方便？

喬秀蘭連忙按住吳亞萍的手，說：「方便、方便，妳別跟我客氣。這酸梅子是剛入夏那會兒，家裡姪子放農忙假去摘的，後來我和我媽在家裡也沒事做，就全都醃了，真不值什麼錢的。」

當時幾個姪子說要比賽採梅子，把家裡附近的梅子樹都採光了。沒有經過加工的梅子酸得倒牙，平常可沒什麼人吃，喬家往年也就醃上一罐子，是專門給喬秀蘭消暑用的。後來梅子堆得都快放不下，李翠娥又見不得食物被糟蹋，就和喬秀蘭一起把那些梅子全都醃成酸梅，那裝酸梅的陶罐子都快把家裡的地窖給塞滿。

「這怎麼好意思。」吳亞萍執意要給錢。「再普通的東西，也都是你們家勞動的成果，無功不受祿。」

喬秀蘭拗不過她，就喊母親過來。

李翠娥來到堂屋後，一聽吳亞萍居然要給錢，馬上佯裝生氣道：「吳知青，上回妳拿過來的一斤好肉，我還覺得貴重呢。妳這回若是再給錢，那就是看不上我們農村人了。」

吳亞萍趕緊擺手。「嬸子，沒有的事，只是我實在不好意思白白拿這些酸梅……」

「有啥不好意思的，我家老二也經常拿這些酸梅去縣城送人呢。」李翠娥笑著，把她手裡的錢和票據又塞回她的口袋。「妳要多少儘管拿，千萬別跟嬸子客氣。」

家裡的梅子每天在減少，自然瞞不住李翠娥，所以喬建國只說城裡的朋友喜歡，他拿去送人。

李翠娥是長輩，長輩都這麼說了，吳亞萍也不好再堅持，她認認真真地跟她們道謝。

喬秀蘭想著陶土罐子不好運輸，就回屋裡翻出一個鐵皮餅乾盒子，洗乾淨後，裝上滿滿一盒子酸梅。不過酸梅湯的神奇之處，不在梅子，而是在善水，所以喬秀蘭便往盒子裡倒了一些善水。縣城的東西寄到省城要兩天，到時候梅子吸足了善水，想來功效也不會差到哪裡去。

確定鐵皮盒子密封性極好、不會漏水之後，喬秀蘭才把沈甸甸的盒子拿給吳亞萍。

吳亞萍用帶來的布包好，就說自己要先去城裡寄東西，一會兒再過來。畢竟如今這天氣還挺熱的，她生怕東西放太久會變質。

喬秀蘭送吳亞萍出去，兩人都走到院子裡了，進門之後一句話都沒說的林美香竟然還杵在堂屋裡。

林美香到底是和她一起來的，吳亞萍尷尬極了，忙說：「美香，妳還不走嗎？」

林美香不冷不熱地說：「我還有事，妳先走吧。」

「對不起啊。」吳亞萍不好意思地低下頭，小聲地對喬秀蘭說。

「沒事，妳只管去。」喬秀蘭把吳亞萍送出大門，才又回到堂屋裡。

「妳有事就說。」面對林美香，喬秀蘭可沒有那麼好的脾氣了。

林美香只是冷冷地「哼」一聲，還是不說話。

喬秀蘭的臉頓時就垮下來。這姑娘也不知道是在哪裡養出來的小姐脾氣，難不成她特地來這一趟，就為了給自己臉色看？

兩人對峙了幾分鐘，林美香敗下陣來。畢竟喬秀蘭能把高義打成那樣，她也有些害怕，擔心要是真的惹怒喬秀蘭，喬秀蘭會對自己動手……那她可真的遭不住。

林美香緩緩地從口袋裡掏出一疊票據。「喏，這是高知青託我帶給妳的，說是要跟妳道歉。」

高義這個人吃不了苦，當初他下鄉沒多久，帶來的錢和票據就全都花完了。這些票據，喬秀蘭一看就知道是自己之前給他的，便毫無負擔地收下了。

林美香看喬秀蘭收下票據，鬆了一口氣，說：「高知青不是那種心存惡念的人。他告訴我，前一天聽到他同屋的周愛民和兩個鄰村的人，計劃對妳不軌，而他那天本來是打算跟妳說這件事的，所以才會拉著妳，讓妳誤會了他。」

「誤會？」喬秀蘭冷笑一聲。「他這樣跟妳說的？」

林美香點點頭。「是啊。」

這個傻姑娘！

昨天在知青住處鬧開來的時候，林美香不在，所以沒有看見當時高義那窘迫又寒磣的模樣；再加上她又對高義有心，也不大看得上農村的人，才會任由高義騙得團團轉。

喬秀蘭看著她，彷彿看見上輩子那個既蠢笨又懵懂的自己。

林美香被喬秀蘭看得渾身不自在，皺著眉說：「妳這樣看著我幹麼？」

喬秀蘭好心提醒。「我勸妳別和高義走得太近，他那個人……」

「他很好！」林美香立刻打斷喬秀蘭的話。「他到現在都沒說過妳的壞話，就連被妳打了，也沒有怪妳，還特地讓我帶票據來跟妳道歉。」

他說的壞話還不夠多嗎？要不是自己和家人的態度強硬，直接去找他對質，這會兒自己仍是鄉親口中的浪蕩女人。至於這賠禮道歉麼，票據本來就是自己之前給他的，這叫「羊毛出在羊身上」。

高義一定是害怕了，所以才急著彌補過錯，但他又拉不下臉面，只好拜託這個傻姑娘。

喬秀蘭因為之前砸傷腳卻被林美香諷刺的那件事，一直不大喜歡這個牙尖嘴利的姑娘，現在卻有種物傷其類的感覺，看著她也不覺得那麼討厭了。

「行吧，票據我收下了。妳幫我轉告高義，只要他不再來找我麻煩，我也不會去招惹他。」至於家人會不會幫自己出氣，就不在喬秀蘭的管轄範圍了。

「他肯定不會再來找妳的。」林美香斬釘截鐵地說著，臉上露出一絲甜蜜的笑意。

高義受傷後，只有她在他身旁體貼地照料他。從前他不怎麼和她說話的，現在對她卻是溫柔許多；尤其是昨天她特地去城裡給他買藥，回來後高義對她的態度更是好上加好。

一瞧見她的笑容，喬秀蘭這個過來人哪裡還有不明白的。「高義說的話，妳不要太過相信，他這個人……」

「妳別說了！」林美香不耐煩地再次打斷喬秀蘭的話。「話和東西我都帶到，我要回去了。」

對方不聽勸，喬秀蘭也沒辦法，只能目送她離開。

林美香走後，喬秀蘭又仔細地想了想林美香方才所說的那些話。

對於周愛民這個人，她是真的沒什麼印象。不過可以確定的是，上輩子周愛民也沒對她做過什麼出格的事，但高義這個時候急著將功折罪，肯定不會說假話。她之前也一直覺得奇怪，高義這個人雖然一肚子壞水，但慣常懂得明哲保身，要是沒人起這個頭，他也沒有那個膽子，敢在光天化日之下把她往玉米田裡拉……

周愛民、周愛民……喬秀蘭在心裡念叨了幾遍。

電光石火間，她突然想起來了！

周愛民當年娶了隔壁村第二生產隊隊長的妹妹，後來被公社書記推選為工農兵大學生。周愛民進城讀大學後，同樣毫無音信，喬秀蘭經常在村口等著高義的信，也經常遇到那個和自己同病相憐的姑娘。

不過那個姑娘比她堅韌，後來直接包袱一拎，出發去城裡找人了。她也是受到那個姑娘的啟發，第二年獨自進城尋夫……然後就遭受到高義的羞辱，失魂落魄地回了家鄉。

那時候她覺得天都塌了，也就沒再關注過那個比自己早進城的姑娘。

喬秀蘭心中一跳，猜想到高義多半是偷聽到半截話，才以為周愛民打算不軌的對象是自己……

她立刻站起身，朝著後院喊一聲。「媽、三嫂，我出去一趟啊。」

「妳又出去幹啥？」李翠娥快步過來。流言蜚語雖然已經澄清，但自家閨女到底還是惹上了潑辣的名聲，李翠娥可不希望閨女出去被人指指點點。

「我有急事！回來再跟您細說。」喬秀蘭急急忙忙地跑出大門，往鄰村走去。

第十七章

喬秀蘭是土生土長的本地人，年紀小一些的時候，在鄰近村子裡也有幾個手帕交，只是後來朋友們大多早早地嫁人，只有她，不但在縣城唸過書，家人也不打算太早讓她出嫁；再加上後來她的相貌越來越出挑，家人不放心她到處去，她也就很少去那些朋友家走動了。不過去往鄰村的路，喬秀蘭還是熟門熟路的。

喬秀蘭到達鄰村的時候，將近中午，在田裡忙活的人剩下沒幾個，大都回家吃飯去了。她跟一個村民打聽了生產二隊隊長的家，很快就找到地方。

二隊長家是青磚大瓦房，看起來才新蓋沒多久的樣子。院門大開著，裡頭隱隱約約傳來爭吵的聲音。

喬秀蘭在門口喊了兩聲，也沒見有人出來，她的心裡隱隱浮現不好的預感，難道周愛民已經對這家的姑娘下手了？

想到這裡，她趕緊跨進二隊長家的大門。剛走到院子裡，就瞧見從堂屋裡撲出來兩個正在扭打的女人。

其中一個苗條的女人罵道：「好妳個牛新梅，賴在家當老姑婆，害我們一家子被說閒話也就罷了，還敢偷吃家裡的雞蛋！」

另一個又高又壯實的女人不甘示弱地回罵。「我當老姑婆咋了？爸、媽在的時候，妳口口聲聲保證說，就算我待在家裡一輩子，妳這個當嫂子的都不會嫌棄我。好啊，現在爸、媽都走了，妳的狐狸尾巴一下子就露出來了。」

兩人邊罵邊打，扯頭髮、撓臉、掐肉樣樣來，喬秀蘭在旁邊看著都替她們覺得疼。

「好了、好了，妳們兩個天天吵、天天打，能消停會兒嗎？」堂屋裡又走出來一個高瘦男人，在一旁勸架。

喬秀蘭認出他就是生產二隊的隊長。

二隊長也看到了喬秀蘭，表情頓時變得尷尬起來。「這位同志，妳是來找誰的？」

喬秀蘭不好意思地笑了笑。「我……我來找您家妹妹的。」

他們說話的時候，兩個打架的女人還在相互拉扯著頭髮。

二隊長輕咳一聲，板下臉說：「沒看到有客人嗎？妳們這樣像個什麼樣！新梅，找妳的，快別扯妳嫂子的頭髮了。」

她們這才分開來。兩人頭髮蓬亂，衣領也歪向一邊，看起來十分狼狽。

「妳來找我的是吧？」那個高壯的女人就是牛新梅，她上前一把拉住喬秀蘭，帶著喬秀蘭往門口走去。

她的力氣實在很大，喬秀蘭被扯得一個趔趄，忙快步跟上。

到門外後，兩人找了個陰涼處說話。

牛新梅把蓬亂的齊耳短髮隨手一捋，一邊掏著口袋，一邊問喬秀蘭。「妳找我幹啥？」

喬秀蘭根本不認識她，也不好貿然開口，就先自我介紹道：「妳好，牛新梅。我是隔壁村生產大隊的喬秀蘭。」

「我知道，這方圓幾里內誰不認識妳呀。」牛新梅很自然地接口。「妳就直接說找我幹啥吧。」說著她從口袋裡掏出一個水煮蛋，開始小心翼翼地剝起蛋殼。

「那個……我聽說了一件事，就是我們那兒有個知青叫周愛民的，他找了你們村裡的兩個男人，意圖對妳不軌……我就是想來給妳提個醒。」喬秀蘭神情嚴肅地說。

牛新梅連眼角都沒抬一下，只是專心致志地盯著手裡的雞蛋。等蛋殼剝完後，露出了白胖胖的蛋白，她掰成一半遞給喬秀蘭。「妳吃不？」

「不用、不用，我不餓。」喬秀蘭擺擺手道。

牛新梅一口吃掉一半，兩口就把一個煮雞蛋吃完了，然後又很神奇地摸出另一個雞蛋，繼續剝殼。她一邊剝，一邊慢條斯理地說：「妳說的是王國強和馮為民那兩個人吧？其實妳沒必要特地來提醒我，這件事我早就知道了。」

「妳知道？」喬秀蘭一臉疑惑。

「是啊。」牛新梅吃下第二個雞蛋，笑呵呵地說：「他們倆雖然混蛋了些，但往年年景不好的時候，還是我爸、媽接濟他們的，而且妳別看他們人高馬大的，其實膽子賊小。剛開始周愛民找上他們的時候，他們只打算要騙周愛民的票據，等到後來把周愛民的家庭背景打聽清楚了，他們就特地來告訴我啦。」

「這是……什麼意思？」喬秀蘭懵了，完全聽不懂她說的話。

「傻姑娘。」牛新梅用手肘撞了撞喬秀蘭。「那個周愛民我已經去相看過了。省城來的，模樣長得也不賴，還是個高中生，這要不是下鄉來了，他能看得上我？」

牛新梅長得又高又壯，五官普通，說不上好看，卻是農村人喜歡的那種樸實又能幹活的長相。

「所以妳的意思是……妳早就知道周愛民的計劃，而且還是妳授意你們村的人，幫著他出謀劃策？」喬秀蘭驚訝道。

「是啊。」牛新梅大剌剌地承認，然後又壓低聲音道：「我是看妳特地來提醒我，才和妳說的，妳可不許告訴別人啊。」

喬秀蘭點點頭，又忍不住提醒她。「但周愛民不是真的喜歡妳，他就是想回城，妳不怕他結婚後翻臉不認人嗎？而且和一個不喜歡妳的人在一起，這往後的日子……」

牛新梅「嘖」了一聲。「他那腦子也就黃豆大小，偏生覺得自己聰明過人，大腿還沒我胳膊粗呢，我會對付不了他？他敢翻臉不認人，我就敢追到他家裡去！我都打聽清楚了，他家就他一個孩子，他爸、媽身體都不好，諒他也不敢胡來。再說這日子都是人過出來的，我家的情況妳也看到了，我在家吃幾個雞蛋都得看嫂子的臉色，嫂子巴不得我趕緊嫁人，可村裡適齡的青年又看不上我。說真的，我再不找個人嫁了，這日子才真是過不下去哩。」

喬秀蘭還沒從震驚中緩過神來，就又被她這些大道理給唬得一愣一愣的。

牛新梅看著喬秀蘭俏麗的臉蛋，羨慕地戳了戳。「我要是生得妳這麼好看，就不用擔心這麼多了。不管怎麼說，還是謝謝妳特地來告訴我。」

家家有本難唸的經，既然牛新梅都這樣說了，喬秀蘭也不好再勸。「妳想清楚就好。」

牛新梅笑呵呵地點點頭。「我心裡明白的。等過幾天我擺喜酒，妳記得來啊。」

喬秀蘭覺得這個姑娘格外爽利，再加上上輩子兩人的淵源，喬秀蘭瞬間起了結交之心，當下答應道：「好，我肯定來吃妳的喜酒。」

「死丫頭還吃不吃飯了？不吃我全給妳吃完了。」牛新梅的大嫂在屋裡扯著嗓子喊。

「我先去吃飯啦，不然我嫂子真的會不留飯給我。」說著牛新梅又從百寶箱一般的口袋裡摸出一個水煮蛋，塞到喬秀蘭手裡。「這個妳帶回去吃。」然後不等喬秀蘭拒絕，就急匆匆地跑回家了。

喬秀蘭來這一趟，居然還撈了個雞蛋。她好笑地搖搖頭，拿著水煮蛋回家去了。

喬家這邊，大夥兒都上了飯桌，喬秀蘭回來得及時，正好趕上開飯。

飯菜一如既往的簡單，涼拌野菜、青椒炒雞蛋，還有一盆魚湯。

李翠娥拿出帕子替她擦臉，說：「大熱天的，也不知道妳跑出去幹啥。」擦到一半，忽然看到她手裡拿著一個雞蛋。「咋還帶了雞蛋回來？妳要是想吃，家裡有啊。」

想起牛新梅，喬秀蘭彎了彎唇角。「牛新梅給的。」

李翠娥從沒聽過「牛新梅」這個名字，但喬建軍倒是知道，他經常和生產二隊的隊長交換工作經驗，所以對那二隊長家的情況也知道一些。

「妳什麼時候認識那個丫頭的？」喬建軍疑惑地問。

那牛新梅從小就凶悍得很，小時候和男孩子打架，長大了就跟嫂子打架。那牛新梅的嫂子也是個愛嚼舌根的，逢人就說牛新梅在家光吃不幹活。這一來二去的，牛新梅的名聲越來越差，都快二十有三了，卻還沒說上親事。

「她挺有意思的。」喬秀蘭答應幫牛新梅保密，就沒再多說，只是剝了雞蛋殼，再把剝好的雞蛋放到三嫂碗裡。

劉巧娟這段時間被喬秀蘭用各種好東西餵著，也不用下地幹活，整個人圓潤許多，氣色也變好了。

「小妹，這是朋友給妳的，妳自己吃。」劉巧娟推拒道。

「三嫂別跟我客氣了，媽方才說家裡還有呢，我想吃再自己煮就行。」喬秀蘭笑道。

劉巧娟不再謙讓，心中對喬秀蘭的感激之情愈加濃厚。

這段時間她所受到的照顧，可說是無微不至。喬秀蘭有好吃的，第一個就想著她，光今天早上，她就吃了半盤子的桂花糕；而且不只喬秀蘭大方，婆婆看她喜歡吃那桂花糕，也讓她多吃一點，完全沒在心疼的。

喬秀蘭幫三嫂剝完雞蛋後，就發現二嫂一直愣愣地盯著自己。「二嫂，妳想吃的話，我幫妳煮一個去？」

李紅霞雖然貪吃，但這會兒的心思可不在那上頭，她眼饞的哪裡是雞蛋，是喬秀蘭啊！喬秀蘭被喬家養得嬌貴，出手也大方，現在什麼好吃的都能隨手給人，這要是嫁到她的娘家去，可不是什麼好東西都會往她的娘家搬？

不過她昨兒個被喬建國那堅決不同意的態度嚇到了，也不敢貿然提起親事，只是眼巴巴地看著喬秀蘭不說話。

喬秀蘭被看得怪不自在的，後來還是于衛紅把飯碗一放，說：「紅霞，妳有話就說，咱們是一家人，沒什麼不能說的。」

喬建國最近請假特別勤，于衛紅怕他們夫妻之間起了什麼矛盾，李紅霞又不好意思往外說。于衛紅身為大嫂，自然要為弟媳婦作主。

全家人的視線都集中在李紅霞臉上，她心一橫，直接開口說：「其實也沒啥大事，就我娘家的大姪子，叫衛東那個，過年還來咱們家拜過年的……」

之前李紅霞和喬建國提起她的大姪子，喬建國是個男人，不記小事，連李衛東是圓、是扁都不清楚，但于衛紅卻記得李紅霞這個姪子。

李衛東二十好幾了，中專畢業後，他看不上那些田裡的農活，一心想著要去省城當個工人；可李家是什麼家境，哪可能把他送去省城上班，他就這麼遊手好閒，混了好幾年。來喬家拜年的時候，他那麼大個人了，還好意思跟孩子們一起要壓歲錢！李翠娥心軟，想著沒成家的也算是孩子，每回都會給他紅包。

眾人又聽李紅霞繼續說：「這孩子年紀也大了，到底是中專畢業，眼界高，看不上村裡那些姑娘，所以我想……」

于衛紅的眉頭瞬間皺起。當妯娌這麼些年，于衛紅是再了解李紅霞不過的，一聽就知道她這是把算盤打到了喬秀蘭身上。

喬建軍傻傻的沒聽出來，直接問道：「妳是想和牛家說親？」

剛才喬秀蘭才提到牛新梅，喬建軍想起牛新梅同樣是年紀不小了還說不上親，緊接著李紅霞就說起自家姪子，可不就讓他誤會了嗎？他一個生產隊大隊長，管的一向是幾十戶人家的生計大事，可不懂這些女人話裡彎彎繞繞的小心思。

李紅霞的臉色頓時尷尬起來。

一屋子的女人都聽懂了李紅霞的意思，不過她們都不贊同，所以也就裝作聽不懂了。

「那我得去問問牛隊長的意思。他雖然急著幫他妹妹說親，但你們兩家離得遠，也不知道他願不願意把他妹妹嫁過來。」喬建軍一臉認真地說。

喬建軍越說，李紅霞的臉色就越難看，最可氣的是，她還知道喬建軍不是故意這麼說的，而是真的誤會了。

不過喬建軍的態度也提醒了她，明明喬家就有個適婚的喬秀蘭，他最先想到的卻是方才被提了一句的牛新梅，而且就算他誤會自家姪子想說親的對象是牛新梅，他也沒一口應承下來，還說要去問問人家的意思，可不就是覺得她家大姪子連牛新梅都配不上嘛……

喬秀蘭怕二嫂下不了臺，趕緊開口說：「大哥，牛新梅已經有對象了。」

李紅霞立刻接口道：「沒事、沒事，我家衛東也不急，那就再看看、再看看……大家吃飯吧，下午還要上工，都多吃點。」

吃完飯後，李紅霞第一個放下飯碗，跑回自己屋裡去了。

喬秀蘭收拾好碗筷，拿去灶房洗，沒想到李翠娥、于衛紅和劉巧娟也都跟著進來了。

「妳們咋都來了？我一個人洗就成。」喬秀蘭趕她們出去。

婆媳三人妳看我、我看妳，一時都沒出聲。

喬秀蘭明白過來，她手下不停，一邊洗碗，一邊說道：「妳們是怕我心裡難受吧？沒有的事。二嫂這個人我是知道的，她雖然愛貪小便宜，一心向著娘家，但心眼確實不壞。她一定是真心實意地覺得她的姪子雖然家庭條件差，但自身條件不錯，又想著我現在有潑辣的名聲在外，不好說親……算啦，反正這事不可能成的，沒啥好生氣的。」

婆媳三人的臉上露出了笑意，她們確實怕小姑娘鑽牛角尖，偷偷地難受著呢，卻沒想到喬秀蘭會說出如此豁達的一番話，倒顯得她們的擔心多餘了。

短暫的午休之後，家人們繼續去上工了。

家裡瑣碎的活計都被喬秀蘭攬去做，李翠娥和劉巧娟沒什麼事，就各自回房睡午覺。

喬秀蘭想著姪子們也快放假回來，就去打掃他們的屋子，如此忙活了一下午，一下子就到該準備晚飯的時候。

眼看著天色不早，喬建國卻還沒從縣城回來，也不知道今兒個趙長青第一天去黑市，還順不順利？

喬秀蘭時不時地望向門口，不一會兒，她發現一個瘦小的身影在門口探頭探腦的。

她一眼認出那是二哥的小徒弟猴子，喬秀蘭心頭一跳，立馬迎上去。「猴子你咋來了？我二哥和長青哥他們呢？」

猴子滿頭是汗，眼眶發紅，一看到她，馬上著急地說：「秀蘭姊，妳快去看看師父他們吧，他們進醫院了……」

聽見「醫院」這兩個字，喬秀蘭背後的冷汗瞬間流下來。莊稼人皮厚，平常有什麼小傷、小痛的，根本就不會去醫院，這肯定是出大事了！

喬秀蘭強迫自己鎮定下來，安慰他說：「你別急，我陪你一道去醫院看看，你先等我一下。」她折回屋裡，把之前林美香替高義還來的那些票據全找出來，捏在手裡，又跟李翠娥說了聲自己要在附近散散步，而後就和猴子一起快步往村口走去。

猴子是個面生的村外人，喬秀蘭也才鬧出打人的事端，兩人走在一起，引來不少村民的注意。不過猴子到底是個半大孩子，現在生活條件差，孩子們發育得也差，猴子黑黑瘦瘦的，個子又不高，倒是沒有好事的人往歪處想。

喬秀蘭一心記掛著自家二哥和趙長青，可不管別人怎麼看、如何想。

兩人出了村子，幸運地搭上前往縣城的末班車。

喬秀蘭和猴子都沒去過縣城的醫院，好在猴子是個機靈的，有他幫著一路打聽，他們沒怎麼費力就知道了醫院的位置。

當他們抵達醫院的時候，天已經完全黑了。

縣城醫院是五層的三棟連樓，在附近一片低矮建築物的襯托下，顯得格外高聳。

猴子是第一次來醫院，到了門口就開始發愁。「這麼大的地方……咋找啊？」

「不急。」喬秀蘭帶著他進到大廳，向大廳裡的門診護士打聽。「護士小姐，請問之前有沒有姓喬和姓趙的兩個男人一起被送過來？」

護士翻了翻面前的記錄本，說：「今天沒有姓喬和姓趙的男人被送過來喔。」

大廳裡的護士是接受急診登記的，護士這裡沒有記錄，說明喬建國和趙長青不是因為受重傷被送到急診，多半是自己去掛號的。

喬秀蘭鬆了口氣，和護士道過謝，準備去掛號處那邊問問。

掛號處有不少人，排了長長的隊伍，她和猴子剛走到隊伍的最後頭，就看到喬建國和趙長青勾肩搭背、有說有笑地從樓梯下來。

喬秀蘭看到了他們，他們也很快就注意到站在人群中的喬秀蘭。

猴子一看到他師父，就大哭著鑽出人群，撲上前去。「師父，你傷到哪兒了？快讓我看看嚴不嚴重……」

喬建國無奈地把猴子推開，朝著他的頭就是一記爆栗。「你師父我好著呢！你把我妹子找來幹啥？」

猴子摀著頭，委屈地說：「他們說你和趙叔進了醫院，我以為……」

「你以為？你以為什麼？我們還能被人打殘咯？」喬建國好笑又好氣地說。

喬秀蘭鬆了口氣，看了猴子一眼，說：「二哥別為難他了，他也是關心你們。」

喬建國看著小妹，討好地笑道：「不怪他、不怪他，二哥就是心疼妳這麼遠還趕過來。妳一路上累了吧？走，二哥帶妳去國營飯店吃飯。」

第十八章

正是晚飯的點，國營飯店裡客人不少，四人運氣好，靠角落的圓桌正好空著，他們便坐了過去。

喬秀蘭把趙長青和二哥仔細打量一番，兩人身上都沒什麼傷口，只有趙長青的額頭上貼著一小塊紗布，看起來也不大嚴重。

「好啦，小妹，別看了，我們真的沒事。」喬建國點完菜以後，就說起白日發生的事。

桂花糕上次做得少，好些客人都惦念著，前一天喬建國已放出消息，說今天會繼續賣這種糕點，所以天才剛亮，就有客人來排隊了。

幸虧有趙長青這個幫手，才不至於手忙腳亂。不過儘管他們效率高，但客人實在太多，大排長龍，造成黑市裡的擁堵。

前一天跟蹤喬建國的那個黑壯漢子就不樂意了。他的綽號是黑豹，攤位正好在喬建國對面，那隊伍都快排到他攤位前面。更氣人的是，來黑市買東西的客人那麼多，卻連看都不看他收上來的東西一眼，只認準喬建國賣的那些貨。

喬建國覺得挺不好意思的，便抽出空來，特地分裝了一些酸梅湯和桂花糕，親自送過去賠禮道歉，請黑豹多擔待些。

可黑豹只覺得喬建國是拿東西來耀武揚威的，一言不合就把酸梅湯和糕點全摔在地上，湯水和糕點就這樣撒了一地。

喬建國也是有脾氣的，再加上這些吃食都是自家妹子半夜爬起來做的，當下就跟黑豹吵起來。

黑豹是黑市裡的老人，覺得沒面子，就問喬建國敢不敢簽生死狀，跟他痛痛快快地打上一場。要是喬建國輸了，他也不要喬建國的命，只要喬建國供出背後的手藝人，把收貨的管道與他共享。

黑市裡都是敢冒著蹲大牢風險來賺錢的狠人，狠人多了，矛盾自然也多。於是周瑞定下規矩，但凡黑市裡的攤販們吵架，若無法和談，就簽生死狀打上一架。

黑市事、黑市畢，千萬不可再節外生枝。

當然，有周瑞把控著黑市，裡頭並沒有什麼窮凶極惡的人，所以這生死狀，就是起個威嚇作用。黑市開了這麼些年，也從來沒出過人命。

喬建國年少時，有好幾年都吃不飽，發育得不大好，個子也就一百七出頭；黑豹卻是比趙長青還要高一些，再加上一身精肉，那個頭能抵得上兩個喬建國。他敢提出簽生死狀，自然是覺得喬建國沒這個膽子。

喬建國若還是二十出頭那時候，尚未成家，說不定腦子一熱就答應下來。可他也三十好幾了，有老婆、有孩子，再加上黑豹心心念念想挖出來的手藝人，還是自己的親妹妹，他怎麼也不可能同意。

黑豹見喬建國不說話，又是一番冷嘲熱諷。

恰好這時候，趙長青那邊忙不過來，過來尋喬建國，當下就替喬建國答應下來。因為是趙長青答應的，所以下場的也是趙長青。

之前隔得遠，黑豹沒注意到趙長青，此時離得近了，他一眼就認出眼前的人是昨天那個賣雞蛋的。

「好啊，臭小子，昨天把老子耍得團團轉，今天看老子怎麼收拾你！」說完，黑豹就找了塊空地，脫掉褂子，光著膀子和趙長青打起來。

這可苦了猴子，又得顧著生意，又要擔心自家師父和那個才認識沒多久的趙叔。好不容易攤位上沒什麼人了，猴子急匆匆地跑去看他們打得如何。不過空地上已經被人圍得裡三層、外三層的，他一個細胳膊、細腿的少年，哪裡擠得進去？沒辦法，他只好又折回攤位上，從圍觀人群的叫好聲中判斷情況。

等到看熱鬧的人群散開來，猴子馬上心急地過去找人，沒想到人沒找到，一旁熱心的攤販卻告訴他，說喬建國他們和黑豹一起被送到醫院去了。

地上血跡斑斑，猴子的心當場就涼了一半。

面對黑豹那個大塊頭，他師父和趙叔肯定不是對手啊！他想著師父他們要是受重傷，要簽什麼手術同意書的，他一個人可沒辦法作主，於是就心急如焚地去找喬秀蘭了。

「臭小子，你師父和趙叔在你心裡就這麼不中用啊？」喬建國又敲了猴子一記爆栗。

猴子笑呵呵地為師父倒茶水。「沒有、沒有，師父您在我心中可是最厲害的，我這不是因為擔心才亂了方寸嘛。」

喬秀蘭聽得心驚肉跳，忙追問道：「那到底咋了？你們真打起來了？」

喬建國用肘子拐了拐趙長青。「你說。」

趙長青彎起唇角，淡淡地笑了，這才開口說：「那個黑豹空有一身蠻力，卻是個不會打架的生手。剛開始我摸不清他的底，只是防守，後來他體力開始不支，我便略占上風了。」

「長青你也太謙虛了，那豈止是略占上風，明明是壓著黑豹那小子打。哎喲，現在想起他那熊樣兒，我都覺得好笑。」喬建國開懷大笑，心情十分不錯。今天鬧出這樁事後，可沒人敢再來招惹自己了。

喬秀蘭想得更長遠一些，她笑不出來。「那個黑豹怎麼樣了？傷得很嚴重嗎？」

喬建國笑著擺手。「沒有，他只是被長青打得慌不擇路，跌在地上，把頭給磕破了，當時血流得太厲害了，我們才急急忙忙地把他抬到醫院去。現在人已經沒事了，就是血流得太多，必須在醫院住上兩天，好好休養。我們一直守到他沒事，他家人也過來以後，這才離開。」

喬秀蘭聽完，稍稍放心一些。「人沒事就好。」

說到底也是她思慮不周，雖然本就猜到二哥會遭人妒忌，但她以為有趙長青在，那些人多少會有些顧忌，卻沒想到黑市裡還有黑豹這種直接找人單挑的……

喬秀蘭語重心長地說：「我覺得今天的事情給咱們提了個醒，那個叫黑豹的，只是沈不住氣、第一個出頭的，那其他人呢？總歸也有和他相同心思的。二哥，方才你說攤位前大排長龍，確實造成了秩序紊亂，長此以往，肯定還會有不少麻煩。」

喬建國搔了搔頭，說：「那妳說咋辦？」

喬秀蘭垂下眼睛，沈思好一會兒才說：「二哥，你看咱們能不能另外再弄一個攤位？你的攤位位置好，在黑市的中心地段，而這第二個攤位可以稍微偏一點，這樣既能分走一些客人，不至於影響秩序，在位置差的地方多吸引一些客人，那邊的攤販應該也不會有意見。」

「辦法倒是不錯，可是……」喬建國為難起來。「實話跟妳說吧，小妹，要是想在黑市裡擺攤，得經過老大的批准才行。」

周瑞是個鐵面無私、謹小慎微的人，想在黑市裡擺攤的人，都得先通過周瑞那一關。現在黑市生意不好做，公安也查得嚴，周瑞多半不會同意的。

「那個老大，是姓周嗎？」喬秀蘭忽然問道。

「妳咋知道的？」喬建國心頭一跳，想著小妹該不會是背著他，偷偷去打聽什麼消息了吧……

這個消息並不是喬秀蘭自己去打聽來的，而是上輩子她去探監的時候，從二哥嘴裡得知的。

喬建國被抓是一九七七年前後，當時公安嚴打，把整個縣城的黑市給一鍋端了。入獄以後，當時還沒離婚的喬建國剛開始心態不錯，家人來探監，還反過來安慰他們，同他們打趣道：「我這是運氣太差，沒辦法的事，誰讓咱們沒有一個當軍官的大哥呢，我那黑市老大就是因為從他大哥那裡得到消息，才早早地撤離。我也是傻，看老大突然從管理黑市的位置上離開，竟沒察覺到風險……」

時隔多年，喬秀蘭已記不清周瑞的名字，只依稀記得他的姓氏。

確定如今黑市的掌權人仍是這個姓周的以後，喬秀蘭就道：「二哥不是說過那位老大的母親很喜歡我做的糕點嗎？我也就聽你提了一下，只記住一個姓氏。」

喬建國想了想，他的嘴什麼時候變得這麼鬆了？明明之前只是跟小妹說老大的母親喜歡她做的糕點，居然把周瑞的姓氏都說了……一定是這幾天生意太好，得意忘形了。

正所謂白天不能說人，晚上不能說鬼。

他們正說著話，周瑞這隱藏在黑市裡的「鬼」，就扶著一名瘦弱的老太太進到國營飯店。

縣城的國營飯店不大，此時又恰好是飯點，已經坐滿了人。

服務員讓他們找人併桌，但周瑞是帶著自家老母親一起來的，不大樂意讓母親和別人擠在一桌吃飯。

「媽，不然咱們去別處吃吧。」周瑞無奈地說。

「不用、不用，難得你一片孝心，來都來了，媽隨便找個地方坐就行。」蔣玉芬隨手指向角落。「咱們去問問那邊的人，願不願意讓咱們一起坐。」

角落裡的桌子是個能坐七、八人的圓桌，位置也雅靜，正是喬秀蘭他們坐的地方。

周瑞一進來，喬建國就瞧見了，可黑市的規矩，是在外頭最好能裝作不認識，所以他並沒有上前去跟他打招呼。

母親發了話，周瑞也沒有猶豫，扶著母親就朝圓桌走過去。

「喬二，是你啊，還真巧。」周瑞主動和喬建國打起招呼。

喬建國從善如流，當即站起身，笑道：「周哥帶大娘來吃飯啊？快，這邊坐。」

周瑞和老母親說自己是在廠子裡上班，每天早出晚歸，蔣玉芬也從來沒有懷疑過。但最近她吃了喬建國賣的東西，精神明顯比以前更好，也開始和附近的老太太們一起活動，她不知道從哪裡聽來傳聞，開始對周瑞的工作產生懷疑。

藉著這次巧合，周瑞笑著對自家母親說：「媽，這是我廠子裡的同事喬二。」

喬建國看起來十分爽朗，天生一副笑臉，尤其受到老一輩的喜歡。喬建國笑著和蔣玉芬打完招呼後，趕緊讓開位子，讓蔣玉芬坐到喬秀蘭旁邊。

喬秀蘭早就從自家二哥的反應猜到來人的身分，因此客客氣氣地幫老太太倒茶。

她今天進城過於匆忙，也沒有什麼打扮，就穿著家常的淺色襯衫，梳著兩條辮子。

蔣玉芬看著她，心底不由讚嘆道：好俊俏的姑娘。

說起來，自家小兒子都三十好幾了，還沒成家呢。其實早就說了親的，但是六幾年那會兒，家中遇難，對方急著想要撇清關係，早就不認那門親事。

一直到近幾年，家裡靠著大兒子用命搏回來的功勛，日子才好過許多，然而小兒子的婚事卻犯了難。那些好人家的未婚姑娘大都年輕，哪裡肯嫁給年紀這麼大的男人。

不過蔣玉芬也不是莽撞的人，只是恰巧看到喬秀蘭這般標緻的姑娘，一時感嘆而已。

另一邊，周瑞也坐下了。

喬建國替周瑞倒茶，周瑞點頭道謝後，看著趙長青問：「你就是今天新來的？」

趙長青不卑不亢地回答：「是的，今天喬二哥本來要帶我去見周哥的，只是下午發生一些事情，給耽擱了。」

下午的事情鬧出那麼大的動靜，不必他說，周瑞自然知道，而且早就讓人把趙長青的家庭背景、為人性格全打聽清楚。

黑豹挑釁在先，趙長青應戰在後，本就不是趙長青的錯。

看著眼前身形高瘦的男子，竟能把壯實的黑豹壓著打，確實是個有本事的；而且後來黑豹摔破頭，他還能把人送到醫院去，也算是有擔當。

周瑞點點頭，沒再多說什麼，算是允許趙長青進黑市了。

說話的工夫，喬建國他們之前點的菜終於送來。

他們今天有四個人，猴子和趙長青又正是能吃的年紀，所以喬建國點了一個回鍋肉、一個豆角炒肉，還有一大鍋番茄雞蛋湯和米飯。

「大娘先吃著吧。飯點人多，你們點的菜不知道啥時候才上來呢。」喬建國招呼著蔣玉芬用餐。

喬秀蘭則在一旁乖巧地幫蔣玉芬盛飯。

蔣玉芬忙推辭道：「這怎麼好意思？你們都等了好一會兒，你們先吃就行。」

「大娘客氣了。」喬秀蘭笑著把盛好的白飯放到蔣玉芬面前。「平時我二哥常說，在廠子裡多虧周大哥照顧，今天這頓飯算得了什麼。」

喬建國馬上接著說：「對，周哥平時對我的照顧可不少，大娘千萬別跟我客氣。」

喬秀蘭招來服務員，另外多要了兩副碗筷和一個大一些的湯碗。

她盛了一些番茄雞蛋湯到湯碗裡，同樣放到蔣玉芬面前。

她做這些瑣事的時候，臉上的神情恬淡自然，不帶一絲惹人生厭的諂媚討好，就好像在服侍家裡的長輩一般自然。

連周瑞這樣被黑市裡的人奉承慣的，也不由自主地多看她一眼。

喬秀蘭感覺到周瑞的視線，回望過去，回以淡淡的微笑。

「這是你妹妹？」周瑞偏過臉，小聲詢問。

喬建國看著自家小妹，當然是無一處不好，立馬自豪地說：「是啊，這是我家么妹。大娘和我媽的年紀差不多，她在家就是那麼照顧老人家的，都習慣了。」

周瑞並不是什麼好色的人，況且自己的年紀都能夠當喬秀蘭的爹了，所以看過那一眼之後，就沒再去看她，只說：「你妹妹不錯。我媽常跟我念叨著想要個女兒，可惜只生了我和我哥兩個皮小子。」

一桌子人開始動起筷子，喬秀蘭時不時替老太太挾菜。

蔣玉芬不好意思地說：「丫頭，妳自己吃，別顧著我，我都這個年紀了，還能吃得下多少？」

喬秀蘭彎了彎唇角，笑道：「大娘說的是哪裡話。我二哥跟周哥平時稱兄道弟的，您年紀和我媽也差不多，我看著您就覺得格外可親，盼著您和我媽一樣長命百歲呢。您就是太瘦了，該多吃一些，這胃口好了，身體也就好了。」

老人家就沒有不喜歡嘴甜的，被喬秀蘭這麼哄著，蔣玉芬還真的比平時多吃了不少。

「大娘一會兒不急著回家吧？不如我陪您去散散步、消消食。我媽經常說，上了年紀可不能積食過夜，反正周哥和我二哥他們吃飯還要好一會兒呢。」喬秀蘭體貼地說。

之前只送來喬建國點的飯菜，雖然大家都動了筷子，但男人們都知道這些菜不夠他們幾個人分著吃，所以都吃得不多，只是先讓蔣玉芬和喬秀蘭她們吃飽。後來周瑞去催了菜，又另外點了兩道肉菜和米飯，到現在還沒端上來呢。

蔣玉芬笑呵呵地說：「這怎麼好意思？妳剛才光顧著給我挾菜，自己還沒吃飽吧？」

「飽了，我胃口本就不大，而且這幾日在家吃多了，我二哥還說我胖了，不讓多吃呢。」

「哪兒就胖了？女孩子嘛，圓潤些才好看，那叫有福相。」

一大一小兩個女人在說話，頓時沒了男人插話的分兒。

喬秀蘭和他們打了聲招呼，就扶著蔣玉芬去外頭散步。

這時候周瑞點的菜也送上來了。

幾人不再講究，甩開膀子大吃特吃。油滋滋的肉配著香噴噴的米飯，不到十分鐘，一桌子飯菜就被風捲殘雲，吃了個乾淨。

猴子摸著肚子，饜足地打了個響亮的飽嗝。

這沒出息的小子！喬建國甩了個眼刀子過去。

周瑞心情不錯，笑著幫猴子說話。「不過是個孩子，由他去嘛。」

猴子不好意思地搔了搔頭，也跟著嘿嘿直笑。

不一會兒，喬秀蘭扶著蔣玉芬回來了，兩人方才私下說了好一會兒話，看起來更加親密了。

臨行前，蔣玉芬拉著喬秀蘭的手說：「有空就來城裡看看大娘，妳周哥成日裡早出晚歸的，大娘每天就一個人在家待著，實在是無聊冷清得很。」

喬秀蘭笑呵呵地應下。

周瑞看母親是真的喜歡喬秀蘭，於是臨別前特地和喬建國提起。「你家小妹要是有空，就讓她經常去我家走動、走動，反正我白天也不在家。」

自家小妹現在半夜起來做吃食，白天在家就是睡覺和做家務，可以說是再有空不過了。但小妹現在的主意也大了，喬建國不願她和黑市的關係拉得更近，因此不敢替她答應下來，只笑著說：「看我小妹自己吧。她被家人寵壞了，我還說不動她呢。」

送走周瑞和蔣玉芬之後，猴子也和他們分道揚鑣，回家去了。

路上，喬建國忍不住打趣喬秀蘭。「妳剛才那麼熱情幹啥？在家也沒看妳給我盛飯、端湯什麼的。」

喬秀蘭撇撇嘴，心想還不是為了你！

人家周瑞背靠大樹好乘涼，自家二哥能倚靠的可不就是周瑞嗎？

這輩子她還不確定一九七七年的什麼時間點會遇上嚴打，但只要和周瑞打好關係，他一有消息，肯定會跟二哥透露一些的。

這不就等於上了雙重保險嗎！

第十九章

看小妹一臉埋怨，喬建國趕緊說道：「好了、好了，二哥不說妳了，可不許生氣。」

喬秀蘭傲嬌地「哼」一聲，就不再管自家插科打諢的二哥，直往趙長青身邊靠過去，問：「長青哥，剛才你吃飽沒有？」

方才為了和老太太打好關係，倒是沒顧得上趙長青。她怕有周瑞在，他臉皮薄，不好意思多吃呢。

小姑娘一挨近，身上的香氣馬上縈繞鼻尖，趙長青的心跳出現片刻的慌亂。不過他這回倒是沒臉紅，只是惜字如金地說：「吃飽了。」

*怎麼還同她這麼生分啊？*喬秀蘭心裡有些難過。

「小石頭呢？他還好嗎？」她仍不死心地繼續問。

趙長青一下子就聽出來，喬秀蘭這是在找話和自己聊。不知怎的，他心裡突然覺得有點甜蜜，不過喬建國也在，他不好表現出什麼，只是回答說：「挺好的，小石頭現在比以前乖多了。」

小石頭喝善水也有一陣子了，但小孩子每天喝的水量畢竟有限，所以後來喬秀蘭用善水做吃食，也都會給小石頭吃一些。

雖說小石頭現在沒有立刻恢復到普通小孩的智力，但起碼不像以前那般聽不懂人話，也不再流口水。除去不大會說話、喜歡咯咯笑這一點，看著也不比平常孩子差什麼。

就算小石頭現在回家去，但白天的時候趙長青不在，小石頭也會往喬家跑。喬秀蘭有信心，只要這麼調養下去，不出一年，小石頭的情況一定能大大好轉。

他們兩人說著話，也就落在後頭，只有喬建國一個人走在前面。

越往農村走，路燈就越來越少。一輪明月當頭，晚風徐徐，四周黑漆漆的，只聽得到路旁的蟬鳴和蛙叫。

兩人的距離不遠不近，就這麼慢慢地走著。

喬秀蘭和趙長青不再說話，只是不約而同地放慢腳步，希望回家的路能長一些、再長一些……

喬建國今天的心情大好，剛開始還沒發現，猛地一回頭，就看到他們兩人離自己有好大一段距離。

「你們走快點啊，尤其是小妹！咱們這麼晚回去，媽該擔心慘了。」喬建國朝他們兩人喊道。

這不解風情的二哥呀！喬秀蘭在心裡無奈地嘟囔兩句，腳步加快，趕了上去。「來了、來了。我出來的時候跟媽說過，她應該不會罵我。」

喬建國苦著臉。「是啊，肯定不會罵妳。」要罵也是罵他啊！

加快腳步以後，三人沒多久就回到了黑瞎溝屯。

來到村口，趙長青放緩腳步，讓他們先走，他則是又繞上幾個彎，才往自己家裡走去。

回家的路上，喬建國笑著誇讚道：「還是小妹妳有眼光，我之前完全沒想到長青居然這麼得用。」

喬秀蘭聽了，高興地說：「我也就是隨口一提，還得二哥拿主意呢。」

為了讓二哥長久地當她與趙長青之間的「橋梁」，喬秀蘭可不敢輕易暴露自己的真實想法。

「哈哈，那是。我今天雖然只跟他待上一天，但妳二哥我看人向來挺準，他確實是個好幫手；這要不是出身不好，讓他給我當幫手都算屈才了。」趙長青身手好，人也正直，又有擔當，若不是被家庭背景所累，去參軍的話肯定大有作為。

兄妹兩個說著話，很快地來到家門口。

家門敞開著，李翠娥正在門口等著。

「妳總算回來了。這是去哪兒了？」李翠娥著急地上前問道。

喬秀蘭當時走得匆忙，只說是去附近散步，這一走就是幾個小時，家裡人連晚飯都吃過了，還不見她回來。要是她再不回來，李翠娥都要發動全家人去找她了。

「我去城裡找二哥了。」她和喬建國是一道回來的，自然瞞不住。「媽，讓您擔心了，都是我不好。」喬秀蘭一邊和母親道歉，一邊攙扶著母親進屋。

問。

「是不是妳二哥在城裡惹事了？」想起自家那不讓人省心的二兒子，李翠娥憂心忡忡地

「媽，您還真是了解我。」喬建國討好地笑道：「我今天和朋友打架，被咱們村子的人撞見，那人不知道我和朋友是鬧著玩的，就跑到咱們家裡通風報信啦。」

「那你受傷沒有？」李翠娥關心道。

「沒有、沒有，都說是鬧著玩的，怎麼會受傷？」喬建國擺擺手道。

男人打架不出奇，尤其朋友之間經常會因為鬧矛盾而打起來，打完之後，氣也消了，還是一樣稱兄道弟。

進堂屋後，李翠娥仔細地把喬建國全身上下看了一遍，確認他身上沒帶傷，也就沒再追問具體情況，只是念叨道：「下回你自己的事情可得處理好，別把你小妹牽扯進去。」外頭已經把閨女傳得潑辣無比，要是再牽扯進男人之間的打架鬥毆，可就越來越說不清了。

「不會有下次了！我向您保證。」喬建國舉起右手發誓。

「哎，回來就好。你們吃過飯沒有？」李翠娥擔心他們還餓著肚子，趕緊問道。

「吃過了。害小妹白跑一趟，我心裡過意不去，就請她去國營飯店吃飯了。」喬建國好說歹說，總算把李翠娥哄好。

這還不算完，喬建軍和于衛紅等人也都在等著他們回來。幾人勞動了一天，吃過飯卻沒有立刻躺到床上歇息，都還穿著白天工作時的衣服，準備隨時出發去找人。

喬建國和喬秀蘭被眾人罵了好一會兒，兩人只能不斷陪笑。當然，最主要挨罵的還是喬建國，畢竟是他在外頭惹事。

開完了「批評大會」，一家人才各自歇下。

自從賣起喬秀蘭做的吃食，喬建國幾乎得天天親自去黑市，要不然人手是真的不夠。半夜裡，喬秀蘭起來做好吃食，送喬建國出門後，也沒急著補覺，而是把方才特地留下的一些桂花糕，用布仔細包好。

過沒多久，家人都起來了，喬秀蘭便和李翠娥一起準備好早飯。

等一家子都吃過飯去上工了，她才跟李翠娥說道：「媽，我想進城一趟。昨兒個我不是去城裡見了二哥的朋友嗎？他朋友有個老母親，我跟那老太太還挺投緣的，不過她看起來身體不大好的樣子，胃口也不好，所以我特地用山泉水做了一些糕點，想帶去給她嚐嚐。」

大白天的，閨女進城也遇不上什麼危險，李翠娥就同意了。「行，妳去吧。對了，妳姪子他們上週末沒回來，眼看著明天又是週六，妳順道去他們學校看看，問問他們這一週回不回來？妳嫂子她們都盼著呢。」

這年頭通訊不方便，雖然姪子們只是在路程不遠的縣城唸書，但也有半個月沒回家了，家人都怪想念的。

「行，那我再多帶一點桂花糕，給小崽子們嚐嚐。」她半夜做了兩大籠糕點，足足有

十五、六斤，大部分都讓喬建國拿去黑市賣，剩下的則是留給自家人吃。

喬秀蘭和母親交代完，就熟門熟路地進了城。

前一天晚上她已經向二哥打聽好周瑞家的住址，問過幾個人以後，就順利找到了地方。周家所在的筒子樓，地處縣城中央，卻不吵鬧，很是幽靜，是個難得的好地方。

喬秀蘭爬上樓，敲響了周家的大門。

「來了。」蔣玉芬開門，瞧見來人是喬秀蘭，立刻開心地把她拉進屋裡，笑道：「秀蘭，怎麼一大早就來了啊？吃過早飯沒？」

「大娘，您別忙，我吃飽才來的。」喬秀蘭進屋坐下，笑著說：「昨兒個聽大娘說平時胃口不大好，我正好用山泉水做了糕點，特地給您送一些來，也不知道合不合您的口味。」

「難為妳有心了。」蔣玉芬樂呵呵地拈起一塊糕點品嚐。

這熟悉的味道，蔣玉芬一下子就認出是兒子之前給自己帶回來的，可兒子說是他在外頭買的，喬秀蘭卻說是她自己做的……這就奇怪了。

不過蔣玉芬並沒有說破，只是誇讚喬秀蘭的手藝好。

喬秀蘭的目的很簡單，她就是想讓周瑞知道，這口味獨特的糕點是出自她的手中。

黑市裡有那麼多人巴結著周瑞，她若不拿出過人的本事，憑什麼入得了周瑞的眼呢？二哥為了保護她，多半不會和周瑞透底；可她同樣是為了保護二哥，卻必須讓周瑞知道她的能耐。

喬秀蘭又和蔣玉芬說了一會兒話，便起身告辭。

通往縣城初中的路，喬秀蘭是認得的，畢竟她自己就是那裡畢業的。

抵達學校的時候，學校還沒到中午用餐時間，是不許外人隨意出入的。

喬秀蘭也不急，就在校門口找了個陰涼處等著。

大概過了半個多小時，校門緩緩地打開，開始有三三兩兩的學生走出來。這些學生大多是家住得近，要回家吃飯的。

喬秀蘭在門衛處登記後，就進了學校。

她一共有四個姪子，老大、老二是于衛紅生的雙胞胎，叫喬福來和喬福生，現在讀初二；老三是二哥和二嫂的獨苗，叫喬福東；老么就是三哥、三嫂家的喬福明，小的兩個唸初一。

學校不大，一共也沒幾棟樓。

喬秀蘭不大記得他們在哪一層了，剛想跟人打聽，就看到姪子們一邊說話，一邊從一棟教學大樓走出來。

「小姑，妳咋來了啊？」姪子們一見到喬秀蘭，紛紛喜出望外地跑過來，把她圍在中間。

喬秀蘭重生回來後，還沒見過這些姪子們，猛地見到面，忍不住開心地直笑。「你們奶奶說上週不見你們回來，讓我來瞧瞧你們呢。」

喬福來是大哥，第一個開口答道：「今天考完月考，就要放農忙假了，等到十一號之後才要回來上課，所以上週我們想著要好好複習，就沒回去。」

姪子們都是讀書的好料子，尤其是那對雙胞胎，從小到大不論大、小考試都是考全校第一和第二。

這時候的學校雖然沒有獎學金，但也十分人性化，知道孩子們正是該好好吃飯長身體的時候，每個學期都會給成績優異的學生發一些飯票和糧票。

姪子們都十分要強，每到考試，那都是花十二萬分力氣去複習。因此喬家雖然供著四個孩子上學，卻一點也不覺得吃力，畢竟姪子們吃的糧食，有一大部分都是自己掙來的哩。

「小姑，妳帶啥好東西了？」喬福東和他爹喬建國長得簡直是一個模子裡刻出來的，一雙笑咪咪的狐狸眼，一下子就發現喬秀蘭手中的布包。

「你這小子。」喬秀蘭好笑地戳了戳喬福東的額頭。「就你眼尖！這是我做的糕點，特地帶來給你們吃的。」

喬福東嘿嘿直笑，十分豪氣地說：「小姑還沒吃飯吧？跟我們一起去食堂吃，我請客。」

喬福來看了喬福東一眼，說：「你別和我搶，我是大哥，我來請！」

另外兩個姪子也不同意。如今剛開學沒多久，上學期獎勵的飯票和糧票才發下來，大夥兒口袋裡都鼓著呢。

四個小子誰也不讓誰，都巴不得喬秀蘭可以生出四張嘴，吃他們一人一頓飯。

談笑間，喬秀蘭已被姪子們帶到食堂。

食堂裡有三個窗口，窗子上分別寫著甲、乙、丙三個大字。

喬秀蘭站在旁邊看了看，發現在甲等窗口打的飯菜是有肉的，配的是白麵饃饃；乙等窗口和甲等窗口的菜色一樣，但是沒有肉，配的是玉米麵饃饃；丙等窗口則只有清湯寡水，配的是黑乎乎的高粱麵饃饃。

三種窗口前都有人排隊，但明顯甲等和丙等排隊的人少，而乙等窗口前的人則是最多的。

「小姑，妳想吃啥？」姪子們簇擁著喬秀蘭，直接往甲等窗口走。

「我隨便吃一點就成，不用吃這麼好的。」喬秀蘭心疼姪子們的飯票，拉著他們要往乙等窗口走。

「小姑別跟我們客氣，我們四人都得了獎勵呢，還不能讓妳吃頓肉啦？」

「就是，我們的飯票絕對夠，小姑咋還和我們客氣上了？」

姪子們你一言、我一語的，見喬秀蘭不肯點菜，就搶著去幫她點好白菜燉肉和黃瓜炒蛋，還有兩個白麵饃饃。

喬福來仗著身高優勢，搶先給了飯票。

食堂裡有桌椅，讓學生們可以坐在裡面用餐。姪子們一個端菜、一個端饃饃、一個擦桌子，還有一個跑來拉著她坐到椅子上。

喬秀蘭看得眼眶發熱。

上輩子的這個時候，她已經出嫁，一個人要撐起夫妻兩人的生活，沒日沒夜地幹著各種體力活。

哥哥們生她的氣，故意不幫忙，就等著她和家人服軟。

當時姪子們年紀還小，不懂為啥喬秀蘭會和自家人突然疏遠，可是每到放假，他們就會偷偷地來替她幹活……

這樣好的姪子們，居然在一九七八年一場轟動全國的山崩意外中，四個折了三個，只剩下喬福生一個。

開朗的孩子從此變得陰鬱，熱鬧的喬家也冷清起來。

大哥、大嫂從現在的爽朗多話變得沈默寡言；二哥失去兒子，媳婦又改嫁，出獄後鬱鬱寡歡，一蹶不振；三哥在三嫂難產去世後，續娶了一個寡婦，日子也是過得十分湊合。

這輩子不會了！有她在，她一定會護他們周全。

「你們吃啥呀？」這些菜足夠喬秀蘭一個人吃，若再加上四個正處於發育期的姪子，那就絕對不夠了。

喬福來爽朗一笑，說：「小姑先吃，別管我們，我們的飯菜一會兒就來。」

只見喬福明在窗口借了個大托盤，一個人托著四個大碗過來了。這孩子跟三哥一樣話少，也是存在感極低，但幹起活來一點也不馬虎。

他們的碗裡都打了乙等窗口的素菜和玉米麵饃饃。

喬秀蘭哪裡好意思一個人吃甲等菜，便把肉分給他們，又將兩個白麵饃饃分成四塊，一一放到他們碗裡。「你們吃白麵的吧。你們奶奶經常給我做白麵疙瘩吃呢，我吃玉米麵的就好。」

四個孩子又是一番推讓。

喬秀蘭正了正臉色，說：「快吃，別再客套了。我記得你們吃飯的時間就半個小時吧？可別耽擱了下午的考試。」

果然，聽到要考試，姪子們也不再推來讓去，大口、大口地吃起來。

喬秀蘭剛吃了幾筷子菜和半個玉米麵饃饃，他們碗裡的菜就都已經吃得差不多了。於是她打開布包，桂花糕的香味立刻擴散開來。「這個糕點是甜的，你們要是還吃得下，就當甜點吃吧；要是吃不下，就帶回教室去，等下午餓了可以吃。」

聞著糕點香甜的味道，姪子們異口同聲地說：「吃得下、吃得下，我們還沒吃飽呢。」

他們連筷子也不用了，直接伸手拿。

「小姑，這糕點怎麼這麼好吃？真是妳做的？」喬福東驚訝地說。

「我還能特地去買，然後騙你們啊？這些糕點都是我做的。家裡好吃的可不止這個，等你們放假回來，小姑給你們做更多好吃的。」喬秀蘭寵溺地說。
孩子們正是愛吃的年紀，聽到這話，都更加期盼回家了。
桂花糕看著精細，味道又香甜，自然引來不少學生的注意。
平時這幾個孩子們都是大方的人，可今天這糕點實在美味，又是他們小姑親手做的，就不想和別人分享了。

第二十章

「喲，這不是喬家的四個好學生嗎？」一個胖胖的男孩從甲等窗口打了菜，慢悠悠地走到喬家四兄弟面前。

這個男孩雖然長得普通，可身上的白襯衫和軍裝褲，都是嶄新筆挺的，手腕上還戴著一只寶石花手錶，看起來體面又闊綽。

看男孩特地在他們面前停下腳步，喬秀蘭詢問姪子們。「這是你們的朋友？」

喬家四兄弟瞬間都收起笑容。

喬福來一臉不屑地說：「小姑，妳別管了。」

喬福來都這麼說了，喬秀蘭便不再去看那個胖男孩，只是說：「那你們快吃吧，下午要好好考試。」

那個胖男孩卻沒有走開，反而在一旁不冷不熱地說：「你們家不是窮得揭不開鍋，只能靠你們考好成績掙糧票和飯票嗎？怎麼我剛才聽人說你們還在甲等窗口打菜？居然還在這裡吃糕點呢。嘖嘖……難道你們平時的寒酸全是裝出來的？」

「這位同學，請注意你的措辭！」喬秀蘭板下臉。聽別人這麼說自家孩子，她心裡難受得緊。

「我說話咋了？」胖男孩趾高氣揚地「哼」一聲。「妳是幾年級的？居然敢跟他們一起吃飯？」

喬秀蘭這時候才十七歲，又在家養得膚白面嫩，看著跟初中生差不多，而且這個時候的孩子，上學也是有些晚的。

「我為啥不能和他們一起吃飯？」喬秀蘭疑惑道。

「因為他們是被全校排擠的人！妳和他們在一起，那就是和我作對。」胖男孩大聲道。

喬秀蘭青筋狂跳，難道這個時代就已經有校園霸凌了？

喬福東悄悄拉了拉喬秀蘭的袖子，小聲對她說：「算了吧，小姑，他是校長的姪子，別跟他置氣。」

校長姪子怎麼了？家裡是送孩子們來上學的，可不是來受校長親戚的氣。

「這位同學，我是他們的小姑。我不知道他們是哪裡做得不好，讓你這般針對他們，你要是能說出他們的錯處，我一定替他們向你道歉；但如果他們沒對你做什麼，你卻平白無故地為難他們，那這件事今天不可能就這麼結束了！」喬秀蘭的態度依舊彬彬有禮，但語氣卻十分強硬。

她到底比胖男孩大上好幾歲，又有著成人的心智，如此一番咄咄逼人的問話，胖男孩還真不知該怎麼回答了。

說起來，喬家的男孩們是真的沒怎麼惹過他。可他們年年考第一，年年從自家伯父那裡拿飯票和糧票，他爸媽有事沒事就把他們拿出來跟自己比較，讓他得向他們學習，光是這一點就足以讓他看他們不順眼了。

一想到爸爸、媽媽提起喬家兄弟就滿意無比、滿口稱讚的態度，胖男孩更加惱火。

「他們沒惹我，我就是看他們不順眼不行嗎？」胖男孩耍賴道。

「行啊。」喬秀蘭點點頭，看傻子似地看著他。「這位小胖子同學，我只是不明白你既然看他們不順眼，為什麼還要自己湊過來，在他們面前晃悠，又主動和他們說話，這不是自己找罪受嗎？」

「噗——」姪子們不約而同地噴笑出聲。

「我不是小胖子同學，我叫王波！妳……我不跟女孩子一般計較。」說完，王波狠狠地瞪了喬家四兄弟一眼，便端著飯碗走了。

「哈哈，小姑，笑死我了，妳現在咋這麼能說了？」喬福東笑得不行，覺得自家這小姑突然變得能說會道，跟自家老爸有得比，隨便幾句話就能把人氣暈。

「先別笑了。你們和我說說，這個王波是不是經常在學校欺負你們？」喬秀蘭一臉嚴肅地問。

「沒有啊。」喬福來接口。「他就是喜歡時不時諷刺我們幾句，然後看誰和我們走得近，就用校長姪子的身分去給人家施壓，讓那些人不許和我們交朋友。」

如果只是這樣，情況倒是沒有她想像的嚴重。不過姪子們又沒做什麼對不住王波的事，竟平白無故遭到他的針對，他今天說姪子們窮酸，那平時可能還說過更難聽的話……更何況青春期的孩子本就愛交際，交朋友是他們的權利，王波憑什麼干涉?!

「不行，我得去跟校長反應一下。」喬秀蘭氣不過，想為姪子們討回公道。

「不用啦，我們都多大了，這點事還告到校長那裡去，會被同學們笑話的。」

「小姑，別氣啦，我們不理他就行。」

「就是，他不讓別人和我們玩，我們還沒心思和人玩，只想好好唸書呢。」

姪子們你一言、我一語地開始勸起喬秀蘭，明明他們才是受委屈的人，卻像沒事人似地安慰著她。

喬秀蘭心裡感動不已，對他們說：「你們自己當心，也不要像麵團似地任人欺負。」

「放心啦，小姑，我們又不是傻子。再說校長為人和氣，對我們都很照顧，我們是看在校長的面子上，才不想同王波一般見識。」喬福來說道。

姪子們都笑嘻嘻的，一點也不把王波的為難和挑釁放在心上。

他們下午還有考試，喬秀蘭也不再拉著他們說話，讓他們趕快回教室去。

出了學校，喬秀蘭沒急著回黑瞎溝屯，而是去了黑市。

姪子們這麼乖巧懂事，她想趁他們放假的時候做點好吃的，好好地犒勞他們。

她今天沒有喬裝，便隨手蒙了條帕子在臉上。

進了黑市以後，她熟門熟路地來到自家二哥的攤位。攤位前站著好些個客人，正是生意好的時候。

喬秀蘭也不急，就這麼站在人潮外圍等著。

趙長青的個子高，很快就瞧見站在不遠處的喬秀蘭。

小姑娘穿著白底碎花的襯衫，頭髮柔順地紮成辮子，垂在肩膀上，巴掌大的小臉被一塊素色帕子遮住一大半，只露出一雙杏仁般的大眼睛和光潔的額頭。

這就算喬裝過了？也實在太好認了一些。偏偏小姑娘還不自覺，一臉安然地縮在人群後頭。

趙長青彎了彎嘴角，強忍住笑意。

怕小姑娘等太久，趙長青趕緊先和喬建國說一聲。

一聽到自家小妹又偷偷跑過來，喬建國欲哭無淚，忙擠了出去，把喬秀蘭拉到一邊說話。「我的祖宗，妳咋又來了?!」

「二哥，先別急嘛。我就是剛從學校看完福來他們，想來這裡買點肉，打算回去給他們做些好吃的。」喬秀蘭討好地笑著，還用小手替喬建國搧著風。

喬建國對她發不起脾氣，只是求饒道：「妳快去買，買完就早點走行不？」

喬秀蘭笑咪咪地點點頭，問喬建國道：「那個黑豹呢？他家人沒來找你們麻煩吧？」

「沒有。他也是條漢子，雖然進了醫院，但只和家人說是自己不小心摔的。長青早上特地去看他，還讓他家人先回去休息一上午，長青是在病房照顧他到中午，才從醫院趕過來的。」

「還是長青哥辦事妥貼。那我走了啊。」喬秀蘭一臉安心地說。

「走吧、走吧。」喬建國無奈地擺手，雖是趕人的態度，但也怕她被人糊弄，特地把她帶到熟識的攤位上，跟攤主打了招呼，又塞錢給喬秀蘭，這才回去忙自己的生意。

喬秀蘭買了十幾塊錢的瘦肉，攤主看她大方，又是喬建國帶來的，特地送她一大根豬骨頭。

豬骨頭用來熬湯是最好不過了，喬秀蘭客客氣氣地道完謝，就提著東西去搭車。

等她回到黑瞎溝屯的時候，已經是下午了。

李翠娥正坐在門口的陰涼處挑菜，一見她回來，隨即上前問道：「妳可算回來了。午飯吃過沒有？」

「吃過了，和福來他們在學校食堂吃的。」知道母親掛念孫子們，喬秀蘭和母親仔細地說道：「他們都很好，還是又高又壯的，說是今天考完月考就要放農忙假，他們得要複習課業才沒回來的。這些小子剛拿到學校獎勵的飯票，個個都挺豪氣的，中午給我打了兩份葷菜和兩個白麵饃饃，還搶著要付飯票。我看他們對我那麼好，方才特地去市場買了肉，打算給他們包餃子吃。」

雖然都是些瑣碎的小事，李翠娥卻聽得無比認真，臉上的笑意也越來越濃。

「妳也別瞎寵他們，妳哥哥們給妳的錢和票據，妳自己收著就好，怎麼還買這麼多肉回來？這既不過節、又不過年的，吃啥餃子呢。」李翠娥說歸說，卻已經走進灶房，開始動手和麵了。

喬秀蘭也跟著進去，俐落地把肉洗乾淨，拿著菜刀開始剁肉。

母女兩個手腳很快，一下子麵就和好了，瘦肉也剁碎了。

李翠娥去外頭割了幾大把薺菜回來，洗淨、切碎以後，和碎肉拌在一起，再放點調料，就可以開始拌餃子餡了。

喬秀蘭雖然相信自己做了幾十年小吃的手藝，並不會比母親差，但記憶中母親做的食物總是格外美味，所以她也沒搶著調肉餡，讓李翠娥一個人負責。

李翠娥打開櫥櫃，把平時不捨得放的芝麻油和黃酒拿出來。

將芝麻油、黃酒、鹽倒進裝著餡料的大盆子裡，李翠娥拿筷子將餡料順著同一個方向用力攪勻，香味瞬間瀰漫在整個灶房裡。

聞著記憶中熟悉的香味，餃子都還沒開始包，喬秀蘭已經不自覺地分泌出口水。

等餃子餡拌好以後，麵團也醒得差不多了。

不一會兒，三嫂也過來幫忙了。她們三人分成兩組，兩個擀麵皮，一個包餃子，動作都是十二萬分熟練。

等到喬建軍他們傍晚下工的時候，灶房裡已經多出好幾十個白胖胖的餃子。

「今天是啥好日子，怎麼吃起餃子了？」李紅霞鼻子尖，在堂屋裡就聞到肉味，馬上驚喜地竄進灶房。

李翠娥笑呵呵地說：「今天那些小子們考完試就要回來，秀蘭想犒勞他們，拿了私房錢出來買的肉。」

「小妹真大方，這麼多餃子，得用上多少斤肉啊！」李紅霞驚訝地說。

「我也沒什麼進項，那些私房錢都是平時哥哥們隨手給的，我在家也用不上，就拿出來給大家打打牙祭。」喬秀蘭笑笑地說，看起來一點也不心疼。

李紅霞羨慕極了，這小姑子的私房錢還真不少呢。

喬建國上回爽快地拿給她好幾百塊，已經讓她驚喜得不得了。她知道自家男人素來把喬秀蘭當成寶貝，難道私下裡也給了喬秀蘭很多錢？

這麼想著，李紅霞又心疼起來。

那都是該給她的錢啊！給了她，她可不會像喬秀蘭這樣隨便拿出來大吃大喝的，得好好替兒子存著。上回喬建國給的錢，她也就拿了一小半回娘家，其他的都在炕洞裡藏著呢。

喬秀蘭忙著手裡的活兒，倒是沒注意到她二嫂一會兒陰、一會兒晴的臉色。

大鍋裡的水已經滾了，喬秀蘭和母親拿著案板下餃子。

李紅霞雖然嘴饞，倒也沒忘記兒子，提醒道：「福東他們都還沒回來呢，等他們回來以後再下餃子也不遲。」

喬秀蘭抿唇一笑，說：「你們在田裡也累了一天，這些餃子是打算先下給你們吃的。餃子餡和麵皮都還有，等這邊的下完，我和媽再接著包，一會兒他們回來就能再下第二鍋。」

這還有第二鍋呢！李紅霞心疼得直抽氣，這麼多肉和白麵，得花多少錢啊……

不一會兒，一大鍋餃子熟了，個個圓胖胖的，滿滿當當的餡料看起來像是要把白嫩的餃子皮給撐破似地。

幾大盤餃子端上桌後，李紅霞聞著香味，瞬間把剛才的心疼拋在腦後，拿著筷子就吃起來。

「都吃、都吃，今天的餃子保證夠吃。」喬秀蘭笑咪咪地招呼著，又去灶房把正在燒火的劉巧娟和還在忙活的李翠娥給趕出灶房。

餃子餡都已經拌好，餃子皮也擀好了，只剩下包餃子的工序，喬秀蘭自己一個人手腳麻利地包著，心裡那滿足幸福的感覺都快要溢出來。

這種感覺，即使在她上輩子賺到不少錢的時候，都不曾有過。她現在只覺得渾身充滿幹勁，一點也不覺得累。

不久後，喬福來他們和喬建國一前一後地回來了。

一聞到家裡飄出來的香味，幾個孩子立刻小跑步進屋。孩子們進門喊了人之後，家裡頓時變得更加熱鬧。

桌上的餃子已經吃得差不多，孩子們讓喬建國先坐下來吃餃子，他們幾個則是一起鑽進灶房。

本來還十分寬敞的灶房，在站了四個高壯的男孩之後，瞬間顯得擁擠不堪。

「小姑，妳咋一個人在忙活？我來幫妳啊。」喬福東第一個出聲。

「別鬧，老三，你根本不會包餃子，別禍害了好東西！」喬福來嫌棄道。

「誰說我不會？我看小姑包起來挺簡單的。」喬福東信心滿滿地說。

「別吵了，都聽我說，老四去燒火，老二和老三去打水來。」喬福來不愧是大哥，馬上給弟弟們分配好任務。

小子們笑嘻嘻地喊一聲「得令」，然後就各忙各的去了。

「福來，那你要幹啥？」喬秀蘭笑著問。

「我來包餃子呀。」喬福來去洗了手，站到喬秀蘭身邊。

喬福來是不會包餃子的，喬秀蘭特地放慢動作，好讓他看清楚。

才剛包了兩、三個餃子，喬福來就上手了。

第一個，他包得很一般，元寶形狀不夠漂亮。

第二個，就算是完美了，放在案板上，連喬秀蘭都看不出來他包的和自己包的有什麼差別。

這學習模仿的能力真是絕了，不愧是年年考第一的腦子啊！

喬秀蘭在心裡連連讚嘆。

有了喬福來的幫忙，包餃子的速度加快不少。

很快地，剩下的餡料就全包完了。

餃子下鍋之後，小子們圍著灶臺不肯走，只是一個勁兒地聞著香氣，直喊「好香」，逗得喬秀蘭直笑。

餃子出鍋後，裝了滿滿當當的四大盤子。

喬秀蘭讓他們趕緊出去趁熱吃，她則留在灶房裡，用剩下的麵團加上芝麻油，烙了張大餅。

大餅剛下鍋烘著，李翠娥就進來了。「快吃去，妳姪子他們吃起來可沒個飽。」

「行，那媽幫我看著餅，其他的就別收拾了，等我吃完再來收拾就行。」喬秀蘭一邊說話，一邊洗了手。

堂屋裡的飯桌上，四個小子正大快朵頤。

大人們都已經停下筷子，就連最貪吃的李紅霞也沒再碰餃子，只是樂呵呵地在旁邊看著。

「慢點兒吃，沒人跟你們搶。」喬秀蘭拿了個蘸碟，倒上一小碟醋。

「小姑，這餃子真是太好吃了。」素來最有大哥風範的喬福來，此時都吃得滿嘴是油，停不下嘴。

喬秀蘭嚐了一個，餡料是李翠娥調的，果然一如既往的鮮香多汁。裡頭都是上好的瘦肉，一點兒不帶注水的，也不像後世的餃子館那樣，為了控制成本，在餡裡加入許多菜，吃起來沒什麼肉味。

或許是因為用善水和的麵，這餃子皮吸足肉汁後，吃起來更加鮮美嫩滑。連喬秀蘭這個胃口不大的人，也吃了七、八個。

小子們胃口本就大，在學校裡也沒吃好，這一吃，就一發不可收拾了。一直到桌上的最後一個餃子被他們吃完，他們才打著飽嗝，停下筷子。

這時候灶房裡的大餅也烙好了。雖然烙餅不比餃子美味，但也是白麵和芝麻油做出來的好東西。

小子們是再也吃不下了，可喬建軍他們兄弟三個卻還沒吃飽，三個人分了一張比臉盆還大的餅，吃完以後也都打起了飽嗝。

這頓飯，大家吃得格外滿足。

飯後，喬家眾人沒有像往常一樣急著回屋休息，而是留在殘存著食物香氣的堂屋裡閒話家常。

第二十一章

喬秀蘭進灶房洗完鍋子，又現煮一大鍋酸梅湯。

等她收拾好灶臺，酸梅湯也差不多煮好了。

她打開鍋蓋，用蒲扇在大鍋前搧上一會兒，眼看熱氣已經散得差不多，便盛了好幾碗出來。

溫熱的酸梅湯雖然不如冰爽的好喝，但也是酸爽開胃，正對眼下撐得難受的小子們的胃口。

幾個小子每人喝了三大碗，紛紛讚嘆道：「還是家裡舒服啊。」

連話最少的喬福明，也難得開口。「要是天天都能吃餃子就好了。」

「你這小子。」喬建黨沒好氣地笑罵自家兒子。「想啥呢？天天吃餃子，你咋不去當神仙呢？」這餃子一年到頭能吃上兩頓就不錯了，居然想天天吃，這小子還真敢說。

喬福明紅著臉，搔了搔頭。「我、我就隨口一說，而且不光我想，哥哥們肯定也是這樣想的。」

另外三個小子都比喬福明精明，雖然確實都有這樣的想法，卻不說出來，只是看著喬福明直笑。

家人們都笑成一團。其實他們要幸福真的很簡單，能吃好、吃飽，還有心愛的人陪在身邊，就已經足夠了。

喬秀蘭再次眼眶發熱，同時心中豪情萬丈。

不就是餃子嘛！再過幾年，她一定讓全家人天天都吃得飽飽的，還要吃得好好的。

喝過酸梅湯後，喬家人各自去洗漱休息了。

姪子們雖然有半個月沒回來，但他們的屋子，喬秀蘭卻是時不時會打掃的，所以直接拿出鋪蓋就能睡覺。

喬秀蘭簡單地洗漱過後，躺到床上，就累得眼皮快要黏起來。

李翠娥也跟著忙活一下午，卻沒有睡下，而是拿出蒲扇，靠坐在炕上，有一下、沒一下地給喬秀蘭搧風。

「媽，快睡吧，我不熱。」喬秀蘭睡意濃厚地說。

「嗯，妳先睡吧，媽不睏。」李翠娥笑著說。

喬秀蘭還想再說，但實在太睏，嘟囔兩句就沈沈睡去了。

李翠娥慈愛地看著她，伸手輕輕地替她攏了攏髮絲。

閨女真的是長大了，越來越懂得體貼人，這段時間不但分擔絕大部分的家務，更是處處替家人著想。

這麼好的閨女，外人怎麼就說得那麼難聽呢？說她潑辣、說她強悍……怎麼會呢？

她可是世界上最好的閨女，誰家要是娶了她，那可有福氣啦。

儘管這晚喬秀蘭睡得十分沈，但一到半夜，她還是醒了。

當她做好糕點和酸梅湯的時候，喬建國才打著呵欠從屋裡出來。

「妳咋起得這麼早？多睡會兒啊。咱們少賣一天又沒事！」看著自家小妹眼底下的黑影，喬建國心疼死了。

「沒事，我白天有時間再睡。做生意麼，講究的是信譽，如果讓客人空手而回，那可不好呢。」喬秀蘭一臉認真地說。

看著小妹說起生意經來頭頭是道，喬建國笑著說：「妳一個小姑娘，哪學來這麼多大道理？」

「我都十七歲了，才不是什麼小姑娘。」喬秀蘭反駁道。

「行、行、行，妳大、妳大，妳是我姊，是我的小祖宗還不成嗎？」喬建國無奈地搖搖頭。

他幫她一起裝好酸梅湯和糕點，這時候猴子也推著自行車上門來了，喬建國立刻把喬秀蘭趕回去睡覺。

眼看不一會兒天就要亮了，喬秀蘭想著自己昨天拎回來的豬骨頭，便沒再回去補覺。

她把骨頭洗淨，用熱水焯過之後，再次下鍋，開始燉大骨湯。

骨頭湯講究火候，一熬就得個把小時，喬秀蘭就這麼守在灶膛前。

天色漸亮，陽光的熱度加上灶前的火一燻，那真是熱到沒邊了。

等到李翠娥起身出來準備早飯的時候，喬秀蘭已經渾身是汗，濕得像從水裡撈出來一樣。

「妳這一大早的是幹啥啊？」李翠娥驚訝地問。

喬秀蘭討好地笑道：「昨兒個我不是帶了豬骨頭回來嗎？就想熬成湯，給大家泡饃饃吃。媽，既然您起來了，就麻煩您看著會兒，估計再熬個十分鐘就差不多了。」

「快擦擦身子睡覺去，看妳都累成什麼樣了！」李翠娥心疼地趕她去睡覺。

喬秀蘭倒覺得還好，忙告饒道：「好、好，那我去歇著了，您回頭別說我睡懶覺就行。」

「快去睡吧，午飯前媽再叫妳。」李翠娥催促道。

喬秀蘭打了盆水回屋，脫掉衣服，把身上的汗都擦乾，這才覺得舒爽不少，躺回炕上睡覺。

李翠娥有心想讓閨女多歇一歇，但剛吃過早飯，就有一個黑黑壯壯的姑娘上門來要找喬秀蘭。

「大娘，秀蘭在家不？」黑壯姑娘問道。

「在家呢，妳是……」李翠娥和氣地問。

黑壯姑娘莞爾一笑，顯出幾分樸實的可愛。「我叫牛新梅，來找秀蘭說事情的。」

人家特地上門，也不好意思讓人家等，李翠娥便進到屋裡，小聲地叫著喬秀蘭。

喬秀蘭睡得淺，很快就醒了。

「這麼快要吃午飯了啊？」她揉著眼睛，迷迷糊糊地嘟囔著，像個睡懵的小孩兒一樣。

李翠娥心中滿是愛憐，說：「不，時間還早呢。是外頭有個叫牛新梅的姑娘特地來找妳，說要和妳談事情。」

牛新梅怎麼來了？這才過沒幾天啊，難道她和周愛民的事情已經成了？

喬秀蘭立刻攏一攏頭髮，披上衣服起身。

牛新梅正坐在堂屋裡，一看到喬秀蘭出來，立刻笑著打趣道：「都這個點了，妳還沒起哪？」

喬秀蘭笑著說：「姪子們放假，我今天起了個大早給他們燉湯，我媽就非讓我再回去多睡一會兒。」

「真好。」牛新梅一臉羨慕。「我爸、媽還在的時候，家裡也是這麼慣著我的，哪像現在……」

喬秀蘭剛開始以為她是來報喜的，可看她的神色好像又不是那麼一回事。

「媽，您去忙吧，我陪牛姊姊說會兒話。」支開母親以後，喬秀蘭也不跟牛新梅兜圈子，直接問她。「妳今天怎麼忽然來了？」

牛新梅的臉上出現一絲落寞。「那周愛民的事情，我是真的不知道咋辦才好，除了妳，也不知道能和誰說。」

「那事……沒成？」喬秀蘭小心翼翼地問。

牛新梅也不扭捏，直接告訴喬秀蘭說：「就在昨天，我下工回家的路上，周愛民已經把我拉到玉米田裡……」

這個話題有些敏感，喬秀蘭頓時臉頰微燙。「這不就是妳的計劃嗎？難道妳後悔了？」

牛新梅絞著衣襬，哭喪著臉說：「我沒有啊。是他，他後悔了！」

「啊？他不認帳？」喬秀蘭只想到這個可能性。

「他要是做了不認帳，我還能收拾他，可問題就是他啥都沒做，剛看清我的臉，就扭頭跑了……」牛新梅懊惱地說：「早知道我昨兒個就打扮得好看些，也不會把他嚇跑了。」

「這是啥意思……他從沒見過妳？」喬秀蘭疑惑地問。

「是啊，他只知道我大哥是生產二隊的隊長，也知道我急著嫁人，然後又聽王國強和馮為民把我誇得天上有、地下無的。昨兒個我幹了一天活，渾身臭汗，他一定是覺得我太難看了。」牛新梅知道自己五大三粗的，跟好看搭不上邊，可她到底是個未婚的大姑娘，被自己看中的對象這般嫌棄，自尊心理所當然地受到打擊。

「那妳現在咋想的？」喬秀蘭直接問道。

「我……我還是想跟他好唄。」牛新梅垂下頭，小聲地說。

「都這樣了，妳還想跟他好？」喬秀蘭不敢置信，完全弄不懂這姑娘的想法。周愛民敢對一個姑娘家起那等心思，已經算是其心不正，在這種情況下，他居然還敢嫌棄人家。不論怎麼看，他都不是良配啊！不過各花入各眼，自己早就和牛新梅說過這一點，可她偏偏覺得周愛民的這些缺點不算什麼，到底是她自己的事，也不好再說她什麼。

「唉，他真的挺好的。以前我只敢遠遠地偷看他，昨天近看以後，發現這城裡人長得就是和我們農村人不同，都在咱們這裡待了這麼久，還細皮嫩肉的。」提起周愛民，牛新梅臉上露出羞澀的笑意。「而且他力氣真不大，就昨天拽我那勁兒，我單手就能把他推開。妳說這一起過日子，大部分的夫妻都會吵架、甚至打架吧？要是跟了他，那我真的一點都不用擔心啦。」

牛新梅講的是事實，農村裡大多數人家的日子，可不像喬家這般舒服。女人要是嫁給脾氣不好的男人，天天又吵又打的過日子，比比皆是。

「既然妳都來問我了，我就說一下我的看法。我覺得這日子雖說都是人過出來的，但強扭的瓜不甜，夫妻兩人終歸得互相扶持。周愛民那般瘦弱，確實打不過妳，但就算妳治服得了他，他也未必會真心待妳。就好比那些過不下去的夫妻，男人用拳頭把媳婦給打到聽話，難道換個性別，就能成好事了？」喬秀蘭分析道。

沒本事的男人才打媳婦，牛新梅最看不上這種男人。可一經喬秀蘭提醒，她才想起來，她只想著靠武力收服周愛民，和那些男人有什麼區別？

牛新梅皺起眉，神情嚴肅起來。「那妳說該咋辦？」

「妳要是真認準了他，就和他好好談一談，開誠布公、推心置腹地談。這人心都是肉做的，妳對他好，他自然知道，等你們相處一陣子，有了感情，日子才能過得好不是？」喬秀蘭真心地建議。

牛新梅想了一會兒，點頭道：「成，我去找他。」說完就站起身，直接告辭。

這姑娘性格是真的爽利，說去就去了，一點兒也不扭捏做作。

但隔不到十分鐘，她又折了回來。

喬秀蘭正在堂屋裡擦桌子，見她又回到自家門口，就放下抹布出去。「這麼快？」

牛新梅微微臉紅。「我還不知道他住在哪裡呢……」

「這簡單，我和妳一起去。」喬秀蘭和母親說一聲，另外用飯盒裝上一大盒骨頭湯，打算帶去給吳亞萍。

牛新梅跟在喬秀蘭身後，時不時聞到骨頭湯的香味，她饞得直嚥口水。

聽到響亮的嚥口水聲，喬秀蘭笑道：「妳今天留在我家吃午飯吧。不過也沒啥好菜，就只有骨頭湯配饃饃，我另外再給妳煎兩個荷包蛋。」

牛新梅用力地點點頭，之前心裡那一絲忐忑緊張瞬間消失不見，滿心期待著午飯。

第二十二章

喬秀蘭和牛新梅一邊說話，一邊往村口知青們住的土房子走去。

這時候快到午飯時間，但還沒下工，所以房子裡靜悄悄的。

喬秀蘭在門口喊了一聲，也沒人回應。「咱們在外頭等等吧。」

「行。」牛新梅把喬秀蘭拉到樹蔭下站著，心想是自己麻煩喬秀蘭跑這一趟，還特地用兩隻手替喬秀蘭搧風。

她們剛站沒多久，吳亞萍就從裡頭走了出來。她看起來臉色有些蒼白，一見到喬秀蘭就說：「我在屋裡聽到外頭有人說話，像是妳的聲音，沒想到還真是妳來了。」

「妳臉色怎麼這麼白？不舒服嗎？」喬秀蘭上前握了吳亞萍的手，這麼熱的天，她的手卻是冰涼的。

都是女孩子，吳亞萍也沒什麼好隱瞞的，就說：「大姨媽來了，身上不舒服。」

吳亞萍雖然是城裡姑娘，但下鄉期間一直都很認真幹活，要不是真的不舒服，她絕對不會請假的。

「我正好帶了點骨頭湯來給妳，等等我去熱一熱給妳喝吧。」喬秀蘭說完，跟她介紹道：「亞萍，這是鄰村的牛新梅。」

牛新梅和吳亞萍兩人互相問好，而吳亞萍看牛新梅比她和喬秀蘭年紀都大的樣子，就喊了聲「牛姊姊」。

牛新梅紅了臉。「別客氣，叫我新梅就行了。」

別看牛新梅都二十多歲了，卻沒幾個朋友，村裡的姑娘都嫌牛新梅像男人婆，沒有人要和牛新梅一起玩。

打完招呼後，喬秀蘭和牛新梅就跟著吳亞萍進屋。

喬秀蘭扶著吳亞萍去炕上躺好，讓她和牛新梅先說說話，自己則轉頭去了灶房熱湯。

不一會兒，骨頭湯就熱好了。喬秀蘭吹著骨頭湯上頭的熱氣，小心翼翼地端去給吳亞萍喝。

吳亞萍感激地對喬秀蘭笑了笑，又看向牛新梅，說：「我們一起分著喝吧。」

「不用，我家還有，妳先喝。」喬秀蘭笑著說。

牛新梅雖然嘴饞，卻也說：「不用、不用，秀蘭今天要留我吃午飯，我到時候再喝。」

吳亞萍也不再客氣，端著飯盒就喝起來。

熬得發白的湯，飄著濃濃的骨頭香味，光是聞著就已經讓人胃口大開；喝進嘴裡以後，那滋味更是香濃醇厚。

喝完熱湯，吳亞萍小腹處的疼痛感頓時緩和不少，渾身都暖洋洋的，就連手腳也沒那麼冰冷了。

「真是麻煩妳了。」吳亞萍握著喬秀蘭的手，心中感動不已。

「跟我還客氣什麼？」喬秀蘭拍了拍她的手。「咱們不是好朋友嗎？」

吳亞萍彎了彎唇角。「那下回妳要是有事，只要是我能幫到妳的，妳也千萬別和我客氣。」

她們正親親熱熱地說話，外邊突然傳來一陣說話聲，是知青們中午下工，回來休息了。本來坐在炕上和她們一起說話的牛新梅，一聽到聲音，立馬身姿矯捷地竄了出去。

喬秀蘭生怕牛新梅太心急，會嚇到周愛民，立刻就跟上去。

兩人出了屋，才發現回來的不是周愛民，而是高義和林美香。他們兩人是肩並著肩回來的，看起來比從前親密不少。

「妳來幹什麼？」林美香蹙眉，一臉不悅地盯著喬秀蘭。

高義看到喬秀蘭的反應就精采許多，他先是下意識地退到林美香身後，而後發覺自己這個動作有些丟臉，又往外站了站。

喬秀蘭先是冷冷地看了高義一眼，然後才說：「我來看吳亞萍的。怎麼了？」

林美香冷哼一聲。「最好是這樣。」

這幾天她和高義的感情突飛猛進，她以前從來不知道，原來私底下的高義竟是這樣溫柔體貼，而且還志向遠大，想去讀大學。高義還跟她保證，要是他有機會可以返城，一定會帶她去北京過好日子的。

林美香雖然是城裡來的，但她的家鄉怎麼也不能和繁華的首都相提並論。想著以後的好日子，林美香每天幹勁十足，一點都沒有從前的嬌氣，每天搶著在隊裡掙工分多的活兒。

此時的牛新梅已經心急得不行，直接衝到門口等人。

不一會兒，周愛民也回來了。

剛走到土房子大門前，他瞬間呆住，然後用力地揉一揉眼睛，難以置信牛新梅居然追到這裡。

天地良心啊，他在昨天以前真的一直是個好人，小時候還在學校裡當過先進標兵、扶過老奶奶過馬路、撿過一分錢交給警察叔叔。要不是家裡就剩下一個身體不好的老母親，月前來信說生了急病，在醫院無人照料，他急著返城，又聽信王國強和馮為民的慫恿，這才起了一回歪心思……

可儘管他已做好心理準備，昨天真要下手的時候，他害怕了。還是王國強和馮為民架著他，說都已經替他安排好了，他不得已才硬著頭皮，趁著傍晚昏暗的天色，把牛新梅拉進玉米田裡。

可後來他真的慫了，沒敢進一步做出越軌的舉動，牛新梅又比他想像中的還要高壯，他更加沒那個膽子，撒開腿就跑了……

沒想到牛新梅居然找了過來！他們之前從未見過面，牛新梅是怎麼找到這裡的？難道說是王國強和馮為民出賣自己？

不會、不會，是他們兩個為他出謀劃策的，要是把他出賣了，他們兩個不也得搭進去嗎？

周愛民腦內思緒翻飛，背後已經嚇出一身冷汗。

牛新梅不知道他糾結的內心，笑著上前打招呼。「你回來了啊？」

「嗯……」周愛民臉色慘白，僵硬地點點頭。

「我能和你說會兒話嗎？」想起喬秀蘭的提醒，牛新梅儘量讓自己顯得客氣有禮。

「行。妳、妳跟我來。」周愛民神情慌亂地帶著她，走到屋後的空地上。

「妳來找我……幹什麼？」周愛民的雙拳緊緊地捏成拳頭，指甲都掐進掌心裡。

牛新梅也緊張，但她是那種帶著羞澀的緊張。她捏著衣襬，垂下眼說：「昨天的事……唉，我也不知道咋說。我就想問你，你願意跟我談對象不？」

意料中的興師問罪並沒有到來，周愛民愣了好一會兒，才難以置信地問：「談、談對象？」

「是啊，我的情況你應該也知道了。我哥哥是生產二隊的隊長，家裡爸、媽都沒了，人口也算簡單。我雖然年紀比你大上一、兩歲，卻沒談過戀愛，但很能幹活，你要是跟我在一起，我肯定會對你好，我掙的工分也全歸你，讓你吃得飽飽的。往後我們要是結婚，我也會跟你好好過日子的，要是有機會，就讓你當工農兵大學生，回去讀大學……」說著、說著，牛新梅的底氣越來越足，她個人條件是不好，但家庭條件不錯啊。尤其周愛民是個滯留在黑瞎溝屯好幾年的老知青，她能為他做的事可太多、太多了。

絮絮叨叨說了一大堆，可周愛民一直不吭聲，牛新梅有些洩氣，神色忐忑地問他。「你覺得咋樣？成不成你給句話啊。」反正她是認準了他，這文的要不成，就只能來武的了。

她開出的條件太優渥，不提別的，光是工分和回城兩樣，就足以讓周愛民心動。下鄉這麼些年，他天天拚死幹活，也只夠自己吃飽。牛新梅人高馬大，身板看著比他還厚實，要是能和她在一起，那日子自然是好過的。回城一事就更別說了，那可是每個知青都夢寐以求的。

不過周愛民覺得自己之前算計過她一回，很對不起她，所以沒馬上答應，只是問道：「妳知道我昨天想對妳做些什麼嗎？」

「知道啊。」牛新梅笑呵呵地點點頭。

「知道的話，妳還想跟我談對象？」周愛民一臉疑惑。

「這有啥？你對我有想法，我對你也有想法啊。你不知道吧，我以前來過你們村子，也見過你幾回，我覺得你挺好的。」牛新梅面上微紅，卻大大方方地說。

看著她爽利又帶著幾分羞澀的笑容，周愛民的心跳頓時加快幾分。

真是個傻姑娘啊！他有什麼好？人長得瘦弱，幹活也比不上別人。雖然是城裡來的，卻沒機會返城，就算回去了，那也是個破敗窮苦的家，真沒什麼值得她看重的。牛新梅就算再嫁不出去，那也是隊長的妹妹，難道還真找不著好人家？

見他又不說話了，牛新梅急切地問：「到底行不行？你跟我說句話啊！別吊著我，怪難受的。」

「行！」周愛民擲地有聲地答應下來。她一個姑娘家都這麼主動了，他沒有再退縮的道理。

雖然牛新梅說看中了他，但是他先做出越軌的舉動，她其實根本不用來詢問他的意見，只要直接告訴家人，或者用那件事威脅他，他也不得不答應跟她在一起。可她卻坦坦蕩蕩地來詢問他的意見，一點也沒有強人所難，真是個質樸又單純的好姑娘。

他在心底下定決心，一定會好好地對她！

「那成，這個給你。」牛新梅笑咪咪地掏了掏口袋，拿出一小疊飯票，塞到周愛民的手裡。「你得多吃點，瞧你瘦的，怪讓人心疼的。回頭我要是得了好東西，再拿來給你吃。」

周愛民縮回手，不肯接下飯票。「不用、不用，我掙的飯票夠自己吃飽了。」

「讓你拿著就拿著，咋還跟我客氣？你這是不把我當對象嗎？」牛新梅故意說。

周愛民眼眶發熱。在這個家家戶戶將溫飽的大環境裡，下鄉這麼多年，從來沒人像牛新梅一樣對他這麼好過。

牛新梅把票據塞給他後，才滿意地笑著說：「好了，不耽誤你吃飯，我先回去啦，過兩天再來看你。你要是遇上什麼困難，記得第一個來找我。」

周愛民答應下來，看她的眼神頓時變得溫情脈脈。

和周愛民談好以後，牛新梅就回頭去找喬秀蘭。
喬秀蘭看她眉開眼笑的，就知道事情已經成了。
兩人和吳亞萍打過招呼，就直接回了喬家。

喬家人此時都下工了。
上午姪子們也一起下地幹活，他們年紀雖不大，但都是農家孩子，幹起活來並不比成人差多少。
「小姑，妳回來了啊？今天早上的骨頭湯真好喝！」
「小姑早上累著了吧？來，我幫妳捏捏肩。」
「我幫小姑捶捶腿。」
姪子們已經知道昨天吃的餃子，是喬秀蘭掏私房錢買的肉；加上今天一大早喬秀蘭又為他們熬了骨頭湯，那骨頭湯真好喝，泡著饃饃吃是再好不過了。此時他們一個個輪番向喬秀蘭獻殷勤，小嘴都跟抹了蜜似地。
喬秀蘭看著好笑，趕蒼蠅似地擺手道：「去、去，洗手等吃飯去。」
姪子們這才笑嘻嘻地走開。
喬秀蘭先去堂屋，跟家人說了牛新梅要在家吃飯的事，而于衛紅作為這個家裡實際的大家長，馬上熱情地拉著牛新梅聊起來。

喬秀蘭進到灶房，發現李翠娥和劉巧娟已經把午飯都準備好了。

今天吃的是雜糧麵饃饃、涼拌婆婆丁，還有一道泥鰍湯。

喬秀蘭捋起袖子，熱鍋下油，開始煎蛋。

熱油嗞嗞作響，雞蛋下鍋後沒一會兒，就呈現出誘人的金黃色。

喬秀蘭煎了七個雞蛋，裝在一個大盤子裡。

牛新梅坐在喬家的飯桌旁，光是聞著煎蛋的香味，就忍不住開始嚥口水。

她在家也經常吃雞蛋，可嫂子潑辣，不讓她吃，她最多只能偷偷用清水煮蛋，可水煮蛋怎能和油汪汪的煎蛋相比呢？

「來，新梅，別客氣。」知道她愛吃雞蛋，喬秀蘭先挾了兩個放到她碗裡。

「這咋好意思，我吃一個就成。」牛新梅客氣地道。

喬秀蘭笑咪咪地說：「沒事，妳吃吧。上回妳不是給了我一個水煮蛋嗎？這回我也多給妳一個，咱們禮尚往來。」

于衛紅也在一旁說：「牛家妹子，別客氣了。上門是客，家裡也沒準備什麼好東西，妳別嫌棄才好。」

喬秀蘭又看向姪子們。「都別愣著，挾去吃啊。」

姪子們和喬秀蘭道謝，紛紛乖巧地把煎蛋一分為二，自己吃半個，然後另外一半和他們的爸、媽分享。

喬秀蘭看福明已經把自己的一半煎蛋分給三嫂，就把剩下的一個煎蛋挾給李翠娥。

「媽，昨兒個您也累著了，快趁熱吃。」

「妳這孩子，妳自己吃就好，媽都這麼大年紀了，吃啥不都一樣。」李翠娥又要把煎蛋挾還給閨女。

最後喬秀蘭把煎蛋分成兩半，和母親一人一半吃了。

牛新梅吃著油汪汪、香噴噴的煎蛋，心裡滿滿的都是羨慕。這喬家人過的日子，才真是有滋有味啊！不像自己家，明明條件也不比喬家差，可管家的大嫂小氣又吝嗇，有什麼好吃的，都是偷偷摸摸地先拿給自己的兒子吃。

其實她也沒那麼貪嘴，非要偷吃家裡的東西，可就是氣不過。

明明爸、媽在的時候，她也是家裡受寵的女兒；爸、媽一走，嫂子就變了嘴臉，看她是哪裡都不順眼。

她明明在自己家，卻像個外人似地被防著。

她下定決心，等和周愛民成了家，一定也要像喬家這樣過日子。

第二十三章

喬建國這天從黑市回來，給喬秀蘭帶回兩個消息。

一個是好消息，一個是他覺得沒那麼好的。

好消息是周瑞已經允許他們再設一個攤位，而且這還不是喬建國自己提的，是周瑞主動找他說的。

不那麼好的消息就是，周瑞希望喬建國往後能長期穩定地為自家母親提供吃食。當然了，周瑞說的吃食，是指喬秀蘭做的桂花糕和酸梅湯。

讓他奇怪的是，他一直沒和周瑞提過這些吃食是自家做的，只說是在鄉間收的，周瑞怎麼會知道他賣的吃食是可以長期提供的呢？

他想不明白，喬秀蘭卻是知道的。

這位黑市大老可真是聰明人，自己不過是給蔣玉芬送過一次桂花糕，周瑞就已經猜到她的用意。周瑞先給了甜頭，再派下任務，你來我往，也算互不相欠。

喬秀蘭現在也就做出桂花糕和酸梅湯兩樣受歡迎的吃食，雖然買的人依然很多，但她上次去黑市，已經看到不少攤位仿效。他們賣的自然沒有她做的好吃，但價格便宜許多，他們也因此被搶走一部分客源。長此以往，可能會有劣幣驅逐良幣的現象，要是不想被人超越，就得不斷地推陳出新。

喬秀蘭琢磨了一下，這天氣還是熱，自己又只有半夜到天亮前的幾個小時，工序太繁雜的吃食肯定不行，不能存放的東西也不行……

好在她上輩子是做小吃的，經驗豐富，很快就想到一樣合適的吃食——涼皮。

涼皮的工序雖然不少，但耗時不多，還能長時間存放。她可以多做一些，放在外頭從早上賣到下午也沒事。

於是這天半夜，喬秀蘭就起來和麵。她在麵裡加入適量的鹽，揉好之後用濕布蓋上，放置三十分鐘，接著在盆內加入善水，再把麵團放進去，像洗衣服般地反覆搓洗。

當善水呈現出白潤的光澤，就過濾到另外一個大盆裡，接著在剩下的麵團中加入新的善水，繼續洗白、過濾，直到洗白的水變得清澈，只剩下發黃的麵筋。

把麵筋沖洗過後，上鍋一蒸，筋道十足，用來當涼皮的配菜最合適不過。

接著便是沈澱那些過濾出來的麵漿水，需要四個小時左右。

在這期間，喬秀蘭蒸好了桂花糕、煮好了酸梅湯，還點著油燈去自家後院的菜地裡挖了幾把野菜和一些黃瓜。她將野菜和黃瓜都切成絲，同樣要當作涼皮的配菜。

這時候麵漿水也沈澱好了，她將最上頭的清水舀掉，剩下的粉漿則用勺子攪勻，然後舀起一些粉漿，鋪平在刷了油的大盤子裡，上鍋蒸熟。

這時候動作得快一些，等麵皮鼓起、呈透明狀，就要立刻取出，換上另外一盤。

就這麼一盤、一盤地換著，喬秀蘭一下子做出了幾十張涼皮。

等到喬建國起身的時候，喬秀蘭已經累得直不起腰，滿頭大汗地坐在灶臺旁的小凳子上。

「我的小祖宗，妳這是又在忙啥？」喬建國看著她疲憊的模樣，不捨地說。

自家妹子打小就是全家的寶貝疙瘩，下巴雖然尖尖的，但臉頰一直是圓潤的。可這段時間忙下來，她以肉眼可見的速度清瘦下來，五官雖然顯得更清麗，卻讓家人心疼壞了。

喬秀蘭擦了汗，笑著說：「做涼皮呢。二哥，這個你拿過去賣起來很方便，只要把涼皮和配菜、醬汁都帶過去，有人來就裝上一點涼皮，然後放上配菜，澆上醬汁，直接就能吃。可惜家裡沒有花生米，不然炒一點放在裡頭會更香……喔，對了，我還沒調醬汁呢，你等我一下。」

「妳快坐著吧。妳只管說，我來調。」他雖然是個做飯的門外漢，但到底也做了將近兩年的吃食生意，一些基本常識還是有的。

喬秀蘭真覺得有些累了，就點頭道：「把大蒜搗成泥，然後加一點芝麻油、大豆醬油和醋；家裡還有現成的辣椒油，也可以放一點。」

家裡的調味料不夠齊全，喬秀蘭想著要是這次的涼皮賣得好，她再去黑市買點芝麻、花生什麼的，可以自己做一些麻醬。

喬建國很快就調好醬汁，他讓喬秀蘭嚐過味道、確定沒問題之後，就翻出家裡的兩個鐵皮大飯盒，把醬汁裝在裡頭。

看著自家二哥有條不紊地把食材一樣、一樣打包好，喬秀蘭忽然想起一件重要的事，現在可沒有免洗碗筷，客人若是要買涼皮吃，該用什麼裝？涼皮又不像酸梅湯，可以用自家的碗裝好，客人在攤位前喝一碗酸梅湯，也用不了多久，這黑市的攤位可容不下客人在那裡吃東西啊。

她跟喬建國提了後，喬建國說：「這妳就甭管了，不是什麼大問題。看看妳都累成什麼樣子了，快回房去歇著。」

喬秀蘭確實睏了，但還是安撫他道：「家裡的桂花已經沒了，我天天下午都去摘，也怕被人瞧見。之前我看黑市已經有好幾家攤販在賣桂花糕，咱們賣完今天的量，就可以暫時不賣桂花糕，我也不用起得那麼早啦。」

「行，都聽妳的。姑奶奶，別再嘮叨了。」喬建國看自家妹子每多說一句話，小臉就白上兩分，讓他心疼不已。

他們兄妹還在說著話，猴子和趙長青已經過來了。

趙長青剛入夥的時候，喬建國還瞞著趙長青那些吃食的來源，可經過黑豹一事，他跟趙長青也算是交心的兄弟，便沒什麼好隱瞞的了。

這人和人之間的緣分真奇怪，兩人也算是打小就認識，這些年的關係一直不遠不近，也就路上遇到會打個招呼的程度。可他們一起做生意不過幾天，關係可謂是突飛猛進。

周瑞大發慈悲地允許他們再多開一個攤位，喬建國打算把那個新攤位交給趙長青打理，租子也由趙長青自己交，盈虧自負，讓趙長青自己當老闆。

喬秀蘭做的吃食，從今以後就由他和趙長青一起賣，但同樣地，他們都不能收喬秀蘭的提成，因為喬秀蘭的東西能給他們帶來極大的客流量，這已經是天大的好處了。

這一點不用喬建國說，趙長青也不好意思拿喬秀蘭的錢。

喬建國現在的生意，算得上是黑市裡最好的了，每天的營業額能做到一、兩百塊錢，扣掉收東西的成本，一天就能掙個好幾十塊錢。這些錢喬建國拿六成，趙長青和猴子一人分兩成。

不過幾天工夫，趙長青身邊就多出好幾十塊，這真是他這輩子最有錢的時候了。

現在的他每天都充滿幹勁，而且有了錢，吃得自然也好，整個人的氣色好了許多，身子也精壯幾分，看起來精神十足，硬朗的面容變得更英俊。

有好幾次，來黑市採買的小媳婦和大姑娘，看著他都看紅了臉，更為了見到他，時不時地過來關照他的生意。

連喬秀蘭見了他，都不由得多看兩眼，好在他們都忙著把吃食裝上自行車，倒也沒人注意到她。

他們臨走前，喬秀蘭特地拉著喬建國問了句。「新攤位啥時候開啊？我想去看看。」

「哪有這麼快啊，這還得選地方，然後和那附近的兄弟們打好關係。妳別操心了，都交給二哥來辦。」喬建國拍拍她的肩膀道。

黑市門道多，喬秀蘭就算有心幫忙也幫不上，就不再給二哥添亂了。

這一天的涼皮自然賣得非常好，喬秀蘭做出來的涼皮晶瑩剔透、潤白有光澤，看起來就像果凍一樣。

客人都貪新鮮，再加上喬建國之前賣的桂花糕和酸梅湯風評極好，自然有不少人搶著嚐鮮，而且這涼皮吃起來不但清爽可口，又能吃飽。

喬建國一份賣三毛錢，涼皮和配菜都放得足足的，就算是大男人吃了，也能頂上好一會兒；若是胃口小的女人，那可是能和自家孩子一起都吃飽了。

喬秀蘭之前擔心客人如何帶走涼皮的問題，喬建國也想辦法解決了。

他先去買來十幾個碗，裝上一些涼皮放在攤位上，學著喬秀蘭上次的做法，讓人嚐味道，客人若覺得好吃，想要買，就會回去帶自家飯盒過來。

這縣城也不大，能來黑市的絕大部分還是家住縣城的本地人，多跑一趟也不會太遠。當然若是有財大氣粗又嫌麻煩的，也可以連碗一起買回去，那些碗他也沒賺錢，都是按照進價一起賣的。

中午剛過沒多久，涼皮就全都賣完了。

晚上收市以後，喬建國特地送一份涼皮去給周瑞，那分量絕對足夠周瑞和蔣玉芬一起當晚飯吃。

周瑞十分滿意，心想這喬家妹子肯定是個聰明人，自己不過剛許了她二哥一個攤位的好處，她立刻知道要做點新吃食來投桃報李。畢竟桂花糕再好吃，自家母親也吃了好些天，有些膩，該換換口味了。

周瑞心情大好，直接和喬建國說：「街尾拐角處那裡，有兩個小攤位，都是做到這個月底就不打算做了，你去看看吧。」

街尾拐角的位置不算好，生意也一般，這幾年一直換著人經營；畢竟生意好的話，也不會有人想離開。就連喬建國現在的這個攤位，還是走了狗屎運，正好遇到上任攤主家中遭變，喬建國塞給周瑞不少錢才得回來的。

喬建國承了周瑞的情，道過謝後，立刻回去和趙長青商量。

趙長青進黑市才沒多久，竟然馬上可以自己經營攤位，那真的跟天上掉餡餅沒有區別。所以儘管喬建國跟他說那邊可能賺不到什麼錢，他還是心滿意足地說：「二哥已經幫我夠多了。到時候租子我會自己交，往後每個月，我再交三成利潤給你。」

喬建國是真心拿他當兄弟，想拉拔他一把的，自然不肯收他的錢。不過趙長青十分堅持，自己也不好不給他面子，就先答應下來，想著自己先替他存著，等日後他成家的時候，再想辦法隨一份厚禮。

第二天，喬建國便帶著趙長青去選攤位。拐角一共有五個攤位，而將要空出來的那兩個攤位，正好是相連的。

這兩個攤位的位置都十分窄小，不像喬建國那邊，站上三、五個人還綽綽有餘，這裡頭光是站兩個人，都得擠在一起。

「居然這麼小。」喬建國在黑市扎根快兩年了，從沒注意過這拐角處的小攤位，可見其位置有多差。「長青，我覺得這裡有點小，你覺得呢？」

趙長青沈吟不語，仔細地將這兩個攤位打量好幾回，才問喬建國。「二哥，這邊的攤位一個月租子是多少錢？」

雖然黑市的範圍不算大，也就涵蓋這一整條長街，但位置有好有壞，攤位也有大有小，所以租金不盡相同。像喬建國的攤位，位置好、地方大，一個月光是租金就要兩百塊錢；這街尾拐角處的攤位，則便宜許多，一個攤位每個月只要七十塊錢的租金。

得知租金是多少後，趙長青算了算手頭的錢，說：「我想把這兩個攤位一起租下來。」

這一個月得花一百四十塊，絕對是一筆大錢了！在喬秀蘭為喬建國帶來巨大的客流量之前，喬建國一個月扣掉租金的純利潤，也就三、五百塊，那還是他會做生意，許多攤主的盈利遠遠不如他。

「你可想好了，這一租就得半年起跳啊。」雖然租金是按月交付的，但跟周瑞確定好要租下的攤位後，可得做足半年時間，不然臨時反悔，周瑞那黑面神多的是整治人的手段。

「嗯，我想試試。」趙長青對自己的能力有信心，對喬秀蘭做的美味吃食更有信心。再說單個攤位實在太小，擺了喬秀蘭做的東西以後，就放不下別的了；他還想收點別的東西一起搭著賣，這樣才有賺頭。

「好！」喬建國看趙長青意氣風發的，心中也滿是激情。

趙長青這邊的位置是不好，但是有他幫忙啊！他自己的攤位前面經常大排長龍，造成秩序紊亂，而且有一大部分排在隊伍尾端的客人，很有可能排上好一會兒的隊，卻買不到東西，讓他平白惹客人埋怨。到時候他會把一部分客人指到趙長青那裡去，倒也不用擔心趙長青會虧本，最多就是賺得少一些。

於是今年的國慶後，趙長青的攤位就開始正式營業。這是件值得慶賀的事，只是在黑市做生意不能聲張，所以也沒有放鞭炮什麼的，就是找來幾個朋友慶賀一下。

喬秀蘭為了幫趙長青聚攏人氣，特地做了滷味來吸引買氣。滷味這種東西耗時長，工序也麻煩，喬秀蘭之前是不願意做的，但這回她卻是提前好幾天就開始準備。所以趙長青開幕這天，攤位上就多了滷鵝掌、滷雞腳，還有一些雞、鴨、鵝的下水滷味。

早上滷味剛拿過來的時候，味道極香，半條街都能聞到。經過長時間的烹煮，醬料已經深深地滲入食物裡，滷味的表面呈現出一種黑潤的光澤。鵝掌和雞腳都滷得酥爛無比，入口即化，雞腳和鵝掌都被切成小塊，分作兩、三盤，放在外頭供人品嚐。

趙長青將兩個攤位合併後，小半邊攤位放上喬秀蘭做的東西，另外大半邊就是他收上來的東西。收貨的管道不用說，自然是喬建國提供的。

喬秀蘭昨晚就跟二哥說過，她想幫忙趙長青看顧攤位半天。

喬建國有心要幫忙趙長青，但他自己的攤位都忙不過來，分身乏術。不過有自家小妹代表自己也是一樣的，所以喬建國格外慈悲地同意了。

喬秀蘭心情極好，一大早吃過早飯後，她跟母親說要去城裡逛一逛，然後就來了黑市。此時黑市已經開市，有不少趕早市的客人。

喬秀蘭先去她二哥的攤位看看，那邊也擺了她新做的滷味，生意已經是極好。她又去了趙長青那邊，趙長青那邊也有三、五個客人，不過對比喬建國那裡，就顯得冷清許多。

趙長青知道今天喬秀蘭要來幫忙，一見到她就對她笑了笑。

招呼完客人後，他拿出一個嶄新的小凳子，讓她坐在旁邊歇息。

喬秀蘭也不客氣，坐在小凳子上，看著趙長青熟練地招攬客人、分揀貨物。

如今他眼角的落寞不見了，全是蓬勃的生氣，整個人好像是被磨掉外層石壁的璞玉，看起來熠熠生輝。

真帥氣啊！難怪人家說認真工作的男人最帥了。要不是陸陸續續一直有客人過來，喬秀蘭都想對著趙長青的帥氣模樣好好地發花癡了。

第二十四章

趙長青這邊的客人雖然不像喬建國那邊大排長龍，但一直有人絡繹不絕地過來，其中還有不少和趙長青相識的，見到他都要恭賀一聲，說一句「祝願趙老闆生意興隆」，顯然是從喬建國那邊過來的客人。

趙長青一一認真謝過，賣東西的時候還會幫這些客人抹掉零頭。

喬秀蘭在旁邊幫忙裝東西，有客人看他們站在一起，郎才女貌的格外般配，特地問道：「趙老闆，這是你對象？」

喬秀蘭聽見，小臉立馬紅了起來。

可讓她失望的是，趙長青都會立刻和人解釋道：「不是、不是，這是喬二哥家的小妹，來給我幫忙的。您就別說笑了，人家可是正正經經的好姑娘，還沒說親呢。」

這些人精一般的客人，看著小臉通紅的喬秀蘭，再看看一臉耿直的趙長青，哪裡還有不明白的，紛紛笑得更厲害了。

快接近中午的時候，趙長青這邊的貨物已經賣出一小半，不過他收上來的東西本來就少，可見生意還是遠遠不如喬建國那邊。

喬秀蘭替他著急，小聲地同他商量道：「長青哥，你看我是不是另外再做點東西給你賣？今天這生意不大好的樣子。」

趙長青看著小姑娘比自己還著急的模樣，彎唇一笑。「不用的，已經很好了。」

他知道自己的攤位位置差，而且剛開始單做，還沒什麼信譽和老顧客，本就做好今日生意會冷清的心理準備；但喬秀蘭卻不嫌麻煩、不惜工本地幫他做滷味，使得這生意已經大大超出他的預期。

「好了，快到午飯時間了，妳快回去吧，別讓家人擔心。」趙長青開始趕人。

喬秀蘭確實不好在外面待太久，她依依不捨地看了趙長青一眼，這才不大情願地離開。她先去和二哥打了聲招呼，就往車站走去。

她一走，趙長青才長長地吁出一口氣。

別看這一上午他都有條不紊地做著生意，和喬秀蘭的交流也不算多，其實注意力完全不能集中，時不時就想用眼角餘光看看喬秀蘭在做什麼。

喬秀蘭一會兒幫著他推銷，一會兒幫著他收拾貨物，就連坐下了，手上也一刻不停歇地忙碌著，看得他心裡是既酸澀、又甜蜜。

多好的小姑娘啊！若不是喬二哥發話，他是絕對捨不得讓她在這裡忙碌的。這般粉妝玉琢的小姑娘，就該讓人捧在手心裡，他再也不會讓她做那些需要陪笑臉的活計。

趙長青正想得出神，冷不防地，攤位前多了一個高大壯碩的身影，正是喬建國對面攤位的黑豹。

「你對象走了啊？」黑豹隨意地抓起趙長青攤位上賣的一小把瓜子，嗑了起來。

別看兩人上回才打了一架，後來趙長青親自送黑豹到醫院，還不時過去和黑豹的家人換班，一直照顧黑豹到出院，兩人就這麼成了朋友。

喬秀蘭不在，趙長青忽然就不想否認了，只裝作沒聽清黑豹說什麼，一邊收拾著攤位，一邊隨意地「嗯」了一聲。只是這麼一個簡單的回應，卻讓他心跳加速，心中甜蜜的情緒幾乎快要把他整個人給淹沒。

為了扶持趙長青的生意，喬秀蘭做了挺長一段時間的滷味。

以前她是半夜才起來準備吃食，現在更麻煩，幾乎等全家人都睡熟，就要開始忙活了。剛進十月，天氣還有些悶熱，但灶房的前、後門卻必須緊閉，因為滷味在鍋裡煮著的時候，香氣很容易飄散出去。她守在灶膛旁邊，就像蒸三溫暖似地，瘋狂地出著汗。

好在皇天不負苦心人，這麼經營了一個月，趙長青的生意一天比一天好，如今每日的營收，已經快趕上喬建國的攤位了。

喬秀蘭也從滷鵝掌、滷雞腳什麼的，一路做到滷豬蹄和滷肉，各種她能想到的滷味，都做上一輪。

喬建國看著自家妹子一天比一天瘦，他心疼極了，因此不管是麥乳精、蜂蜜、西式點心等等，凡是他能買到的好東西，都盡可能地買給喬秀蘭吃。

十七歲的喬秀蘭是被家裡嬌寵著長大的，有些嘴饞；但現在的她，早就不是從前那個天真爛漫的小女孩，也沒把口腹之慾看得那麼重。況且吃慣了善水做出來的東西，這些尋常吃食還真不對她的胃口。最後這些東西都被喬秀蘭留下來，她分了一些給小石頭和劉巧娟，其餘的自然全進到姪子們的肚子裡。

喬秀蘭算了算日子，再過幾天，劉巧娟就已經懷胎九月了。

這個年代也不興做什麼定期產檢，有些不講究的人家，甚至直接就在家裡生孩子，還有那產婦剛生完孩子，即刻就得下地幹活的。

她打算讓三嫂在醫院裡生產，到時候三嫂身邊得有人服侍，而家人們都要上工，母親身體也不好，所以還得她親自過去。

在喬建國和她說趙長青的生意已經日漸穩定之後，她立刻和家人說要帶三嫂去縣城的醫院檢查、檢查，看看預產期是什麼時候，順道問問入院待產得準備些什麼。

劉巧娟不好意思地拒絕道：「小妹，我哪有那麼金貴？家裡有媽在，還有兩個嫂子在，我自己也是生過孩子的，在家裡生就行了。」

喬秀蘭當然不同意。上輩子就是因為她的任性胡鬧，間接害了三嫂和那肚子裡的孩子，她愧疚得無以復加；這輩子雖然三嫂一直被她照顧得很好，但她仍然覺得有些不安，她得確保三嫂和孩子的一切都妥當才行。

「三嫂，媽和嫂子們上回生孩子，那都是哪一年的事了？如今是新時代，咱們不興過去那一套。這女人生孩子，就像一隻腳踏進鬼門關，還是穩穩當當的好。」

這話確實不假，農村在家生孩子的婦女多，同樣每年都有難產的，等折騰到醫院裡，得花錢不說，還更加危險。光是今年黑瞎溝屯裡，就有好幾個難產的婦女，有兩個運氣好的，在醫院裡順利生下孩子；那運氣不好的，最後弄得一屍兩命。

劉巧娟自然盼著自己的孩子能夠平安出生。她生完喬福明後，一直沒消息，心裡急了許多年，才盼上這第二個孩子，哪裡會不在意。

「就聽小妹的吧，弟妹別擔心錢的事，這錢我出了。」喬建國和喬秀蘭很有默契，他現在好說歹說也是個千元戶，當然想讓家人過得更好。而且他想著喬秀蘭要是去醫院照顧劉巧娟，暫時也能歇上幾天，不用在灶房裡一守就是一夜。

李紅霞一聽，連忙扯了扯喬建國的衣襬。這在醫院裡生孩子，得花多少錢啊？

喬建國連眼尾都沒瞧李紅霞一眼，直接把李紅霞的手甩開，又看向喬建軍和于衛紅。

「大哥、大嫂，你們怎麼看？」

喬建軍和于衛紅都不是小氣的人，也都說讓劉巧娟放寬心，不用擔心錢的問題。

于衛紅笑著說：「你們手頭要是不寬裕，大家湊一湊也就夠了，別覺得不好意思。都是一家人，今天我們幫妳，明天也有妳幫我們的時候。」

一家子對自己都這麼真心實意的，讓劉巧娟感動得紅了眼眶。

於是，劉巧娟去醫院生產的事情，就這麼定了下來。

翌日一早，喬秀蘭陪著劉巧娟去了醫院。

劉巧娟長這麼大，還是頭一回來縣城醫院。她上回生喬福明的時候是在六零年代，別說進醫院，那可是連飯都吃不飽的年代；這一回她進醫院，就跟劉姥姥進大觀園一樣，看什麼都新鮮。

可短暫的新鮮感過後，看著身穿白衣的醫生和護士，還有那些白床單、白牆，到處白茫茫的一片，她突然害怕起來，緊緊地攥著喬秀蘭的手，說：「不然我們還是回家吧。」

「三嫂，我們來都來了，妳別害怕，這沒什麼的。」喬秀蘭一邊安撫她，一邊帶她排隊掛號。

掛完號後，她們就往婦科門診走去。

劉巧娟剛走到門診處，還沒和醫生說到話呢，猛地身下一暖，一股暖流不受控地自她身下流出，沿著她的大腿根一直流到小腿……居然是羊水破了！

醫生經驗老到，立刻安排好床位。

喬秀蘭扶著劉巧娟躺上病床的時候，自己還有些懵，這也太巧了吧！

「家屬別愣著，產婦還要過一會兒才能進產房。新生兒要用的東西都準備好了嗎？還有孩子的父親呢？他必須在場。」護士叮囑著喬秀蘭。

生孩子容易發生意外，若要施行手術，就得由直系親屬或配偶簽字。

這時候劉巧娟反而鎮定下來了，她反過來笑著安撫喬秀蘭道：「妳先回去通知妳三哥，家裡有個待產包，裡頭東西齊全，他知道放在哪裡，妳讓他一起帶過來就行。」

喬秀蘭連忙應下後，急匆匆地跑出醫院，去站臺搭車了。

此時喬家人已經吃完早飯，都在田裡上工。他們瞧見剛出去沒多久的喬秀蘭居然一個人滿頭大汗地跑回來，都十分驚訝。

喬秀蘭也顧不上解釋，她跑進麥田裡，拉著三哥就往家裡跑。

喬建黨聽說自家媳婦居然剛進醫院就要生了，也是腦袋發懵，跑丟一隻鞋都不知道，還是喬秀蘭看見，替他撿起來的。

回到家以後，喬建黨趕緊拿了待產包，連同李翠娥一起，三個人再次趕往醫院。

一路上喬秀蘭已經盡可能地節省時間，但搭乘汽車一來一回，也是花費了一個多小時的工夫。好在當他們趕到醫院的時候，劉巧娟才剛開始宮縮。

他們三人圍在床前，一個比一個還要緊張，這個問劉巧娟要不要吃點東西？那個問劉巧娟疼得厲不厲害？

劉巧娟的心態倒是不錯，畢竟之前生過一回，她能感覺到這次的生產應該會很順利。

兩個多小時後，劉巧娟的子宮口已開到十指，可以進產房待產了。

這時候的產房不像後世的隔音效果那麼好，裡頭別人家嬰兒的啼哭聲和婦女的痛叫聲，在門外可是能聽得清清楚楚。

喬秀蘭他們安安靜靜地在產房門口等著，緊張得連說話的興致都沒有。

中午喬秀蘭直接在醫院買飯，硬逼著母親和三哥都吃一點，三人才又繼續守在產房外。

過沒多久，護士就抱著一個黑黑皺皺的小女孩出來了，說是生產很順利，母女平安。很快地，劉巧娟也被推了出來。

李翠娥接過孩子，喊了好幾聲「老天保佑」。

喬建黨匆匆地看了女兒一眼，就到一旁去守著自家媳婦。

劉巧娟滿頭是汗，不過精神看起來還不錯。她一看到急紅眼的喬建黨，還不忘嗔怪他說：「就是生個孩子，你緊張啥？看過閨女沒有啊？」

喬建黨說看過了，又問她有沒有覺得哪裡不舒服。

夫妻兩個親親熱熱地說著話，感情好得讓喬秀蘭看了都羨慕。

唉，什麼時候自己才能和趙長青走到這一步啊？

第二十五章

劉巧娟被推回病房，小丫頭也被放到她的床邊。從她進醫院到生產完，也就半天工夫，算得上很順利了。

喬建黨一會兒看看小閨女，一會兒看看媳婦，除了傻笑，已經不會別的了。

「三嫂，妳想吃啥？我出去幫妳買。」喬秀蘭體貼地說。

劉巧娟忙說：「不用、不用，這城裡吃飯貴著呢。我現在感覺還行，休息一會兒就能回家了，咱們回家吃也一樣。」

後世生產順利的婦女也要在醫院待上個兩、三天，喬秀蘭有心想讓三嫂也住上幾天，但劉巧娟說什麼也不肯。

在喬秀蘭不在的時候，劉巧娟已經問過護士，這醫院住一天就要五塊錢，哪裡是隨便就能住的。

「那就待上一晚，明天早上回去，行不？現在已經下午，咱們回去還得等車，回到家天都黑了，總不能讓小丫頭吹冷風。」喬秀蘭妥協道。

劉巧娟自己是不打緊，卻不願讓寶貝閨女受風寒，於是便點頭答應下來。

喬秀蘭想著母親也跟著擔驚受怕了半天，就先送李翠娥去搭車，這才去幫三嫂買吃食。

下午時分，國營飯店裡的人雖不多，但喬秀蘭點的是雞湯，需要花上一些時間熬煮。她想起家人都知道消息了，但二哥一大早就出門，還不知道三嫂已經生了，便趁著湯還在燉煮的時間，跑去黑市報喜。

她熟門熟路地來到喬建國的攤位，攤位上卻只有猴子一個人。

猴子說攤位上的東西已經賣完，所以師父去趙長青那邊幫忙了。

過去也就幾步路的工夫，喬秀蘭又笑咪咪地尋了過去。剛走沒幾分鐘，她就看到二哥躲在拐角處，伸著頭往趙長青攤位的方向看，看起來鬼鬼祟祟的。「二哥，你幹啥呢？」

喬建國扭頭，一看是自家小妹來了，忙伸出食指，比了個噤聲的手勢。

喬秀蘭好笑地朝喬建國的視線看過去，卻再也笑不出來了。

只見趙長青的攤位裡，有一個包著頭巾的女人正站在他身邊，熟練地幫他招攬生意、兜售吃食。女人有半張臉都隱藏在頭巾下，但露出來的眉眼很清秀，皮膚也很白皙。她身上穿著一件半新不舊的長袖襯衫，胸大翹臀，身形豐滿，是男人最喜歡的那種體態。

「小妹，妳站過來些，別被長青看見了，他這小子害臊呢。」喬建國伸手拉了拉小妹。

喬秀蘭強忍著怒氣，儘量讓自己的語氣顯得平和。「二哥，那個女的是誰啊？」

喬建國笑嘻嘻地說：「那是黑豹的妹妹，是個年輕的小寡婦。黑豹那傢伙現在和長青的關係可好了，而黑豹的妹妹上個月來，恰巧見過長青一回，就對他上心了，成日裡沒事就往他這兒跑……」

喬秀蘭把牙咬得咯咯作響。為了趙長青的生意，自己忙了快一個月，他倒好，竟敢招惹別的女人。

看夠熱鬧，喬建國才想起要問小妹。「小妹，妳咋突然過來了？妳今天不是陪妳三嫂去醫院做檢查嗎？」

「我是來報喜的，三嫂生了個小閨女，母女平安。」喬秀蘭原本是開開心心地來通知二哥這個喜訊，這時候卻高興不起來。

「這麼快就生了？」喬建國忍不住笑道：「太好啦！咱們喬家終於又多了一個小丫頭片子。走、走，二哥這邊也忙完了，咱們去看看妳三嫂。」

喬秀蘭恨恨地瞪了趙長青一眼，這才跟上二哥的步伐。

趙長青忽然感覺到好像有人在看自己。他轉過頭一看，只瞧見一個淺色襯衫的衣角消失在拐角處。

他心中一跳，想著難道是小姑娘來了？不對啊，今天他才聽喬二哥提起，說小姑娘陪她三嫂去醫院做檢查，這會兒應該不會出現在這裡。

「長青哥，你想啥呢？」陳淑芬伸手輕輕拍了他一下。

趙長青這才回過神來，甩了甩頭，嘲笑自己自作多情。

「陳家妹子，妳真不用經常來幫我的忙，我一個人忙得過來的。」趙長青已記不清這是

第幾回和陳淑芬說這樣的話了。

陳淑芬笑呵呵的，權當聽不懂他話裡的意思。「長青哥別和我客氣，我哥把你當兄弟，咱們就不是外人。之前他住院，你不也是忙進忙出的嗎？我在家閒著也沒事，就當我來你這裡找點事情做，好散散心吧。」

趙長青也不是傻子，哪裡會感覺不到陳淑芬的心意呢？她若真只是為了找事情做，直接去她哥哥那裡幫忙不是更好？她哥哥那邊的人潮多，比他這裡更需要人手。可對方到底是個姑娘家，要是他說得太明白，怕傷到她的面子。

他之前就和黑豹提過這件事，可黑豹態度曖昧，也不告訴他該怎麼辦，只說：「我家小妹也不容易，這幾年過得太苦了，我就想讓她隨心一點，不去管她想做些什麼。你要是嫌她礙手礙腳的話，直接把她趕走就是。」

黑豹說得輕巧，但不留情面地把女人趕走這種事，趙長青怎麼也做不出來啊！現如今，趙長青覺得他很有必要跟陳淑芬說清楚了。

方才趙長青以為喬秀蘭來看他的時候，立馬心虛地出了一後背的汗，可他真的沒做任何虧心事；而他也知道，自己和喬秀蘭非親非故，並沒有什麼關係。可他就是怕她誤會，怕她以為他是那種一掙到錢，就喜歡拈花惹草的男人。

「妳回去吧，以後不要再來了。」趙長青板下臉，他的五官本就硬朗，不笑的時候看起來更加嚴肅。

陳淑芬臉上的笑容還沒撤下，猛地聽到他說出如此冷淡的話語，她愣了一下，才小心翼翼地問：「長青哥，是不是我哪裡做得不好，惹你生氣了？你儘管告訴我，我一定改。」

「沒有，妳很好，但是……」他欲言又止，想著該怎麼說才好。

「但是什麼？」陳淑芬著急地追問。

趙長青心想得徹底斷了她的念想，便直接說道：「但是我對象會不高興。」

「你有對象？可是……」她隔三差五地來幫忙趙長青已經大半個月，也沒見趙長青身邊有女人啊。她大哥之前倒是提過一次，說看到一個像是他對象的小姑娘來幫忙，不過後來那個小姑娘再也沒出現，趙長青也從未說過自己有對象，她哥和她就以為是誤會，可現在趙長青居然主動提起了！

「我對象這段時間有些忙，所以沒過來，但我還是不想讓她誤會。」趙長青堅定地說。

陳淑芬臉色訕訕地說：「好吧，那我先回去了，你忙，不用管我。」

終於送走了陳淑芬，趙長青長長地呼出一口氣，繼續忙起自己的生意來。

喬秀蘭在國營飯店取了雞湯，便和喬建國去醫院。

劉巧娟喝過雞湯以後，很快就累得睡過去。

喬建國抱了一會兒小丫頭，看著小貓似的小女孩，不禁想起自家小妹出生的時候。

那時候他不過是十幾歲的小少年，還不會抱孩子，可小妹乖巧，任由哥哥、嫂嫂們輪流抱著也完全不哭鬧。一眨眼，小妹都已經長成大姑娘了。

這天晚上是由喬建黨在醫院陪著劉巧娟，因此在入夜之前，喬秀蘭和喬建國就去搭車，不一會兒便回到黑瞎溝屯。

喬家一片喜氣洋洋，一來是因為家裡多年沒有新生兒了；二來則是在有了四個小子之後，終於來了一個小閨女。

李翠娥下午回來，已經先去灶房做好一些紅雞蛋，等明天把劉巧娟母女接回來後，就可以發給鄉親們。

睡覺之前，喬建國特地跑去問喬秀蘭。「妳晚上還起來做吃食不？」小妹在城裡忙活一天，要是半夜再起來，他擔心她的身子會受不了。

好在他的擔心是多餘的，喬秀蘭賭氣般地說：「不做，最近都不做了。」誰愛做誰做！想到白天的事，她就一肚子氣。

喬秀蘭氣呼呼地回房，久違地睡上一個完整的覺。

第二天一早，喬秀蘭和李翠娥就進城去接劉巧娟。

劉巧娟生產前被照顧得極好，所以睡過一覺後，她的氣色已經好看不少。

家人這麼照顧她，今天又一大早就來接她，而且還不像別人家那樣只要小子，不看重閨女。她在醫院住了一夜，同病房就有個產婦生了個女兒，被婆家一番冷嘲熱諷的，連想喝口熱水都得自己倒。這麼一相對比，她心中更是暖洋洋的。

李翠娥帶了厚罩衫給劉巧娟，讓她仔細穿好，接著又用厚實的襁褓把小丫頭包住，輕輕地抱在懷裡。

喬建黨不捨得讓劉巧娟走樓梯，不但揹著她下樓，還一路把她揹出醫院。

喬秀蘭跟著家人們一起來到車站，卻有些心不在焉的……也不知道今天沒有自己做的滷味，趙長青那邊的生意如何？

「蘭花兒，想啥呢？車都來了。」李翠娥伸手拍了拍喬秀蘭的肩膀。

汽車早已停在站臺前，排在前頭的人已經開始上車。他們這邊有新生兒，又有產婦，就沒跟人擠，而是排在後頭。

「媽，我想……去幫三嫂買點營養品。」喬秀蘭想了個好藉口。

家裡有白麵和雞蛋，但營養品倒是沒有，李翠娥也不是那種會苛待媳婦的婆婆，所以立刻答應下來。「行，那妳早去早回。」

喬秀蘭和他們分開後，就快步往黑市走去。

趙長青可是她先看中的，絕不會輕易地拱手讓人。就算輸，她也要輸個明白，這般不聲不響地就結束，算怎麼一回事?!

進到黑市，喬秀蘭特地繞了一圈，沒從她二哥的攤位前經過。來到拐角處，她也沒急著過去，而是躲在角落裡。

趙長青的攤位前，還是有三三兩兩的客人。

只見他們都詢問起今天怎麼沒有滷味了，得到趙長青說滷味暫時不賣的答覆後，都流露出失望的神情。不過到底來了，他們還是會買些東西，並沒有立刻離開。

喬秀蘭將攤位裡裡外外都看了一遍，並沒看到昨天的那個女人，心情總算好了一些。

趙長青招呼完一波客人，又有種被窺視的感覺，他一轉頭就看到小姑娘鬼鬼祟祟地看向自己這邊。

兩人已有許久沒好好說話了，最多就是他每天去喬家取貨的時候，打個招呼，然後隨便聊上兩句；但每次都有喬建國在場，所以他們的交談也都是點到為止。

再次看到她，趙長青不自覺地彎了彎唇角。

兩人的視線撞個正著，喬秀蘭也不躲了，直接走過去。

「今天怎麼有空過來？」趙長青不自覺地放柔語氣。

「我來幫我三嫂買點東西。」喬秀蘭面無表情地回答。

看她心情不大好的樣子，趙長青以為是她家裡有事，就撤了臉上的笑，小心翼翼地詢問道：「妳三嫂可還好？」

「嗯，挺好的，生了個女孩，母女平安，剛才已經和我媽他們先回家去了。」喬秀蘭還是沒什麼表情，垂著眼睛，隨手收拾起他攤位上的東西。

趙長青無奈地搔了搔頭。他實在弄不懂小姑娘的心思，怕多說多錯，乾脆閉上嘴。

喬秀蘭看他那悶葫蘆樣，更是氣不打一處來。自從她重活一回，對趙長青的態度表現得已經夠明顯，她就不相信他一點都感覺不到！兩人這麼久沒好好地說上話，難道他就連一句都不願和自己多說？就算他不打算主動提起黑豹家妹子的事，說點別的也好呀。

兩人就這麼沈默著，各做各的事。

一直斷斷續續地有客人上門，有眼尖的客人發現他們之間的氣氛不對，便調笑道：「趙老闆，你這是和對象吵架了？這可不行啊，你一個大男人還不快哄哄人家。」

趙長青忙陪笑道：「您誤會了，不是那樣的。」

客人買完東西也沒久待，很快就離開了，攤位裡又只剩下他們兩個。

喬秀蘭氣呼呼地把大米袋一摔，坐到板凳上去了。

趙長青看她的臉色更不好了，再也忍不住，準備開口詢問。

可他剛要開口，就見黑豹急匆匆地跑過來，一來就興師問罪。「長青，你這是什麼意思？你怎麼能那樣對我妹子？」

喬秀蘭身形嬌小，又坐在半人高的米袋子後面，不仔細看還真發現不了她。

趙長青有口難言，忙道：「豹哥，咱們先不說那個。」

黑豹卻不肯善罷甘休，說：「長青，我妹子雖然是嫁過人的，但長得好看，又會幹活，也沒生過孩子。你們要是在一起，她自然會把你的兒子當親生兒子照顧，你對她到底有啥不滿意的？」

一想到喬秀蘭就坐在後頭聽著，趙長青的耳根子都脹紅了，心裡又急又慌，支支吾吾地竟說不出一句完整的話。

黑豹卻誤會了，以為他這是在緊張自家妹子，便放緩語氣，笑道：「對嘛，我就知道你是在乎我家妹子的……」

喬秀蘭哪裡還聽得下去，倏地站起身來。

黑豹沒想到攤位裡還有別人，被她嚇了一跳，瞬間止住話頭，整個人也不自覺地退後半步。

「我回去了。」喬秀蘭甩下這句話後，立刻快步走出攤位。

「等一下！」趙長青趕緊大喊一聲，追了上去。

喬秀蘭卻充耳不聞，忍住想掉眼淚的衝動，埋著頭往前跑了起來。

「你攤子不顧了啊？」黑豹急急地在後頭喊道。

「你幫我顧一會兒！」都什麼時候了，他哪裡還有心思管攤位啊。扔下這麼一句話後，趙長青就追著喬秀蘭而去。

黑豹留在原地幫趙長青看著攤位，突然覺得有些對不起趙長青。

之前雖然在趙長青這裡見過那小姑娘一面，但後來小姑娘再也沒來過，他幾次問起，趙長青都避而不答，他就想著或許是自己誤會了，又或許是他們已經分開。後來他妹子跟他提起對趙長青的心思，他就一頭熱地想撮合他們……想到這裡，黑豹特別想抽自己一個大嘴巴子。

看趙長青對那小姑娘的著急樣兒，要是今天他真破壞了他們的關係，怕是這兄弟也當不成了！

喬秀蘭一口氣跑出黑市，剛跑到一片樹蔭下，就被趙長青從後頭給拉住。

「怎麼越喊妳越跑？」趙長青氣喘吁吁的。小姑娘看起來纖瘦，沒想到體力這麼驚人，一口氣竟跑出一、二里遠。

喬秀蘭偏過臉不看他，眼眶裡的淚水不自覺地淌落下來。

「哎，妳別哭啊。」趙長青慌了神，笨拙地用袖子替她擦眼淚。

喬秀蘭連看也不看他，眼淚流得更凶了。

趙長青手足無措地說：「妳要是有什麼不開心的，儘管打我、罵我，只是別再哭了。」

看到小姑娘的眼淚，他的心像被人狠狠掐緊那般地疼。

喬秀蘭只管默默流淚，就是不理他。

趙長青越發無奈，只得求饒道：「小祖宗，妳倒是說話呀。這讓別人瞧見了，還當我怎麼欺負妳了呢。」他的聲音渾厚，低聲哄人的時候，更是好聽。

喬秀蘭拍開他的手，帶著濃重的鼻音說：「本來就是你欺負我了。」

「我、我……」趙長青「我」了半天，卻不知道該說些什麼。

「你跟那個黑豹的妹妹……你們在一起了？」喬秀蘭抽抽噎噎地問。

「當然沒有！」趙長青立刻正色解釋道：「我就當她是朋友的妹妹罷了。她每回來，我都有叫她回去，只是她不肯；而且我也和黑豹說過，但黑豹說管不了她，讓我嫌麻煩就把人給攆走……人家到底是女孩子，我總不好動手趕人吧。」

趙長青不會撒謊，既然他都這麼說，那肯定是黑豹的妹妹自己一頭熱了。

喬秀蘭的心情好了不少，但還是一臉老大不高興的樣子。

「人家是女孩子，你想著要給人家留面子，那我還是女孩子呢，你怎麼就不想想我？我這個月在忙些什麼？為了誰忙？你心裡就沒點數？」喬秀蘭委屈地喊道。

小姑娘的眼神太過熱烈，趙長青哪裡還聽不明白她話裡的意思。

這一刻他的大腦一片空白，耳邊嗡嗡作響，只能聽到自己響亮的心跳聲……

怦怦、怦怦、怦怦……每一聲都充滿了喜悅和歡快。

原來一直以來，他不是自作多情！

第二十六章

「我和你說話呢。」喬秀蘭推了推他。

這榆木疙瘩，怎麼還發起呆來了?!

「我……」狂喜之後，趙長青強迫自己冷靜下來。喬秀蘭什麼身分，他自己又是什麼身分？「我配不上。」

喬秀蘭知道他那自卑敏感的毛病又犯了，她咬咬唇，問他。「不管你是什麼身分，連古代都有富家小姐和窮書生在一起的呢！現在已經是新時代了，人人平等。我就問你，你喜不喜歡我？」

當然是喜歡的，可就是這份難得的喜歡，讓他不想小姑娘跟著他這樣的人受苦。他希望她能一直快快樂樂的，然後找個好人家嫁了，到時候他就算再難過、再心疼，都會笑著祝福她。

趙長青垂下眼睛，聲音裡帶著一絲晦澀難明。「妳現在還小，或許是一時腦熱，才會這麼說。妳不明白我這種低下的人生活在什麼樣的環境，妳也不知道我對妳這份喜歡，可能會為妳帶來什麼災難……」

話已經說到這個分兒上，喬秀蘭可不想讓他再縮回去。她上前一步，一把抓住他的手。

她的手嬌嫩柔軟，簡直像是一塊嫩豆腐，趙長青連掙扎都不敢，生怕弄疼了她。

「長青哥，我很認真，我喜歡你，我知道你對我也是一樣。身分什麼的，總是可以跨越的，而且我收到消息，再過個幾年，那些什麼家庭背景的『帽子』，都將成為歷史，再也不會對我們的生活造成什麼影響。」喬秀蘭真誠地看著他，不讓他逃避。

「真的？」儘管知道小姑娘很有可能是騙自己的，畢竟這家庭背景的「帽子」，趙長青已經戴了半輩子，怎麼可能說摘就摘？可她說得那麼認真、那麼篤定，連帶著讓趙長青的心裡也燃起一絲希望。

喬秀蘭目光灼灼地看著他。「真的。咱們村裡有個女知青，和我是很好的朋友，她哥哥在省城很有本事，就是她告訴我的。」喬秀蘭自然不能說是因為自己重活一世，所以才知道將來的情況，只好把這本事放在未來的省委書記身上。

趙長青緊鎖的眉頭緩緩地舒展開來。片刻之後，他終於說道：「我也喜歡妳，或許這份喜歡，比妳的喜歡來得更濃烈。」

他終於承認了！

喬秀蘭面上一喜，卻又聽趙長青說：「可在妳說的好年代到來之前，我是不會和妳在一起的。我會對妳好，把妳放在心尖上；妳也不用有什麼負擔，要是在這段期間妳有了其他喜歡的人，儘管去追求自己的幸福，我絕對不會怪妳。」

喬秀蘭欲哭無淚。這到底是多執拗的男人？跟上輩子她所認識的那個精明自信的老男人，根本是兩個人啊！

「別苦著一張臉。」趙長青伸出手，輕輕地撫了撫她柔軟的髮頂。「妳還年輕，條件又好，未來肯定能遇上比我更好的男人。我不求別的，只要妳開心就好。」

現在的自己在趙長青看來，不過是個十七歲的小姑娘，也難怪他會以為自己對他的感情只是一時衝動。喬秀蘭安慰著自己，沒關係、沒關係，來日方長，日久見人心，他總會明白她對他的喜歡有多堅持。

「走吧，我送妳去車站。」趙長青沒有放開她的手，就這麼一路牽著她。

喬秀蘭一路上走得磨磨蹭蹭的，他也十分有耐心，放慢腳步陪著她。

本來十五分鐘就該走完的路程，兩人硬是走了快半個小時。

來到站臺，人越來越多，趙長青才鬆開喬秀蘭的手。

「別和妳家人說今天的事好嗎？」趙長青認真地看著她，眼裡帶著一絲哀求。

儘管他不敢奢望能跟喬秀蘭走到最後，可今天的事美好得像一場夢，他還是不願意輕易醒來。

喬秀蘭點點頭。「我明白的。那黑豹的妹妹那邊……」

「放心，我之前和他妹妹之間就沒什麼，以後也不會有什麼。妳早些回去，別讓家人擔心。往後要是有事，妳就寫張條子塞給小石頭，我瞧見自然會來找妳。」白天他去黑市，小石頭在家無聊，老是往喬家跑，不過李翠娥也喜歡小石頭的陪伴，他就沒有阻止。

「好。」喬秀蘭笑咪咪地應下。

雖然事情不如她預想的那麼順利，但好歹兩人的關係也算前進了一大步，起碼趙長青以後不會再躲著她。

汽車很快就來了，喬秀蘭也不好再多留，就上了車。

趙長青目送她上車，直到汽車開出很遠，消失在他的視線中，他才離開站臺，回黑市去做生意。

喬秀蘭搭著汽車回到黑瞎溝屯後，沿著小路走回家，臉上的笑意一直沒有淡下去。

「妳這丫頭，傻笑什麼呢？」李翠娥給鄰里街坊發完紅雞蛋，回來就看到閨女站在自家門口傻笑。

「沒什麼，我替三嫂高興嘛。」喬秀蘭笑嘻嘻地挽著母親的胳膊，母女二人並肩走進家門。

「哎，妳怎麼空著手回來，不是說要給妳三嫂買補品嗎？」李翠娥疑惑地問。

喬秀蘭一拍大腿，此時才想起這檔子事。

「我……忘了帶錢。今早光想著要去接三嫂和小姪女，忘記帶錢出門了。」她扯謊道。

「妳這傻丫頭。」李翠娥無奈地笑罵她。「都多大的人了，還這麼馬虎。」

喬秀蘭連忙告饒，讓母親別再念叨自己，心裡卻比吃了蜜還甜。

這天的喬家自然熱鬧非常，一家子下了工，第一件事就是去瞧瞧剛出生的小丫頭。

喬建黨和劉巧娟文化水平都不高，沒想出合適的名字，這又是個小丫頭，若名字取得難聽了也不行。

他們讓家人幫著取名，可除了喬秀蘭，大家也都是勉強認識一些常用字罷了。於是，給小丫頭取名的任務便順理成章地落在喬秀蘭身上。

喬秀蘭想了想，說：「不如就跟她的哥哥們一樣，排福字輩，後面那個字麼，我覺得叫福玉或者福歡、福安，都挺好聽的。」

雖然以前的規矩是只有男孩們才排字輩，女孩的名字另取；但現在是新時代了，主席都說婦女能頂半邊天，國家也提倡男女平等，小姪女跟哥哥們排同一個字輩，倒不算出格。而且「福」這個字真的很不錯，當長輩的或許不一定都希望孩子們可以成為人中龍鳳，但肯定都希望孩子們有福氣，能平安順利地長大。

「就叫福安吧。」劉巧娟看著吃完奶睡著的小閨女，心裡柔軟成一片。她不奢求什麼，就想孩子平平安安地長大。

一家人圍著孩子聊了許久，才各自回屋裡歇息。

喬秀蘭卻興奮得睡不著，腦子裡一遍又一遍地回放著白天的事情。要不是母親就躺在旁邊，她都要忍不住笑出聲了。

等到母親睡熟，喬秀蘭才輕手輕腳地起身。

她在兄嫂屋外晃一圈，確定他們也都睡下了，便捋起袖子，進到灶房。以她現在的好心情，別說滷肉了，要是給她一頭豬，她都能滷起來！

就這麼忙活大半夜，一大鍋滷味眼看著就要熟了，喬秀蘭才坐在小板凳上歇息。

正當她打算瞇著眼、打個盹的時候，忽然聽見不知道哪裡傳來的「叩、叩」兩聲。

天都還沒亮，怎麼會有人來敲門？即便是自己家人起來了，也不用敲門啊。

喬秀蘭還以為是自己累過頭，產生幻覺，可不一會兒又是「叩、叩」兩聲。

她側耳一聽，竟是從後門傳來的。

後門就連著灶房，此時萬籟俱寂，所以儘管敲門聲很小，喬秀蘭還是能夠輕易地分辨出方位來。

她謹慎地拉開一小條門縫，只見在熹微的晨光中，站著一個高大的身影。

居然是趙長青！

「長青哥，你怎麼來了？」喬秀蘭驚喜地打開門。

趙長青對她微微地笑了笑，說：「今天起早了，乾脆過來看看有沒有什麼能幫忙的。」

其實他哪裡是起早了，分明是一夜沒捨得睡，生怕自己睡醒後，發現白日裡的事情不過是自己的一場大夢。

「快進來吧。滷味味道重，散出去就糟了。」喬秀蘭將他拉進灶房，就又把後門嚴嚴實實地關上。

進了十一月，天氣已經很涼爽，晚上甚至還有些冷，但一進到灶房，趙長青才發現裡面居然如此熱。灶膛裡的火燒得旺旺的，鍋裡的熱氣也不斷地往外冒，剛進來沒多久，他背後就出了一層薄汗。

「灶房這麼熱，妳受得住嗎？」看著喬秀蘭被汗水沾濕的額頭，趙長青心疼壞了。

喬秀蘭抿嘴一笑，有些自豪地說：「那你可小看我了。現在這個天已經涼爽許多，我覺得還好啊，發發汗就當是排毒了。」

是啊，他的小姑娘在他新攤位開張後，就開始做滷味，都已經做上一個月了。

這一個月，他竟不知道她是這麼過來的……

喬建國的生意已經步入軌道，若是為了喬建國，她根本沒必要這麼辛苦。她這麼做，還不是都為了他趙長青嗎？

趙長青心中感動不已，只覺得胸口滾燙，恨不得將小姑娘攬到懷裡，好好地疼愛一番。

「好啦，別傻站著，幫我看著火去。」滷味講究火候，要把肉燉爛，但也要保持賣相，不能過爛，沒個形狀。

趙長青點點頭，坐到灶膛前，只見喬秀蘭掀開鍋蓋，蒸騰的水氣撲面而來，濃郁的肉香立刻充滿整間灶房。

儘管趙長青已經嚐過很多次喬秀蘭做的滷味，而且也帶過一些回家和小石頭一起吃，但這香味就像會勾人似地，讓他的口水不自覺地分泌出來。

喬秀蘭用筷子戳了肉，確定已經煮好，便說：「可以了，我現在要把肉都拿出來，你看著火，別讓火熄了，我順便給你做早飯吃。」

趙長青和猴子每天早上都會過來取貨，所以喬秀蘭已經習慣做好早飯給他們吃。但時間有限，所以她只能做一些簡單的吃食，也就是熱個饃饃或烘個大餅這樣。

今天趙長青來得早，倒是有時間可以下碗麵條給他吃。

喬秀蘭在櫥櫃後面的空隙拖出一袋之前藏好的白麵，熟練地舀出麵粉，加了善水和麵。

「不用這麼麻煩的，我隨便吃一點就行。」自他進來到現在，喬秀蘭臉上的汗就沒乾過，他不想讓她再這麼累下去。

「我只是下碗麵條，不麻煩的。」一邊說著話，白胖的麵團已經在她的手裡成形。

趙長青一邊顧著火，一邊時不時地看向喬秀蘭。小姑娘幹活太麻利，和起麵來行雲流水，就好像已經做過千百遍一般，格外的賞心悅目。

等麵條下鍋以後，喬秀蘭隨手擦去額頭上的汗，說：「長青哥，快起來吧。我一會兒把後門打開，咱們出去吹吹風。」

趙長青也已經是一腦門的汗，他應了一聲，便站起身來。當看清喬秀蘭的臉，他忍不住「噗哧」一聲笑出來。

小姑娘可能是累得迷糊了，手上的麵粉都還沒擦，就往臉上抹去，此時她的髮際線白了一邊，就像少年白頭似地。

「你在笑什麼啊？我臉上沾到髒東西了？」喬秀蘭一邊問他，一邊用手在臉上擦著。她不擦還好，這一擦，整張臉跟花貓似的。

趙長青忙把她的手拉住，說：「快別擦了，妳這是想用麵粉敷臉嗎？」他掏出身上的帕子，小心翼翼地擦拭她的小臉。

從前小姑娘在他面前哭過一回，當時他摸遍全身，也沒找到一塊像樣的帕子。後來他掙到錢，第一件事就是去買來一疊帕子，每天帶在身上。沒想到，今天還真是派上用場了。

趙長青擦得很仔細，彷彿在保養一件上好的工藝品。

喬秀蘭仰著臉，視線從他光潔的下巴一路往上移，略過他的薄唇、直挺的鼻梁，最終停在他迷人的雙眸。

趙長青的眼睛其實不算特別大，只是眉峰略高，眼窩微微下陷，所以一雙眼睛看起來格外深邃有神。他專心致志做事的時候，眼神凝在一個點上，那雙眼睛就更迷人了。

喬秀蘭看得入迷，然後便情不自禁地踮起腳尖，在趙長青的下巴上，飛快地親了一下。

趙長青被她這舉動驚到，愣了半晌才反應過來。他摀著自己的下巴，退後半步，神情就像是被惡霸調戲的良家婦女一般。

喬秀蘭被他逗笑了。「你幹麼這副表情呀？」

趙長青回味起那像羽毛一般輕柔的吻，臉上迅速升起紅暈，他又後退兩步，結結巴巴地說：「妳、妳別這樣。」

「我怎樣了？」喬秀蘭不依不饒地湊上前。

趙長青已經退到灶臺前，有半邊身子都快趴在灶臺上，實在沒地方躲了。兩人離得非常近，他的視線都不知道該往哪兒放。

喬秀蘭就喜歡看他這般害羞的模樣，硬是要往他身上靠。

趙長青無奈地抓住她的肩膀，帶著求饒意味地說：「妳別再這樣了，咱們昨天不是說好的嗎？」

「咱們說好什麼了？我不記得啦。我只記得你跟我說，你也是喜歡我的。」她臉上帶著狡黠的笑意，像一隻偷腥的小貓一般可愛。

趙長青心裡癢癢的，理智和情感在腦中鬥得你死我活。

當他覺得自己快要失控的時候，灶房外忽然傳來一陣腳步聲，他趕緊推開喬秀蘭，跳到灶房的另一邊。

喬秀蘭可就倒楣啦，她撲了個空，整個人直接趴在灶臺上，痛得叫出聲來。

第二十七章

此時喬建國正走進灶房，一聽到喬秀蘭痛叫出聲，立馬快步上前。「小妹咋了？」

灶臺是青石板砌的，特別堅硬，喬秀蘭只覺胸口劇痛，卻還得強撐著扯起一抹微笑說：「沒事、沒事，我不小心磕到而已。」說完，她恨恨地瞪了趙長青一眼。

「妳小心點呀。」喬建國睡眼惺忪，並沒注意到她神色異常，只是無奈地看她一眼，又轉頭看向趙長青。「長青，你今天怎麼來得這麼早？」

趙長青愧疚地瞥了喬秀蘭一眼，才說：「我今天醒得早，就過來看看有什麼能幫得上忙的。」

喬建國一點也沒懷疑，笑著說：「年輕就是好啊。到了我這個年紀，白天要是累一些，可是怎麼都睡不夠的。」

見二哥和趙長青正在說話，喬秀蘭揉了胸口兩下，便兀自打開鍋蓋，開始盛麵條。

麵條上沒加什麼佐料，只有澆上滷肉的湯汁。那湯汁裡放了八角、桂皮等各種香料，又吸足肉味，聞起來香氣撲鼻。

盛出兩大碗麵條後，喬秀蘭在他們各自的碗裡放上一大塊滷肉。

喬建國剛起床，本來沒怎麼覺得餓，可聞著這味道，頓時胃口大開。

「長青，別愣著，快吃啊。」招呼完趙長青，喬建國就端起麵條吃起來。

麵條爽滑有勁道，湯汁濃香撲鼻，滷肉更是好吃得讓喬建國差點沒連舌頭也吞下去。

「這滷湯用來拌麵，居然這麼好吃！」喬建國邊吃邊說，讚嘆道：「把滷湯用來拌飯或麵條，真是太對味了，不用配菜我也能吃上一大碗。」

這滷湯可是她上輩子研究過許多方子後，特別精心改良過的，味道肯定好。不過經二哥一提醒，喬秀蘭才想起這滷湯吸足了肉味，在這個物資匱乏的年代，也算是難得的美味。

「那你們帶一些滷汁去吧。如果有客人買的滷味多，你們就送一些，讓他們回去拌飯或麵條吃，也算是一點心意。」喬秀蘭提議道。

「行，一會兒再用罐子裝上一些。」喬建國點點頭。

趙長青在旁邊默默地吃著麵，麵條的滋味自然非常好，可他卻有些食不知味。

他剛才怎麼會嚇得直接跳開呢？還害小姑娘撞到胸口，他真是太不像話了……也不知道她撞得疼不疼？有沒有生他的氣？

趙長青平時話就不多，因此喬建國也沒發現什麼異常。

他們剛吃沒多久，猴子也過來了。

鍋裡還有麵條，只是有些糊了，喬秀蘭說要再重新下一些麵條給猴子吃。

猴子不好意思麻煩她，忙笑著說：「不用、不用，我隨便吃一點就行。」

等他們吃完麵條後，喬秀蘭分別替二哥和趙長青裝了一罐滷湯。

趙長青故意磨蹭了一會兒，讓喬建國和猴子先出去。

「妳胸口沒事吧？」他小聲地詢問，神情滿是愧疚。

喬秀蘭輕「哼」一聲，也不回答他。

其實，她的胸口早就不疼了，但她得讓這個男人長長記性，看他下回還敢不敢這麼推開她！

「長青，快點啊，再晚就趕不上早市了。」喬建國已走出後門，小聲地喊著他。

趙長青沒辦法，只得低聲同喬秀蘭說了聲「抱歉」，便追著喬建國而去。

喬秀蘭送走他們後，也沒急著回去補覺，而是把全家人的早飯都做好。

不一會兒，喬家人都起床了，一家子聚在一起吃早飯。

大夥兒剛動筷沒多久，大門外頭就傳來一個女聲，正喊著「喬秀蘭」。

喬秀蘭聽出來是牛新梅的聲音，忙放下筷子，快步走出去。

「妳來得真巧，快進來一起吃早飯。」喬秀蘭一邊說，一邊去拉牛新梅。

牛新梅往常最喜歡吃喬家的飯菜，今天卻只是站在門口不動。

喬秀蘭心中奇怪，抬眼一看，只瞧見牛新梅眼睛紅紅的，耷拉著腦袋，情緒十分低落的樣子。「妳咋了？」

牛新梅看著喬秀蘭，還沒說話，淚珠子就先掉下來。「我家裡不同意我和周愛民在一起。」

這是怎麼回事？上輩子牛新梅就是和周愛民結婚的，這輩子他們兩人的身分都沒變，怎麼家裡竟不同意了？

「妳先別哭，總有解決辦法的。」說完，喬秀蘭挽著牛新梅進屋。

「新梅來了啊。」李翠娥笑著同牛新梅打招呼。

最近這段時間，牛新梅經常往他們村跑，不時就會來找喬秀蘭說說話，所以喬家人對牛新梅也熟悉不少。

「大娘，我又來打擾啦。」牛新梅不好意思地笑了笑。

「說什麼打不打擾的？大娘去給妳拿副碗筷，妳先吃了早飯再說。」李翠娥熱情地說。

牛新梅一晚上沒睡，正是飢腸轆轆的時候。喬家的早飯其實也沒比自家的好多少，但不知道是不是心理因素，她就是覺得喬家的飯菜格外可口。

吃完早飯，喬家人都出門上工去了。

牛新梅跟著喬秀蘭進灶房，搶著要洗碗。

李翠娥看她心事重重的模樣，心想她多半是有話要和自家閨女說，就特地把灶房的空間留給她們。

灶房裡只有她們兩個，牛新梅也不避忌，直接說道：「昨天晚上吃過晚飯，我看家裡還剩兩個白麵饃饃，就拿了一個去給周愛民。後來周愛民說天色不早，外頭危險，非要親自送我回去……」說到這裡，她抿了抿嘴，露出一絲羞澀的笑意。

「然後好巧不巧地被我大嫂撞見，我就乾脆和家人說了我和他正在談戀愛呢。」她收起笑，垂著眼睛說：「誰知道我大嫂第一個跳出來說，談戀愛可以，但往後要是我跟周愛民想結婚，周愛民必須拿出五十斤糧票和五十斤肉票給我家才行……」

男婚女嫁，男方給女方聘禮，一直是不少地方都有的傳統習俗。但這些禮一向都是量力而為，尤其在這種艱難的年代，誰家也不會一開口就要一百斤的票據。

別說是周愛民這樣滯留在鄉間、沒有根基的窮知青，就連本地的好人家，也未必捨得花如此重禮來聘娶媳婦。

牛新梅她大嫂提出這樣的要求，絕對是有心為難。

「妳沒和家人說周愛民的家庭情況嗎？」喬秀蘭疑惑地問。

「說了啊。我說他家雖然是城裡的，但家庭條件普通，家裡老人還長年生病……可我大嫂就是沒得商量。妳別看我大哥是個隊長，其實耳根子軟得很，我家都是我大嫂作主。」牛新梅煩惱地用手絞著抹布。「我啥條件妳也是知道的，過完年我就二十三了，誰家這麼大的姑娘還敢跟對方要一百斤的票據啊？我都快沒臉見人了……」

「妳別妄自菲薄，妳那麼好，並不比別人家的姑娘差。」喬秀蘭安撫地拍了拍她的手。

「但這個條件確實有點為難人……」

喬秀蘭不禁奇怪起來，不管是上輩子還是這輩子，周愛民都拿不出這麼多票據，那上輩子他們到底是怎麼結婚的？

「早知道我就不說我們在談戀愛了。我應該跟大嫂說，是我強迫周愛民和我在一起，那我大嫂肯定會擔心周愛民反悔，絕不可能提出這種要求。」牛新梅都快後悔死了。

聽她這麼一說，喬秀蘭心想難道上輩子真是牛新梅強迫周愛民，所以牛家人才會急著讓她嫁人，也就沒有後續的這些麻煩了？

喬秀蘭越想，越覺得有可能。牛新梅本來就打算用一些手段強行把周愛民綁住，要不是這輩子自己和牛新梅的關係不錯，勸了她幾句，事情可能真的會那麼發展下去。

「不然……我想辦法借一點給妳？」做了一段時間的生意，喬秀蘭也算是小有積蓄。

「不行！就算我和周愛民結婚了，那麼多的票據，我們得還到哪一年才能還得完？而且要是讓他知道我家人這麼貪心，我這輩子在他面前都抬不起頭了。」眼見喬秀蘭真心實意地為她發愁，牛新梅反過來寬慰道：「我就是心裡難受，想和妳說說話而已。這件事妳不用擔心，大不了就這麼耗著，我就不信耗到我二十五、六歲了，我大嫂還敢提出這種要求！想想還是妳家好，妳的家人都那麼疼妳，肯定不會這般為難妳的……」她大嫂嫌她礙眼，嫌她吃得多，如今連她談了對象，都要刁難一番。

洗完碗後，牛新梅也要回去上工了。

喬秀蘭送走牛新梅後，忍不住為牛新梅所遭遇的事情頻頻嘆氣。

「想啥呢？一大早就唉聲嘆氣的。」李翠娥不明所以地問她。

喬秀蘭一邊摘菜，一邊說：「媽，您說我將來要是談了對象，您會不會跟人家要很多聘禮啊？」

李翠娥嗔怪地看她一眼。「都是快十八歲的大姑娘了，妳說這話不害臊呀？」

「就我和您兩個人，我要害臊什麼。」喬秀蘭不在意地說。

看著閨女一副無所謂的態度，李翠娥也忍不住嘆氣。

要說以前，自己絕對不用操心閨女嫁不出去，反而還要擔心閨女被高義給拐跑。

現在倒好，閨女把高義打怕了，高義每回看到她都跟耗子見到貓似地，躲都來不及，就他這個反應，鄉親們怎麼可能忘得了閨女的潑辣名聲？

以前閨女出門，那些未婚青年總是紅著臉，偷偷地看她；現在卻是再也沒人敢看向閨女，就怕一個不小心惹她不高興，她也會痛打他們一頓。

過完年就是她十八歲的生日，自從閨女打完高義之後，除了幾個像二兒媳那般想給閨女介紹一些遊手好閒、不事生產的懶漢，就再也沒有好人家來提過她的親事了。

都到這個分兒上了，李翠娥哪裡還敢挑挑揀揀的？只要對方人品不錯，勤奮踏實，又肯對閨女好的，就算家境差一些，李翠娥也認了。

李翠娥不僅不會要什麼聘禮，還會拿出攢積多年的私房錢，讓閨女風風光光地嫁出去。

不過這些話李翠娥不好和喬秀蘭直說，怕傷了她的自尊心，所以李翠娥只是說：「咱們不是那種人家。妳要是能談個好對象，媽和妳的哥哥們高興都來不及，還要啥聘禮呢。」說完，李翠娥開始打量閨女的臉色。她無緣無故說起親事，難道是已經有心儀的對象了？

沒想到短短幾個月，自家母親的想法就發生了這麼大的改變。說到好對象，那絕對沒有比趙長青更好的了，不過她和趙長青才剛剛開始，尚未確定關係，還沒到和家人說的時候。

「媽，您別這樣看我，我只是隨口一問。」喬秀蘭彎唇笑了笑。

李翠娥的眉頭皺了起來，恨鐵不成鋼地瞪她一眼。

這牛新梅和周愛民談對象的事，在黑瞎溝屯已經不是秘密。連牛新梅都談上了，自家閨女和牛新梅那麼要好，怎麼就不知道替自己著急呢?!

和母親說完話後，喬秀蘭就回屋裡補覺去了。

李翠娥心裡急啊，可身邊也沒人能說說話，就煮了碗紅糖雞蛋，端去給劉巧娟。

劉巧娟正在屋裡帶孩子，安安剛吃完奶，睡得正香。

「媽，您怎麼沒去歇著？快坐。」劉巧娟拉著李翠娥坐下。

「歇啥啊，早上也沒幹什麼事，家務活都被蘭花兒搶著做完了。」一想到閨女，李翠娥就忍不住發愁。

「媽，您有心事？」劉巧娟關心地問。

「不就蘭花兒的終身大事嘛！我都快愁得睡不著覺了，偏偏蘭花兒自己一點不著急。」

李翠娥無奈地說。

其實，劉巧娟也在擔心著喬秀蘭的親事。

她這小姑子以前是個嬌嬌女，一點也不會關心家人，但幾個月前就好像變了個人似地，對她噓寒問暖，有什麼好吃的，也第一個想到她，還帶她去醫院生孩子。因此，她是真心實意地希望小姑子能嫁個好人家。

「小妹咋說的？」劉巧娟出聲問道。

「還能咋說？她跟個沒事人一樣，根本一點也不擔心。」李翠娥苦惱極了。

「要不，咱們幫小妹相看、相看？」劉巧娟試探地問。

李翠娥不說話了。

這年頭的農村還很保守，好姑娘都是等人家上門來說親的，很少會主動去向男方提起親事。

閨女的人品和樣貌就算放到縣城裡，那都是一等一的，要是主動去相看人家，就不是女方挑人，而是等著被人挑揀了。閨女打小就是全家人的寶貝疙瘩，要讓她被人評頭論足，李翠娥還真捨不得，但這似乎是眼前所能想到的唯一辦法了。

「回頭我再跟妳大哥、大嫂商量一下吧。」李翠娥嘆口氣道。

喬秀蘭不知道母親的打算，睡醒後還美滋滋地從小石瓶的空間裡拿出錢來數。

她之前跟二哥借的錢早就還清，最近滷味的生意又格外好，往往她做上一大鍋，不用一個上午就賣得精光。

這一、兩個月下來，她除了偷偷買食材補貼家裡，還攢下三百多塊，可以說是很大一筆錢了。

趙長青那邊，生意也是一天比一天好，再這麼下去，趙長青掙得不會比她少。

照這個進度下去，母親又說不要重聘，那她和趙長青就算在年前辦婚禮，也不會寒磣到哪裡去。

不過以趙長青現在的情況，家人多半不會同意，還得等到明年才行。

等十年風波過去以後，一切就好辦多了。

喬秀蘭扳著手指數日子，恨不得時間能過得再快一些。

第二十八章

喬秀蘭數完錢，又檢查了一下空間裡的東西。

空間裡除了一堆儲存善水的熱水瓶，還有她買回來的各種食材。雖然現在天已經涼了，食材也好存放，但若是放在家裡，難保不會被家人發現。放在空間裡一來不用擔心被家人看見，二來不用怕食材腐壞，真是一舉兩得。

把東西和錢都放好後，喬秀蘭才從屋裡出來。

家裡靜悄悄的，喬秀蘭四處找了一下，發現母親不在堂屋或灶房。她想著母親或許是去三嫂那裡看安安了，就往三嫂的房間走去。

此時，房門半開著，她們婆媳兩個頭挨著頭，不知道在說什麼悄悄話。一看到她站在門邊，她們突然就不說話了。

「媽、三嫂，說啥呢？還不讓我聽。」喬秀蘭笑道。

「妳一個姑娘家，管那麼多幹啥？」李翠娥不願跟喬秀蘭多說，只是替劉巧娟掖了掖被子，然後就拉著喬秀蘭出去了。

看到三嫂和安安，喬秀蘭倒是想起一件事，她問李翠娥道：「媽，三嫂和安安都從醫院回來了，怎麼三嫂娘家那邊還沒來人看她們啊？」

劉巧娟的娘家也不遠，沒道理都過幾天了，還沒人過來。雖然嫁出去的女兒，如同那潑出去的水，可到底是親骨肉，怎麼也得來看看才是。

李翠娥沒好氣地說：「我老早就讓妳三哥親自送紅雞蛋過去了，可巧娟的家人一聽是生了個女兒，根本沒想要過來。」

聽說過婆婆看重男孩，對生女孩的媳婦不上心的，卻沒聽說過誰家親娘這麼對待自己親生閨女的。李翠娥都不知道該說什麼才好，只能盡可能地照顧好三兒媳，希望三兒媳在月子裡不要因為心情欠佳，而弄壞身子。

喬秀蘭也替自家三嫂難受。女兒咋了？又不是古代帝王侯爵家，家裡有什麼皇位、爵位要繼承。雖然現在大家都在生產大隊幹體力活，女人確實不如男人掙得多，但一、二十年後，女人未必會比男人差到哪裡去。

「女孩可比男孩貼心多了。我以後要是生孩子，肯定要生個女兒。」她氣憤地嘟囔著。

李翠娥擔心地看了她一眼，的確，自家確實不會因為生男、生女而為難媳婦，可閨女要是嫁到別人家，那就不是自家能管得到的了。要是閨女嫁進三兒媳娘家那樣的人家，還不得使勁地糟踐她？光想到這種可能性，李翠娥的心都要碎了。

三兒媳說得對，這好人家不上門，還得自家主動一些。

李翠娥決定等今天晚上，就好好地和大兒子與大兒媳聊聊這件事。

白天很快就過去，晚上喬家人下了工，一家子在飯桌上熱熱鬧鬧地用完晚飯。

喬秀蘭搶著去洗碗，而李翠娥也沒幫著收拾桌子，只是把喬建軍和于衛紅喊到屋裡說話。

都是自家人，李翠娥也不兜圈子，直接說出自己的意思。

「蘭花兒又不大，不至於這麼著急吧？」喬建軍第一反應就是不同意。他小妹就該讓人珍而重之地上門求親，怎麼能自家主動去相看呢？要是遇到嘴上沒把門的，少不得傳出些閒話來，讓人把他小妹看輕了去。

「你不懂。」于衛紅看了喬建軍一眼。「媽擔心得有道理。」

喬秀蘭的悍名早已傳遍，而且黑瞎溝屯適婚的青年雖然多，但條件好的可不多。前兩年，喬秀蘭一顆心撲在高義身上，即便不少人對她有心，那也等不起，都早早地說親了。現在喬秀蘭的名聲壞了，剩下的條件好又沒說親的，也有些忌憚她的凶悍。

喬秀蘭再幾個月就十八歲了。農村裡的姑娘，在十六、七歲嫁人是常態，二十歲往上還沒說親，那就是老姑娘了。家人都心疼喬秀蘭，也不可能讓她一訂親就出嫁，肯定還要留一留的，所以最好是這兩年把親事定下，等她二十歲的時候就嫁人。

大兒子神經粗，李翠娥不指望他，就問于衛紅道：「妳有啥好人選不？」

于衛紅為人爽利，也幫著喬建軍這個大隊長處理過不少事務，認識的人不少。她認真地想了想，說：「隔壁生產大隊有一戶姓潘的人家，家裡的小伙子叫潘學禮，也有二十歲了。

他家人口挺簡單，爹沒了，剩一個老母親，家裡就他一個孩子。以前他家裡困難得不行，不過小伙子很有出息，通過了部隊的選拔，當兵去了。」

當兵的，那是絕對有出息，但潘學禮到現在還沒說親，可見家境是真的困難。

不過家境差一點也沒事，大不了到時候自家想辦法補貼一下就是。但嫁給當兵的，那就得分居兩地，一年到頭也見不到幾面，要是閨女嫁過去，豈不是得整天待在家裡服侍婆婆，卻見不到自己的男人……這種守活寡的日子，李翠娥可捨不得讓閨女去過。

「媽的擔心我知道，但這十里八村內，條件最好的就是這個潘學禮了。到時候就算小妹嫁過去，潘學禮回了部隊，咱們讓小妹帶著婆婆過來咱們家住就是。反正也就這幾年，等幾年後潘學禮升了軍官或者回來轉業，小夫妻還是一樣能聚在一起過日子。」于衛紅解釋道。

出嫁的閨女，照道理是不能回娘家住的，畢竟出嫁後就是外人，家裡的嫂子或弟媳婦也不會同意。

可大兒媳是當家媳婦，她把喬秀蘭當親閨女看待；三兒媳現在跟閨女也親熱，她們都是好說話的；二兒媳雖然難辦了些，但在家作不了主，也翻不出什麼花樣來。

李翠娥聽完，立即點頭道：「行，那咱們就找時間去說說？」

于衛紅點點頭，說：「不急，等過年那時候，潘家的小伙子放假回來，我親自上門去說。」潘學禮家人口簡單，想來就算不成，也不會傳出什麼閒話，壞了喬秀蘭的名聲。

而在灶房裡的喬秀蘭，全然不知道母親正和兄嫂籌謀著她的終身大事。

她洗完碗，收拾好灶臺，就早早地上了床。

不一會兒，李翠娥也說完話回來了，因為喬秀蘭的親事有著落，所以李翠娥臉上的神情格外愉悅。

「媽，有啥好事啊？說出來讓我高興、高興唄。」喬秀蘭湊過去母親身邊問道。

「沒多大事，回頭妳自然會知道。」李翠娥神秘地笑了笑。

喬秀蘭不大高興地噘起嘴，窩進李翠娥的懷裡撒嬌。

「都多大了，還跟媽撒嬌呢。」李翠娥笑著罵她，但還是用一隻手攬住她，另一隻手在她背後有規律地輕輕拍起來，像哄小孩睡覺似地。

聞著母親身上的皂角香氣，喬秀蘭還真被母親給拍著睡著了。

等喬秀蘭醒過來的時候，已經是半夜時分。

喬秀蘭暗叫了聲「糟糕」，也不知道來不來得及做滷味，她趕緊穿好衣服下床。

她摸進灶房，剛點上油燈，就聽到後門傳來響動。

喬秀蘭把門一開，濃重的夜色中，趙長青直挺挺地站在門口，也不知道來多久了。

「你咋又來了？」喬秀蘭嗔怪地看他一眼。

雖然很高興趙長青這麼主動地來找她，但她晚上不睡，白天還能補覺，他卻必須在攤位待上一整天，再這麼少睡下去，身子怎麼受得了？

「我睡不著，就想來看看妳。」趙長青的視線下移，落在她胸前的位置。「妳那裡還疼不疼？」

雖然知道他這是不帶壞心思的關切，但喬秀蘭還是紅了臉，用雙手摀住胸口，罵道：「你往哪兒看呢？」

趙長青這才反應過來，發現自己太過唐突，連忙道歉。

喬秀蘭的胸口早就不疼，早上的氣也全消了，她指著灶膛前面的小板凳，讓他坐下。「今天罰你給我燒一夜的火，不准弄熄了！」

這哪裡是懲罰，別說燒一夜，給她燒一輩子他都樂意。趙長青笑呵呵地點點頭，坐下開始生火。

喬秀蘭裝模作樣地打開櫥櫃，假裝在裡面拿東西，其實是從小石瓶的空間取出滷水和今晚要滷的肉。

「我一直覺得很奇怪，妳天天在家做吃食，家人難道真的一點都不知道嗎？」趙長青提出自己心中長久以來的疑問。

喬秀蘭乾笑兩聲，說：「我媽心大，灶房又都是由我管著的，加上還有我二哥幫忙，所以他們都沒發現。」她現在每天一鍋滷肉就有十幾斤，那麼多的肉堆在家裡，家人只要不瞎，那肯定會發現。

好在趙長青沒多問，一下子就說起別的來了。

兩人有一搭、沒一搭地說著話。

不一會兒，喬秀蘭想起牛新梅的事情，忍不住問道：「我有個朋友談對象了，她跟她對象的感情很不錯，但她家人卻為難她對象，非要一百斤的票據當聘禮，她也不知道以後該怎麼辦才好……」

一百斤的票據，這對兩個月前的趙長青來說，絕對是一筆天文數字；可現在，他的荷包鼓鼓的，人也變得自信十足。

「男人麼，想辦法掙一掙總是有的。不然……妳讓她對象來和我一起做生意？」趙長青提議道。

喬秀蘭想也沒想就拒絕。「這不成，咱們還是穩當點。」

開玩笑，他們做的買賣，被捅出去就得吃牢飯。她跟周愛民兩輩子也沒說過幾句話，怎麼敢把周愛民牽扯進來。再說，這行當收益大，風險也大，就算她信得過周愛民，難道周愛民就有這個膽子來做嗎？

她雖然沒多說，但意思已經很明顯了。

趙長青心頭不禁一暖。

他現在和喬建國熟了，聊得自然也多，偶然聽喬建國說起，才知道當初喬建國拉自己入夥，竟然是小姑娘提出來的。

小姑娘對別人都有戒心，唯獨對他沒有。

他何德何能，憑什麼讓她如此看得起自己呢？

有時候趙長青都在想，自己到底是走了哪門子的狗屎運，居然能得到喬秀蘭的青睞。

他目光灼灼地盯著喬秀蘭，真是怎麼看、怎麼好看，沒有半點不順心的地方。這樣的好姑娘，別說一百斤票據，就算是要他的命，他也給！

喬秀蘭覺得只要有趙長青在旁邊陪著，時間總是過得飛快，不一會兒，外頭的天色就漸漸地亮了。

她和趙長青說好，往後覺還是要睡的，不能天天半夜就往她這裡跑。更何況二哥現在是沒多想，但二哥人精似地，要是再多看到趙長青兩次，自然會有所察覺。

趙長青隨口應下，也不知道聽進去沒有。

算著時間，喬建國也差不多該起身了，喬秀蘭便讓趙長青先出去，過半小時後再裝作剛到的模樣。

喬建國也沒懷疑，和趙長青一起吃過早飯，便帶著滷肉去早市了。

日子就這樣一天天過去，沒有風浪，讓人格外安心。

——未完，待續，請看文創風735《霸妻追夫》下

風 文創

734

霸妻追夫 上

國家圖書館出版品預行編目資料

霸妻追夫 / 踏枝著. --
初版. -- 臺北市 : 狗屋, 2019.04
冊 ; 公分. --（文創風）
ISBN 978-986-328-988-3（上冊：平裝）. --

857.7 108002545

著作者 踏枝
編輯 江馥君
校對 黃薇霓 周貝桂
發行所 狗屋出版社有限公司
地址 台北市104中山區龍江路71巷15號1樓
電話 02-2776-5889～0
發行字號 局版台業字845號
法律顧問 蕭雄淋律師
總經銷 知遠文化事業有限公司
電話 02-2664-8800
初版 2019年4月
國際書碼 ISBN-13 978-986-328-988-3

本著作物由北京晉江原創網絡科技有限公司授權出版

定價250元
狗屋劃撥帳號：19001626
網址：love.doghouse.com.tw E-mail：love@doghouse.com.tw